该项目系首都师范大学"211"规划项目
本著作得到首都师范大学文学院"211"工程项目出版资助

首都师范大学文艺学博士文库

第一辑

徐向昱 ◎ 著

未完成的审美现代性
新时期文论审美问题研究

The Unfinished Aesthetic Modernity:
A Study on Aesthetic Issues of Literary Theory in the New Period

中国社会科学出版社

图书在版编目(CIP)数据

未完成的审美现代性：新时期文论审美问题研究/徐向昱著 .—北京：中国社会科学出版社，2015.9
ISBN 978-7-5161-6654-3

Ⅰ.①未… Ⅱ.①徐… Ⅲ.①中国文学—当代文学—文学评论 Ⅳ.①I206.7

中国版本图书馆 CIP 数据核字（2015）第 166984 号

出 版 人	赵剑英
责任编辑	史慕鸿
责任校对	张依婧
责任印制	戴 宽

出　版	中国社会科学出版社
社　址	北京鼓楼西大街甲 158 号
邮　编	100720
网　址	http://www.csspw.cn
发行部	010-84083685
门市部	010-84029450
经　销	新华书店及其他书店
印　刷	北京市大兴区新魏印刷厂
装　订	廊坊市广阳区广增装订厂
版　次	2015 年 9 月第 1 版
印　次	2015 年 9 月第 1 次印刷
开　本	710×1000　1/16
印　张	16
插　页	2
字　数	218 千字
定　价	58.00 元

凡购买中国社会科学出版社图书，如有质量问题请与本社营销中心联系调换
电话：010-84083683
版权所有　侵权必究

目 录

引言 …………………………………………………… (1)

导论 中国审美现代性问题 ………………………… (5)
  一 如何理解现代性 ………………………………… (6)
  二 作为文化现代性的审美现代性 ………………… (13)
  三 新时期之前的中国文论与审美现代性 ………… (22)

第一章 主体自觉与审美独立性的追求 …………… (33)
  一 为文艺正名:文艺与政治关系再认识 ………… (36)
    1. 新时期之前的文艺工具论 …………………… (36)
    2. 新时期之初对文艺与政治关系的重新审视 … (38)
  二 人道主义理论:审美独立的思想基础 ………… (42)
    1. 中国现当代人道主义思想的兴衰与审美
       现代性的发展 ………………………………… (42)
    2. 新时期人道主义的理论探索与文艺理论的
       审美自主性追求 ……………………………… (46)
  三 美学热:现代美学主体性原则的确立 ………… (54)
    1. 李泽厚客观论的主体性美学 ………………… (56)
    2. 高尔泰主观论的主体性美学 ………………… (60)
    3. "美学热"中潜藏的问题 ……………………… (65)

第二章　新时期文论审美现代性的展开 …………(67)
一　现实主义理论的探讨:对审美客观性的初步阐释 …(71)
1. 作为文艺思潮的现实主义与浪漫主义 ……………(71)
2. 20 世纪中国现实主义文学理论的发展 ……………(73)
3. 新时期文论关于现实主义的理论辨析 ……………(77)
4. 新时期现实主义理论探索中存在的问题 …………(94)

二　朦胧诗与现代派问题:对审美主观性的理论探索 …(98)
1. 中西现代主义的历史差异 ……………………………(98)
2. 对于朦胧诗的理论探讨 ……………………………(103)
3. 对现代派文学的理论阐释与推进 …………………(111)

第三章　审美的纯化:理论的兴盛与危机 …………………(116)
一　审美理论的学科化:审美反映论、审美意识形态论 与审美心理学 ……………………………………………(118)
1. 中国当代文论主导理论范式的危机与新时期 文论的起步性突破 ……………………………………(118)
2. 审美反映论与审美意识形态论 ……………………(125)
3. 审美心理学 ……………………………………………(134)

二　文艺理论的向内转:文学主体论与审美体验论 ……(140)
1. 文学的主体性理论 ……………………………………(140)
2. 审美体验论 ……………………………………………(149)

三　语言论转向:形式本体论 ……………………………(161)
1. 新时期形式主义文论的初兴 ………………………(161)
2. 语言形式本体论的构建 ……………………………(163)
3. 激进的形式主义理论对现实和主体的解构 ………(169)

第四章　市场语境下审美的泛化与消解 ……………………(176)
一　社会转型与大众文化批判中的审美主义倾向 ……(178)
1. 文学格局的变化与人文精神讨论 …………………(178)

2. 大众文化批判中的审美主义倾向 …………………（185）
二　消费主义转向：审美文化研究与日常生活审美化
　　理论 ……………………………………………………（191）
　　1. 审美文化研究 ……………………………………（191）
　　2. 日常生活审美化理论 ……………………………（200）
三　对审美与政治关系的重新审视："纯文学"反思与文化
　　研究的兴起 ……………………………………………（206）
　　1. 对于"纯文学"的反思 …………………………（206）
　　2. 文化研究的兴起 …………………………………（214）

结语 …………………………………………………………（224）

参考文献 ……………………………………………………（231）

引　言

在"文革"结束之后的新时期相当长的一段时期，作为新兴话语的审美主义思潮曾有力推动了文学理论与批评的建构，对于文学实践活动也产生了积极有效的影响。但是，进入20世纪90年代之后，审美主义思潮却未能适应中国政治、经济和文化场域的急剧变动而与之建立起实质性的关联，从而丧失了与社会现实生活的沟通交流和反思批判能力，原本对于审美独立自主的追求实际上却使之逐步走向封闭孤立、空灵纯净的困境，陷入了巨大的危机。因此，近年来，人们开始从不同的角度对审美主义理论进行重新审视，并希望在此基础上构建文学理论与批评的新范式。但是，为了克服审美主义与现实生活的疏离，当前主流文论又有重蹈狭隘功利主义覆辙的危险，从而可能使文学丧失自主性而成为政治意识形态或是市场消费的附庸。鉴于此种情况，有必要从现实的问题意识出发，对新时期以来文学理论与批评中的审美问题进行深入系统的研究。本书试图展开这一工作，希望通过对新时期文论审美问题的考察和分析，在追根溯源中探讨其成败得失，为其克服危机、走出困境提供有益的理论启示。

本书主要研究新时期文论的审美问题，这里有必要对"新时期"和"文论"等概念有一个明确的界定。关于"新时期"这一概念，追溯其提出的初衷，不难发现其明显的政治意图①,这与"文革"结束后,党和国家的工作重心由政治斗争向经济建设转移的历史背景有关。起初,文艺界对这一概念的接受实际上是对主导性意识形态的积极响应②,只是到了后来,随着思想解放运动的展开和新启蒙主义思潮的兴起,这一概念的政治色彩才开始逐渐淡化,在思想上更多地被赋予人道主义、理性主义的思想内涵,同时也更为强调文学自身审美独立性的诉求。进入90年代后,随着经济方面市场化进程的加快,中国社会开始发生更为深刻的转型,文学发展的总体态势也随之发生了明显的变化。一些学者由此认为:"作为一个文学阶段的'新时期文学'已宣告终结。"③"新时期文学""作为一个时代已然结束,化为一种凝固的、定型的、该盖棺而论的历史形态了"④。而90年代的文学在他们看来已进入了"后新时期"⑤。对于"后新时期文学"命名者和响应者来说,其共同的理论出发点是1992年开始快速启动的市场化进程,以及与之相关的消费主义文化的兴起对文学的影响。但是,他们对于"后新时期文学"具体的时间划分、基本内涵和主要特征,并未达成一致,理论立场也各不相同。例如,与张颐武、王宁等人采用后现代理论来论证"后新时期文学"

---

① 发表在1978年5月11日《光明日报》上的著名的《实践是检验真理的唯一标准》一文,最早正式提出了政治意义上的"新时期"概念,其后,1978年12月24日刊登的中国共产党十一届三中全会公报,再次重申了这一提法。

② 周柯发表于《文学评论》1978年第3期的《拨乱反正,开展创造性的文学评论工作》一文,最早提出"新时期文学"这一概念。在1979年召开的第四次文代会上,周扬所作的大会报告《继往开来,繁荣社会主义新时期的文艺》,以官方权威的方式肯定了"新时期文艺"的提法。

③ 谢冕:《停止游戏与再度漂流》,载《当代作家评论》1991年第5期。

④ 冯骥才:《一个时代结束了》,载《文学自由谈》1993年第3期。

⑤ 1992年9月12日,北京大学语言文学研究所与山东《作家报》在北京联合召开"后新时期:走出80年代的中国文学"研讨会,被认为是"后新时期文学"的命名大会。王蒙、谢冕、宋遂良、陈骏涛、张颐武、赵毅衡、王宁等与会者的文章分别发表在《当代作家评论》1992年第5期和《文艺争鸣》1992年第6期上,在学术界产生了较大影响。

雅俗鸿沟的填平有所不同，赵毅衡就仍坚持精英主义的超功利的"纯文学"立场，认为后新时期文学"绝不包括通俗文学、商业文学、消费文学"①，其真正的源头是发端于1985年的新潮小说，在1987年先锋小说形成时成形。

总的看来，"后新时期文学"概念的提出，有助于我们从整体上把握80年代文学与90年代文学的重要差异。但这一概念对两个不同时期文学的内在联系却缺乏必要的认识，同时，不同阐释者又各自赋予其不同的含义，使之难以具备概念所应有的明晰性。这样，尽管人们在一定程度上接受了"后新时期文学"论者对于90年代以来文学新变的描述，但"后新时期"作为一个文学史分期的概念，却并没有得到普遍认同。到90年代末期和新世纪初，一些论述"文革"结束至20世纪末文学发展的著作仍冠之以"新时期文学20年"的名称②，随着时间的推移，又出现"新时期文学30年"的论著③。此外，近年来，在中国当代文学研究领域的一些学者认为，"新时期文学"这一概念除了具有空洞的时间统一性，根本不能统摄"文革"结束以后或"改革开放"30年的文学发展，因而主张开始以80年代文学、90年代文学、新世纪文学等历史分期的概念取而代之④。也有一些研究者认为，从时间跨度来看，"新时期文学"就是指

---

① 赵毅衡：《二种当代文学》，载《文艺争鸣》1992年第6期。张颐武的《后新时期文学：新的文化空间》和王宁的《继承与断裂：走向后新时期文学》两篇文章也发表在这一期杂志上。

② 参见王铁仙主编《新时期文学二十年》，上海教育出版社2001年版。

③ 参见陶东风、和磊《中国新时期文学30年：1978—2008》，中国社会科学出版社2008年版。此书实际上将"新时期文学"的时间跨度确定为"改革开放30年"。

④ 参见洪子诚《中国当代文学史》，北京大学出版社1999年版。此书被认为是中国当代文学史研究的突破性力作，出版后在学术界引起强烈反响。书中论述"文革"后文学的部分放弃了通行的"新时期文学"的概念，而采用了80年代文学、90年代文学这样提法。

80年代的文学①，只不过前者被赋予了明显的政治意识形态含义。

本书使用"新时期"概念主要是考虑到目前学术界较为通行的用法，时间范围包括"文革"结束后30年的历史，就其内涵而言，已不仅仅具有这一概念命名之初所具有的政治意图，更主要的是体现了中国现代性发展的复杂性。

关于"文论"这一概念，本书采取的是广义的理解，即包括了美学、文艺学的基本理论和文学批评较为广泛的领域。当然，研究范围不可能漫无边际，是紧紧围绕着审美问题展开的。

本书试图以审美现代性理论为基础，对新时期文论的审美问题进行批判性的审视和思考。这就意味着，新时期文论的审美问题与现代性问题是密切相关的。对于新时期文论来说，其最重要的诉求就是将审美的独立性、自主性与功利性、现实性统一起来，或者说，从根本上解决审美特性问题，而这正是审美现代性的主要课题。因此，在对新时期文论审美问题展开研究之前，首先要做的工作应该是对审美现代性问题有所澄清，然后以此为基础，考察20世纪以来中国对于审美现代性艰难曲折而又持续不断追求的历史过程。只有在这样的理论和历史视野中，新时期中国文论审美话语的建构及其显现的症候，才能得到深入透彻的理解。

---

① 参见李杨《重返"新时期文学"的意义》、《重返80年代：为何重返以及如何重返——就"80年代文学"研究与人大研究生对话》，均载程光炜编《重返八十年代》，北京大学出版社2009年版。

导 论

中国审美现代性问题

探讨中国审美现代性问题，首先应该追溯现代性在西方的起源，并对其在世界范围内的发展情况进行考察，从而在社会物质与精神文化这两个彼此不同而又互相关联的层面把握现代性的基本内涵，前者可称为社会现代性或经济现代化，后者可称为文化现代性或启蒙现代性。从现代性的历史实践来看，其物质与精神两个层面必须协调发展，失去任何一个层面的都将使现代性的发展误入歧途。由于西方发达国家和像中国这样的发展中国家处于现代性发展的不同阶段，它们所面临和需要解决的主要问题也有所不同。前者所要应对的是现代性片面发展的弊端，后者所要探索的是如何走上一条适合自身国情的现代性发展道路。

现代性的历史进程为现代审美意识的创生奠定了必要的物质与思想的基础，从而使审美在获得前所未有的独立自主的同时，又将其领域扩张到了现代人深邃的内心世界和现代社会广大的外部世界。正是审美意识从古代向现代的这一嬗变构成了审美现代性的主要内容。因此，将审美现代性与启蒙现代性对立起来的看法是成问题的，一方面，审美现代性的产生和发展都离不开以人道主义和理性主义为核心的启蒙思想的支持，另一方面，不能仅仅从狭隘的工具理性的角度理解启蒙现代性，感性解放也是其不可或缺的一个重要方面内容，就此而言，侧重个体感性的审美现代性本身就是启蒙现代性的有机构成。从现代审美意识的生成机制来看，现代性的社会和文化转型使古代客体性的人性结构转化为现代主体性人性结构，感性与理性的关系不再是受制于理性的抑制性的统一，而是在感性层面上使两者取得和谐自由的统一，从而形成侧重认识论的审美知觉和侧重存在论的审美观照，审美现代性也由此可以区分为认知现代性与意欲现代性。

王国维的理论探索标志着中国也开始走上了审美现代性之路，此后，在五四启蒙主义思潮推动下，审美现代性的发展在客观认知与主观意欲两个方面都取得了一定成果。但是，随着中国社会危机的加深，启蒙现代性的步伐出现了停滞，与之相关的审美现代性的发展也陷入了举步维艰的困境。新时期文论对于审美现代性的追求就是在这样的历史背景下开始的。

一 如何理解现代性

想要对审美现代性问题进行一番清晰的解说，显然不是一件轻而易举的事情。迄今为止，关于现代性的论述是众说纷纭，歧见迭出，难有共识，以至于有人说："很少有什么灌木丛，会比现代性的观念陷入其中的灌木丛更加纷乱缠结。"[①] 因此，这里也不可能找到一种终极的答案，而只能是在参考各家论说的基础上，提供一种切入问题的理论视角而已。

所谓现代，单从其语义来看就体现着一种历史意识，是相对于传统或古典来说的，这可以从两个层面来说，首先是社会的转型，主要指经济、技术乃至制度的现代化的历史进程。对此，社会学已有了不少经典的研究成果。比如，封建帝国与资本主义民族国家、专制与民主、农业与工业、乡村与都市、礼俗与法理、

---

① 彼得·奥斯本：《现代性是一个性质的而非编年史的范畴：有关不同历史时期之辩证法的笔记》，载汪民安、陈永国、张云鹏主编《现代性基本读本》上册，河南大学出版社2005年版，第282页。

身份与契约等等都是区分现代与传统或古典的重要指标。伴随社会转型的是文化的变革，这是现代性的又一个层面，在早期主要表现为启蒙主义的理性批判所带来的主体地位的提升，以及对传统宗教信仰和伦理道德的神圣性的反抗和瓦解，后来则表现为对社会现代化片面性发展所导致的诸多弊端的反思批判。如果说早期现代性在社会和文化两个层面更多体现的是协调一致，那么，后期现代性的这两个层面就有了更多的内在张力。这里应当把后期文化现代性对社会现代性误入歧途的矫正与反现代性或前现代性的思潮区分开来，前者旨在整体上进一步推进和完善现代性而非否定它。理解这一点，对于现代性还未充分得到发展的后发展国家尤为重要。就社会现代性与文化现代性的总体关系来说，无论是彼此协调，还是互相制衡，都需要两者的共同发展，缺少文化现代性人文精神指引，单一地推进社会现代性，很容易陷入盲目，甚至可能坠入危险的深渊。缺少社会现代性现实基础的支撑，片面地高扬文化现代性，很容易沦为幻象，甚至可能逆转为反动的思想。这一点已为中西现代性发展的历史进程所证实。

现代性实践首先是从西方开始的，宽泛来说，其发展历程贯穿了中世纪终结以来数百年的历史。新大陆的发现、文艺复兴、宗教改革、工业革命、启蒙运动、法国大革命和美国独立战争，这些波澜壮阔的历史事件从经济、文化、政治等各个方面塑造了早期现代性的复杂面貌。与此同时，随着现代性的展开，其始料未及的一些恶果开始显现。从社会层面来看，一方面是科学技术的飞跃进步，物质财富的急剧增长，"资产阶级在它的不到一百年的阶级统治中所创造的生产力，比过去一切世代创造的全部生产力还要多，还要大"①。另一方面则是贫富严重分化、阶级尖锐对立的残酷现实。显然，作为早期文化现代性核心思想的启蒙

---

① 马克思、恩格斯：《共产党宣言》，《马克思恩格斯选集》第 1 卷，人民出版社 1994 年版，第 277 页。

理性未能兑现它的美好承诺，相反，"同启蒙学者的华美诺言比起来，由'理性的胜利'建立起来的社会制度和政治制度竟是一幅令人极度失望的讽刺画"①。因此，从文化层面来看，那种理性无所不能的乐观主义历史进步论，开始受到质疑和挑战。而且思想危机不仅仅来自上述社会政治的矛盾，更为重要的是现代生活方式所导致的精神困境，这主要表现为人们一方面借助启蒙理性摆脱了神学的束缚而获得自由和解放，另一方面又不得不受制于细密的社会分工、僵化的官僚体制，终日奔忙在机械的工业流水线上，吞咽着人性异化的苦果。伴随而来的信仰的缺失、价值的紊乱，虚无主义滋生蔓延，出现"专家没有灵魂，纵欲者没有心肝"的可悲局面②，最终陷入了韦伯所说的现代性的"铁笼"。进入20世纪之后，世界大战的灾难更是进一步加剧了现代性的危机。

正是基于社会现代性在历史建构过程中出现的偏差，浪漫主义思潮开始在世界范围内兴起，试图拯救被膨胀的工具理性排斥的价值理性。对于文化现代性而言，这不是自我否定，而是自我纠偏，不是以感性压倒理性，而是维护人性的全面发展，不是彻底颠覆启蒙，而是继续深化启蒙，不是抛弃主体性，而是在扬弃人类中心主义的同时坚持主体性。正因为如此，才不难理解为什么卢梭既是启蒙运动的领袖，又是浪漫主义之父了。在卢梭这里，强力推进现代性的意图与浪漫的理想情怀是并行不悖的。同样，在德国古典哲学的思想革命中，也是既回响着启蒙理性的强音，又融入了浪漫的情愫。康德是主体性哲学的创建者，他坚定地维护启蒙理性，认为："启蒙运动就是人类脱离自己所加之于自己的不成熟状态。不成熟状态就是不经别人的引导，就对运用

---

① 恩格斯：《社会主义从空想到科学的发展》，《马克思恩格斯选集》第3卷，人民出版社1994年版，第723页。
② 马克斯·韦伯：《新教伦理与资本主义精神》，于晓、陈维纲等译，生活·读书·新知三联书店1987年版，第143页。

自己的理智无能为力。……要有运用自己理智的勇气！这就是启蒙运动的口号。"① 另一方面，他又和赫尔德一起被推举为德国浪漫主义的真正的父执②。显然，这种理智与情感的平衡有助于建构更为全面的文化现代性。

如果说浪漫主义主要是在思想文化层面修正社会现代性的偏颇，那么社会主义就不仅仅是一种具有广泛影响的文化思潮，更重要的是在实践上直接引发了激进的社会政治革命，从而深刻影响了现代性的历史进程。从空想社会主义到马克思主义的科学社会主义，对资本主义现代性不遗余力的批判是一以贯之的。对于马克思主义来说，这是一种辩证的否定。因为曾经为早期现代性开辟道路的资本主义，此时已不再适应现代性的发展，这就要求必须埋葬资本主义制度，打碎束缚生产力发展的桎梏，释放现代性的巨大潜力，"一切坚固的东西都烟消云散了"——这就是马克思的现代性体验③。

可见，成熟的文化现代性对社会现代性片面性发展的反拨并不是对现代性的背叛，而是其进一步的发展。但如果出于对现代化的社会转型产生的种种弊端不满，而拒斥启蒙理性、主体自由等文化现代性最根本的价值理念，那就确实不是现代性的内部紧张，而是具有反现代性的性质了。这种情形往往出现在一些欠发达后发展的国家和地区走向社会现代化的历史进程中。比如，在西方现代性的起步阶段，与英法两国相比，德国是一个各方面都相对落后的国家。进入 20 世纪之后，一方面，第一次世界大战失败的屈辱激发起强烈的民族悲情，另一方面西方现代性的初步

---

① 康德：《答复这个问题："什么是启蒙运动？"》，《历史理性批判文集》，何兆武译，商务印书馆1991年版，第22页。
② 柏林：《浪漫主义的根源》，吕梁等译，译林出版社2008年版，第61—62页。
③ 参见马歇尔·伯曼《一切坚固的东西都烟消云散了：马克思、现代主义和现代化》，载《一切坚固的东西都烟消云散了——现代性体验》，徐大建、张辑译，商务印书馆2003年版，第113—166页。

展开已显现出片面性的弊端,为了维护民族利益,克服理性与感性失衡、避免个体与社会的分裂,德国走上了一条追求现代性的特殊道路。这是一种"跛足的现代性",其特点是在经济上崛起并取得超越英法的辉煌成就的同时,政治上反自由民主,思想上反启蒙理性,从文化层面来说,这实际上已背叛了从康德开始一直到马克思都坚持的启蒙传统,具有明显的反现代性的性质。这种现代性的畸形发展导致了20世纪纳粹主义的兴起,造成了惨绝人寰的悲剧,教训不可谓不惨痛,说明没有文化现代性制衡的技术进步和经济繁荣都是难以持续的,甚至是危险的。

德国的情况并非孤例,19世纪欧洲最落后的国家俄国在踏上现代性之路的历史进程中,也面临着与以前德国相似的处境。到底是以西方现代性为蓝本还是以本国传统为基础构建现代性,实现社会和文化转型,成为西化派和斯拉夫主义激烈论争的焦点。最终,为了避免资本主义现代性给人带来的苦难和屈辱,俄国选择跨越"卡夫丁峡谷",走上了一条超越西方资本主义现代性的新路。但是,超越西方资本主义现代性的前提是必须继承其丰富的物质文化成果。而实际上当时的俄国没有经过一个成熟的资本主义发展阶段,国内政治经济都极为落后,同时缺乏国际上发达国家无产阶级革命的配合,在这种情况下建设社会主义,必然是先天不足,潜藏着深刻的危机。应该说,其后苏联的社会主义革命和建设都取得了举世瞩目的成就,但其最终的结局却是改旗易帜和分裂解体。造成这一悲剧的原因当然极为复杂,不能妄下结论。如果,单就思想文化方面来说,理论的僵化与意识形态领域的混乱,恐怕都与文化现代性建设的迟缓不无关系。

在近现代亚洲,日本是第一个迫于西方殖民扩张的压力而主动走上现代性之路的国家。对于日本来说,西方现代性更多意味着器物技术层面的富国强兵,而不是思想文化层面的科学态度、民主精神、自由意识,这样,其前现代专制主义的毒素就一直没有受到现代性的启蒙理性的彻底清理,最终发展成为野蛮疯狂的军国主义，使日本陷入侵略战争的深渊，现代性的事业遭受重大挫折。战后，东亚一些国家和地区在延续传统威权政治和儒家思想的情况下，借助冷战的国际环境，取得了经济上的奇迹，但启蒙思想与民主政治的滞后也表明其现代性建构是残缺和扭曲的，这同样是不足为训的。

近现代的中国作为一个欠发达后发展的国家，在现代性建设方面也面临着与上述国家和地区相似的问题。当西方帝国主义列强用坚船利炮敲开晚清封闭的国门之时，天朝大国妄自尊大的迷梦被无情地打破了，"三千年未有之变局"促使这个文明古国不得不进行痛苦的现代性转型。于是，从器物层面的洋务运动到制度层面的戊戌变法和辛亥革命，再到文化层面的五四运动，中国现代性的变革一步步走向全面和深入。但令人遗憾的是，此后尖锐的阶级矛盾和空前的民族危机，使救亡成为压倒一切的头等大事，极大冲击了启蒙的思想工作，影响了人道主义、理性主义等现代性价值理念的传播①，这在一定程度上造成了20世纪上半期的中国现代性的结构性缺失。

1949年之后，中国选择了社会主义道路，并依靠举国体制的优势迅速实现了初步的工业化，但冷战的世界格局和后来与苏联的交恶的国际形势，加上毛泽东对于国内主要矛盾的判断失误，激烈的思想斗争和政治运动一直接连不断，紧张的战时文化氛围长期延续。由于作为文化现代性的启蒙思想被认为是资产阶级的反动意识形态受到严厉批判，前现代专制主义的幽灵就必然会乘虚而入，借尸还魂，以最现代最革命的面目演出最传统最保守的丑剧。近年来有学者试图借助西方后学理论重新评价中国社会主义的遗产，认为不能简单视之为前现代或反现代的历史倒退，而是一种与资本主义现代性不同的另类的现代性探索，是一

---

① 参见李泽厚《启蒙与救亡的双重变奏》，载《中国现代思想史论》，东方出版社1987年版，第7—49页。

种"反现代的现代性"①。这种看法并非全无道理,毛泽东时代的乌托邦想象中确有底层人民本位、大众民主等现代思想,但在没有政治制度保障和启蒙思想的普及的条件下,这些看似现代的观念在实践中必然发生变异,沦为空谈。"文革"中的"三忠于"、"四无限"之类,是典型的前现代的沉渣泛起,无论如何都看不出有任何现代性的特质。

因此,同样是批判现代性,对于前现代的发展中国家和后现代的发达国家来说,意义完全不同,前者是受现代性未发展之苦,后者则是受现代性过度片面发展之害。如果说发达国家对现代性的纠偏有其合理性的一面,那么,发展中国家对现代性的拒斥则更多的是一种历史的反动。对于西方后现代主义思潮与现代性的关系应做具体的分析,不能简单地认为两者是绝对势不两立的。从思想文化角度来看,后现代主义虽有其偏激的一面,但并不是像许多人所认为的那样,对于启蒙的遗产弃之如敝屣,相反,启蒙思想在其中得到了继承和深化②。像福柯这样的后现代思想家就认为,启蒙不是一种确定性的教条,而是一种无限开放性的自我反思批判的方式,启蒙作为"我们自身的批判的本体论,绝不应视为一种理论、一种学说,也不应该被视为积累中的知识的永久载体。它应被看作是态度'气质'、哲学生活"③。这与未经启蒙思想洗礼的前现代思想是不可同日而语的。

"文革"的悲剧性收场实际上已宣告了中国超越资本主义现代性的激进实验的失败,而新时期改革开放的发展战略则是对现

---

① 参见汪晖《当代中国的思想状况与现代性问题》,载《去政治化的政治——短20世纪的终结与90年代》,生活·读书·新知三联书店2008年版,第64—65页。
② 参见理查德·罗蒂《启蒙运动与"后现代主义"连续性》,载《哲学、文学与政治》,黄宗英等译,上海译文出版社2009年版,第193—212页。
③ 福柯:《何谓启蒙》,载杜小真编选《福柯集》,上海远东出版社1998年版,第542页。

代性的重启。从20世纪70年代末开始，贯穿整个80年代的主旋律是对西方现代性的普遍认同和乐观想象，因此，一方面是社会经济层面现代化的建设，一方面是思想文化层面的新启蒙运动，两者互相支持，塑造了这一时期中国现代性的基本面貌。与此同时，持续数千年的古代传统也不会轻易退出历史舞台，对于处于起步阶段的中国现代性始终如影随形纠缠不休。

进入90年代以后，受国内外局势的影响，中国加快了推进市场化的步伐，经济发展成为重中之重的"硬道理"，而尚未完成的政治制度改革与思想文化启蒙都淡出了人们的视野。于是，一方面是经济的高速增长，另一方面社会矛盾也在不断积聚，生态环境的压力与日俱增。历史经验和现实实践都表明，社会经济层面的现代性如果缺乏文化现代性的引导和支持，那是无法长期持续发展的，不仅如此，有时甚至还会误入歧途，带来灾难性的后果。就此而言，进入新世纪后的中国必须致力于建设全面的现代性，这其中除了政治体制改革任重而道远之外，推进已经大为滞后的文化现代性尤为重要。

二　作为文化现代性的审美现代性

由于文化现代性确立了理性主义、人道主义的基本原则，具有启蒙主义的性质，因而也可以称为广义的启蒙现代性。从其精神内涵和形成过程来看，都不仅仅只是推崇理性分析的狭义启蒙运动的结果，而要上溯至高扬人文主义旗帜的文艺复兴。哈贝马斯曾借用韦伯的社会学理论谈及这一文化现代性在西方的出现："韦伯把那种解神秘化的过程说成是'合理的'，在欧洲导致了宗教世界图景的瓦解，并由此形成了世俗文化。随着现代经验科学、自律艺术和用一系列原理建立起来的道德理论和法律理论的出现，便形成了不同的文化价值领域，从而使我们能够根据理论问题、审美问题或道德—实践问题的各自内在逻辑来完成学习过程。"① 在哈贝马斯看来，启蒙运动对文化现代性的设计是让不同的价值领域"分别依照它们自己的特性，坚定不移地推进客观化的科学、道德与法律的广泛基础以及独立的艺术的发展，但同时也要把如此积累的认知潜力从其深奥的阳春白雪形式中释放出来，将其运用到实践，也就是理性地塑造生活"②。在启蒙运动为文化现代性所勾画的理想主义图景中，不同价值领域彼此独立而又处于有机联系之中。在哈贝马斯看来，这样一种健康的文化现代性在早期资产阶级市民社会和公共领域的形成过程中，曾有过成功的实践。但是合理化的进程使分化而自律的各领域越来越专业化和狭隘化，最终脱离了意义丰富的整体生活世界，在相互隔绝中失去了互相的关联。

就启蒙主义的文化现代性在实践中偏离了其初衷而言，应该承认这是一项未完成的工程，但就此断言其失败而轻率放弃显然是不明智的。在目前这样一个后启蒙时代，不合时宜的只是那种对于启蒙的乐观主义想象和简单化的理解，而并非启蒙本身。因为交往理性仍是一种理性，主体间性也要以主体性建构为前提才能实现。因此，为了克服价值虚无主义、人类中心主义，摆脱偏枯的工具理性的主宰，建设全面的文化现代性，应该做的是扬弃启蒙运动的思想遗产，在坚持启蒙的基础上超越启蒙。审美现代性作为文化现代性的重要体现，同样应在此原则主导下矫正偏颇继续推进。

审美现代性理论自 90 年代以后在中国广泛传播，产生了较大影响，但一些流行的看法却存在着明显的问题，首先是只从不同价值领域彼此分化和自律的角度而不从互相关联和影响的角度

---

① 哈贝马斯：《现代的时代意识及其自我确证的要求》，载《现代性的哲学话语》，曹卫东等译，译林出版社 2004 年版，第 1 页。
② 哈贝马斯：《现代性——未完成的工程》，载汪民安、陈永国、张云鹏主编《现代性基本读本》上册，河南大学出版社 2005 年版，第 112—113 页。

理解审美现代性，其结果是将审美封闭误认为审美独立，从而无法真正告别古典，走向现代。其次是从浪漫主义、现代主义的艺术经验出发，在理性与反理性的框架中理解启蒙与审美的关系，审美现代性被认为是以浪漫唯美的形式对理性主义的启蒙现代性所实施的反抗。显然这里对审美现代性与启蒙现代性的理解都是片面的，对于前者是排斥了理性内涵，对于后者是排斥了人文精神，而没有认识到审美现代性只是启蒙现代性的重要方面，两者拥有共同的理性主义和人道主义基础。

将现代性视为启蒙与审美二元对立的矛盾结构，这一看法当然也有其西方的渊源，早在70年代，贝尔在分析现代资本主义文化矛盾时就把社会和文化的现代性置于对抗性的关系之中。他认为，对于现代资本主义社会来说，经济、政治和文化三大领域并不是一个协调一致的整体，而是形成了严重断裂。它们各自遵循截然不同的运转原则：经济技术领域追求的是效益至上，为此围绕专业和科层组织建立起了官僚合作体系，个人只是这个体系最大限度谋求利润的工具，其存在是单一的功能性和狭隘功利性的。政治领域起支配作用的是平等原则，但吊诡的是，为了贯彻平等原则而建立起来的官僚体制却又会成为实现这一原则的障碍，这样，官僚体制与平等就始终处于紧张关系之中。"文化领域的特征是自我表现和自我满足。它是反体制的，独立无羁的，以个人兴趣为衡量尺度"①。这里实际上凸显了现代性在社会和文化层面的矛盾对立关系。如果说上面所做的还只是一种理想型的静态分析，贝尔还从历史发展的角度对现代性的矛盾结构进行了考察。他整合韦伯和桑巴特的理论探讨了资本主义的起源，认为禁欲苦行和贪婪攫取这两方面合起来才构成了早期资本主义发展的动力。从一开始，"这一对冲动力就被锁合在一起，前者代

---

① 贝尔：《资本主义文化矛盾》，赵一凡等译，生活·读书·新知三联书店1989年版，第26页。

表了资产阶级精打细算的谨慎持家精神;后者是体现在经济技术领域的那种浮士德式骚动激情,它声称'边疆没有边际',以彻底改造自然为己任。这两种原始冲动的交织混合形成了现代理性观念"①。在贝尔看来,在资本主义起始阶段,宗教冲动力对经济冲动力形成了道德制衡和价值支撑,因而维持了社会和文化的健康发展。但随着宗教的衰落,经济冲动力就如脱缰野马失去了控制,与此同时伴随着的是以艺术为主的现代主义文化动乱。"资本主义经济冲动与现代文化从一开始就有着共同根源,即有关自由和解放的思想。它在经济活动中体现为'粗犷朴实型个人主义',在文化上体现为'不受约束的自我'。尽管两者在批判传统和权威方面同出一辙,它们之间却迅速生成了一种敌对关系。"② 虽然贝尔在这里还没有采用现代性的范畴,但他对现代社会理性的经济活动与反理性现代主义艺术文化的冲突的分析,实际上已经隐含了对以自由和解放为目标的启蒙现代性矛盾结构的理解。在后来的后现代主义理论论争中,贝尔这一从新保守主义角度对具有启蒙性质的现代主义艺术和文化所做的批判,成为颇受各方重视的一种观点。

如果说贝尔对资本主义文化矛盾的分析还只是隐含了对于文化现代性内部冲突的看法,那么卡林内斯库就更为明确地直接提出文化领域存在两种截然不同而又矛盾冲突的现代性:一个是作为西方文明史一个阶段的资产阶级现代性,一个是作为美学概念的现代性。前者主要表现为:"进步的学说,相信科学技术造福人类的可能性,对时间的关切(可测度的时间,一种可以买卖从而像任何其他商品一样具有可计算价格的时间),对理性的崇拜,在抽象人文主义框架中得到界定的自由理想,还有实用主义

---

① 贝尔:《资本主义文化矛盾》,赵一凡等译,生活·读书·新知三联书店1989年版,第29页。

② 同上书,第33—34页。

和崇拜行动与成功的定向——所有这些都以各种不同程度联系着迈向现代的斗争,并在中产阶级建立的胜利文明中作为核心价值观念保有活力、得到弘扬。"而后者是一种"将导致先锋派产生的现代性,自其浪漫派的开端即倾向于激进的反资产阶级态度。它厌恶中产阶级的价值标准,从反叛、无政府、天启主义直到自我流放。因此,较之它的那些积极抱负(它们往往各不相同),更能表现文化现代性的是它对资产阶级现代性的公开拒斥,以及它强烈的否定激情"[1]。卡林内斯库对于两种现代性的分析,成为中国学术界区分启蒙现代性和审美现代性的主要依据,产生了极为广泛的影响。但是这一区分实际上一方面狭隘地理解和贬低了启蒙现代性,将其内涵局限于工具理性范围,没有充分认识到其巨大的历史意义和内在潜力。另一方面又只从浪漫主义和现代主义的艺术传统考察审美现代性,却忽视近现代以来在西方颇为强大的现实主义文艺思潮。除此之外,理论的旅行还应考虑到语境的差异。在西方发达国家后现代社会,对启蒙现代性的批判可以认为是对其片面性膨胀的纠正,而在中国这样的正在追求现代性的发展中国家,更重要的是要借助启蒙走出前现代的阴影,而审美现代性就应该是启蒙现代性的一个重要方面的内容,而不是其敌对和反抗的对象。

从社会学的视角来看,在西方,宗教的一体化世界的瓦解,不同价值领域的分化实际上是为审美独立创造了条件,而以理性主义和人道主义为核心的启蒙思想则是审美现代性构建的基础。应该指出的是,中国审美现代性的发生也遵循着同样的规律,只不过中国古代社会不是宗教一体化,而是伦理宗法一体化而已。

以上只是对审美现代性的社会文化背景进行了一些社会学的考察,但更重要的恐怕还应该作美学基础理论的分析,在这方面

---

[1] 卡林内斯库:《现代性的五副面孔》,顾爱彬、李瑞华译,商务印书馆2002年版,第48页。

邹华所进行的创造性的理论探索,取得了重要成果,因而特别值得重视和介绍①。通过邹华具有理论原创性的研究,我们可以知道,审美意识的生成取决于人自身的内部状态和与这种状态相关的人与世界的外部状态,前者涉及感性与理性的关系,可称为人性结构,后者涉及个体与社会的关系,可称为现实结构。就两种结构的关系而言,人性结构是现实结构的内化:个体化为感性,社会化为理性。而审美意识就是由人性结构和现实结构转化而来的。对于审美意识来说,人性结构具有关键意义,它作为中介传导着丰富深邃的历史内容。因此,要探究审美意识的生成机制和历史特点,就必须对人性结构有透彻的理解。

人性结构具有认识论和存在论的双重含义。一方面感性分为感性体认(认识论)和感性意欲(存在论),另一方面,理性分为理性认知(认识论)和理性目的(存在论),审美意识由以上两个方面交错组合而生成的。或者是来自认识的理性认知化合在来自实践的感性意欲中,感性意欲以其情感的模糊性溶解了理性认知的抽象思维,这是审美直觉;或者是来自实践的感性意欲回旋在来自认识的理性形式上,理性认知以其理智的间距阻断了功利性的直接投入,这是审美观照。审美就是直觉与观照的统一,它不是凭空产生的,而是认识与实践相结合的产物。审美克服了实践和认识各自的片面性,同时保留了两者积极的历史成果,因而成为全面自由的人生境界的表征,引领着人类的生存与发展。

审美不同于认知和实践的特殊性、独立性以及现实性的品格只有在现代才有实现的可能,这是由人性结构的从古到今的历史变动所决定的。在前现代的古代,由于受到低下的生产力水平的制约,形成了个体依附于社会、个性消融于群体以及人顺从于自然的现实结构,由此决定了建立在客体性而非主体性基础上的人

---

① 参见邹华《流变之美——美学理论的探索与重构》,清华大学出版社 2004 年版。

性结构。其基本特点是理性对感性的抑制性关联和封闭性的原初统一。在此,理性是疏离人的超感抽象的伦理规范、宗教教义,感性是卑劣的生理本能、遮蔽真理的幻象。在这一人性结构中,外化的实体理性对于感性具有绝对优势地位,对于感性,它或是进行压抑,或是为了符合自己的需要进行净化处理,这必然导致理性的僵固以及感性的萎缩,使理性与感性无法达到有机的统一和平衡,审美关系的建立和审美意识的生成都遇到困难。首先,古代理性对于感性的抑制,表现为对情感体验的压抑和感觉经验的排斥,这就使古代的审美意识远离了深邃的内部世界和广阔的外部世界,陷入孤立空灵的狭小境地,这是前现代的审美封闭而不是现代的审美独立。其次,审美意识的生成必须依靠认知与意欲在感性层面的审美制衡,但古代感性的萎缩使审美制衡难以完成。由于感性弱化,导致现象保持力和形式构造力不足,前者使审美无力与认识区分,后者导致审美与实践混同,这是前现代的审美残缺而不是现代审美的现实关怀。

由古代人性结构实体化理性对贫弱感性的抑制性统一,还形成了古代以客体性和中和性为原则的素朴和谐的审美理想,并决定了主客观封闭结合的审美方式。从客观方面来看,理性概念因其固有的特性而忽略感性现象,形成物化象征,这种物化象征以感性形式来象征抽象的理性存在,它无力与主观方面区分开来,常常表现为道德的内化,即转化为直接的说教;从主观方面来看,情感表现因理性规范的抑制而感性动力不足,形成静态品味,这种静态品味以具象的形式表现弱化的情感,它通过回避实践意志的需求而维护脆弱的审美特性,在对社会生活的疏远中走向空灵。在古代审美残缺的大背景下,静态品味又常常表现为意志的外化,即转变为直接的占有。总之,古代主客观闭合的审美方式一方面极大限制了古代审美的领域,另一方面也表明了古代审美对实践的依附性地位。

与古代审美理想、审美意识和审美方式相一致,古代美的形态也表现出社会与自然浑然未分的状态，以及社会方面美善混同和自然方面美真混同的特点。作为古代审美关系的集中体现和审美意识物化形态，古典主义艺术更为显著地表现出古代美的特色。回避现实矛盾的客观模仿与消解内心冲突的主观写意，是对古典主义艺术相互联系的两个方面的总结。前者对应着古代的社会美，后者对应着古代的自然美。

总的说来，古代审美意识残缺和封闭的特点，使其难以实现审美的现实性与独立性，要么走向孤立于现实生活的纯美，要么走向依附功利物欲的非美。而要使审美既能与认识、实践区分开来，又能做到向内外世界全面开放，那已不是古代所能解决的课题，而是审美现代性所要完成的历史使命。如前所述，在近现代社会现代性的现实基础上，以人道主义、理性主义的启蒙思想为核心的文化现代性发展起来，这其中就包含着审美现代性的内容。由于审美关系的建立和审美意识的生成取决于认知与意欲在感性层面的结合，因此，感性以及与之相关的个体所处的地位就成为决定审美意识性质的关键因素。这也就是说，审美问题归根到底是人的问题。古代人主体地位低下，个性意识微弱，感性处于理性的绝对控制之下，这决定了古代审美意识的特征。进入近现代之后，在社会现代性与文化现代性彼此带动、互相制衡的基础上，人的主体地位空前地提升了，人的个性获得了全面展示。在西方，是人义论取代了神义论，人挣脱了彼岸神的怀抱而走向此岸的自由。在中国，是个人本位取代君权圣教，人摆脱了政治专制和道德教化的束缚而获得解放。正是在这样的社会和文化现代性的基础上，人性结构发生了历史性的根本变化，古代客体性的人性结构变为现代主体性的人性结构。这一人性结构或主体状态的历史变动表明，在古代被压制贬斥的感性开始向人的境界回升，与此同时，古代疏远僵化的理性开始向人的境界回归，前者是感性的主体化，后者是理性的主体化，这种主体化的感性与理性的关系不再是古代抑制性关联，而是现代在人的水平上的有机融合。这为现代审美关系的建立和审美意识的生成提供了必要条件。对于现代审美意识来说，一方面审美不再贬低感觉经验，提纯情感体验，而是向着人的广阔复杂的外部世界和深邃动荡的内部世界拓展，审美与现实人生的内在关联建立起来了，这是现代的审美扩张对古代审美封闭的克服。另一方面，审美摆脱了依附地位，开始具有了独立的品格，它以情感体验的形式溶解化合了认知思维的抽象性，以物象感知的形式阻断终止了实践意欲的冲动，审美不同于认识和实践的界限建立起来了，这是现代的审美弥合对于古代审美残缺的克服。这样，现代审美意识就把审美的独立性、自律性与现实性、功利性统一起来了。

古代审美意识的瓦解和现代审美意识的创生，推动审美理想由古代和谐向现代崇高的历史转换，客体性与中和性原则开始为主体性和矛盾性原则所取代。现代的审美扩张和审美弥合使审美方式在维护审美特性的前提下呈现主客分化、对峙发展的态势，偏重认知的客观方面通过原生态的社会现象揭示真理和规律，这是不同于古代物化象征的外倾直觉。偏重意欲的主观方面通过浑整简括的自然意象和形式组构抒发表达情感，这是不同于古代静态品味的动态观照。从现代美的形态来看，前者对应着以善求真的现代社会美，后者对应着以真求善的现代自然美。从艺术创造和文艺思潮的角度来说，前者对应的是现象化再现的现实主义，后者对应的是抽象化表现的浪漫主义。从审美现代性的角度来看，前者对应的是客观认知的现代性，后者对应的是主观意欲的现代性。

结合以上邹华对美学基础理论的研究成果，我们可以对审美现代性有更为全面深刻的理解。审美现代性是建立在社会现代性的现实基础之上的，是文化现代性的有机组成部分，没有现代的社会现实结构强有力的支撑，没有现代人主体地位的提升和个性自我意识的觉醒，没有现代启蒙思想的广泛传播，就没有审美现代性赖以存在的历史条件。因此，全面推进社会和文化的现代性，对于审美现代性的发展就具有举足轻重的意义。另一方面，审美现代性的发展水平也是衡量社会与文化现代性的重要尺度。

伴随着从晚清开始的近现代的中国社会文化转型，中国的审美现代性也开辟了一条前无古人的新路。但相对数千年的古代传统来说，百年的时光毕竟还很短暂，即使与西方走出中世纪后数百年的历史也无法相比。因此，如何走出古代的阴影，突破传统的包围，就是发展中国审美现代性的关键。这可以从百年来中国审美现代性艰难曲折的发展历程中得到印证。从王国维确立中国审美现代性的历史起点开始，一个世纪之中，众多美学家、文艺理论家为构建审美现代性做出了自己的贡献，但这仅仅还处于起步阶段，远未完成。古代社会文化的幽灵还未退出历史舞台，时时成为审美现代性前行的羁绊和重负。

三　新时期之前的中国文论与审美现代性

文学艺术是审美意识的物化形态和集中体现，文艺理论则是对文学艺术基本规律的总结，因而，对于审美问题的探讨就是文艺理论研究的核心内容。中国文艺理论由古代向现代形态的转换是从晚清开始的，审美现代性的确立是其主要标志。此后的一个世纪的岁月中，中国文艺理论发展的总体状况也和审美现代性的进展步调是基本一致的。

在文艺理论方面，对于中国审美现代性的起步作出开创性贡献的理论家是王国维。首先，王国维把叔本华的悲剧理论运用于中国古代文艺理论研究和批评，将现代基于主体性并趋向觉醒的感性生命与古代趋向僵化的客体理性之间内在的冲突深刻揭示了出来，这预示着古代受客体性和中和性原则所支配的审美理想将要被现代为主体性和矛盾性原则所统摄的审美理想所取代，一种体现着新的审美需求的文学艺术将会挣脱古代社会文化的束缚，出现在现代的地平线上。其次，王国维借用康德、叔本华的美学理论，确认了审美不同于实用功利的特性，并以此为依据，批评了中国古代文学艺术依附于道德、政治而缺乏独立价值的缺陷，从而为现代文学开辟了一条摆脱教化工具地位、追求自主性的新路。

虽然王国维在文艺理论方面的探索开创了中国审美现代性的发展道路，但在古代历史文化传统强大制约下，他的理论影响在当时却是有限的。相比较而言，同时代的梁启超的文艺理论产生了更为广泛的社会反响。作为晚清著名的政治活动家，梁启超极为看重文学艺术对于现代民族国家国民人格的塑造所起到的积极作用，因此，大力推崇历来不登大雅之堂的小说，倡导三界革命。他虽然对文学艺术中审美情感的特点及重要性有所认识，但其整个理论体系的出发点和最终的归宿却都是政治实践的功利性，这就极易使审美情感变异为意志情感，回归到美善混同的古代传统中去，对于文学艺术来说，则意味着失去独有的价值而沦为政治的工具。

从王国维犹如空谷足音般的前瞻性探索与梁启超重蹈古代功利教化论覆辙的思想倾向来看，中国近现代文艺理论追求审美现代性的道路从一开始就是不平坦的。如前所述，审美现代性不是没有现实根基的空中楼阁，而是在社会与文化现代性的基础上人性结构历史变动的产物。如果说晚清中国在西方列强的逼迫下被迫开始发展的现代性还仅仅局限在社会层面，那么到了五四时期则更为明确地推进到了思想文化层面，这也为文艺理论的审美现代性追求创造了有利条件。

五四启蒙思想家一方面以科学和民主为旗帜，大力引进西方近现代理性主义、人道主义思想；另一方面对中国传统以儒家为代表的已经僵化却仍在扼杀人生命活力的主流文化进行了激进的批判。这一正一反，一立一破，表明中国启蒙主义的文化现代性从两个方面有力推动着个性解放和思想自由的时代浪潮。作为五四新文化运动重要一翼的文学革命，不仅在创作方面成为中国现代文学历史开端的标志,而且在理论方面也表明中国审美现代性进入了一个新的发展阶段。这可以从文学革命主要倡导者那里得到具体印证。胡适是文学革命的发难者,在《文学改良刍议》等文章中,他试图从语言形式的角度推进文学的改良,从而去除古典文学陈陈相因的弊病,恢复文学创造性的活力。他认为,只有抛弃早已模式化而日趋僵死的文言文,采用与现实生活息息相关的现代白话语言,才能适应现代文学创作主体表现审美个性的需要,才能打破古典文学所能展示的狭小封闭的圈子,将文学触及的审美视野扩展到现代人广阔的内外世界中。与此相关,他还推崇为中国古代文学所缺乏的悲剧意识,倡导写实主义。这些方面涉及审美理想和审美方式的现代转换,体现了他在文艺理论的审美现代性方面所做的努力。对于胡适的主张,文学革命的另一位主将陈独秀做出了热情呼应,在著名的《文学革命论》一文中,他提出要建设新兴进步的国民文学、写实文学和社会文学,推倒腐朽没落的贵族文学、古典文学和山林文学,其决绝的姿态较之温和的胡适要更为激烈。

  从思想内容的角度深化了文学革命的思考的周作人。在影响广泛的《人的文学》和《平民文学》等文章中,周作人赋予文学以人道主义的深刻内涵。在他看来,人性既有动物自然本能的兽性的一面,又有向更高境界超拔提升的神性的一面,是有着物质与精神需求的灵与肉的统一体。所谓人道主义并非悲天悯人或博施济众的慈善主义,而是一种个人主义的人间本位主义,体现这种人道主义的文学必然是平民的文学,它所记载的不是英雄豪杰、才子佳人的传奇经历,而是世间普通男女的悲欢成败。因而,这也是一种更有普遍性、更真挚的面向广大现实人生的文学,具有鲜明的审美的现实性品格。不仅如此,周作人还试图将审美的现实性与独立性统一起来。他认为艺术派追求艺术独立的超功利的价值,这是其可取之处,而其病在于重技工轻情思,颠倒了人生与艺术的关系。人生派将人生与艺术关联起来,使艺不脱离人生，这是其积极的一面，但另一方面也容易滑入传统功利论的陷阱，结果是把艺术变为伦理的工具，坛上的说教。而真正的艺术应该合两派之利而去两派之弊，既以自身为终极目的，保持独立品格，又通过著者情思，与人生有接触，使读者能获得艺术的享受和人生的解释，这是一种不同于人生派和艺术派的"人生的艺术派"的文学。周作人的这些观点标志着五四文艺理论对于审美现代性的理解达到了相当高的水准。

鲁迅不仅以自己杰出的创作实绩显示了新文学巨大的生命力，而且在现代文艺理论建设方面也做出了重要贡献。与其作品中忧愤深广的思想内容和孤独悲凉的美感特征相一致，在审美理想方面，鲁迅崇尚一种荒凉粗暴的交织着社会现实矛盾冲突的崇高美，这与他作为一个深刻的启蒙思想家对感性生命的肯定，对个性自我的张扬，对中庸之道的拒绝，对礼教吃人的指斥是相一致的。他批评充斥于古典文学中的大团圆的结局，认为这是由于中国人向来不敢正视人生，只好瞒和骗，由此也生出瞒和骗的文艺来，这与日日变化的现代世界是格格不入的。他要求文学要直面苦难的现实和悲剧的人生，不加粉饰、客观真实地揭出其中的病苦，以引起疗救者的注意。总的看来，鲁迅在五四时期对于文艺的思考主要是从审美方式的客观方面展开的，其中包含着审美现实性与功利性相统一的内容，这一审美现代性的思想和他对于启蒙现代性追求显然是有着内在关联的。

在这些理论家的鼓吹倡导下，一种体现着审美现代性的新文学应运而生了。当时最重要的两大文学社团文学研究会和创造社，分别代表着现实主义和浪漫主义两大思潮。文艺思潮这一主客观的两极分裂，表明了现代文学在审美限定的前提下向着内外世界的开拓扩张，实际上反映的是审美意识的剧烈变动和审美理想历史转换。在文艺理论方面，代表现实主义思潮的茅盾强调客观描写与实地观察，代表浪漫主义思潮的郭沫若更重视内心体验和情感宣泄，他们分化对峙的理论倾向实际上分别满足着审美现代性认知再现与意欲表现的审美需求，共同推动着现代文学走上健康的发展道路。

　　总体而言，五四新文学理论继王国维之后将审美现代性推进到了一个新的历史阶段，为文学由古典向现代的转型创造了有利条件。但这仅仅只是起步，还远未达到成熟完善的地步，如何以审美方式表达启蒙的思想，实现现实功利与审美独立的有机统一，也还仍是有待深化的历史课题。胡适、陈独秀、周氏兄弟、茅盾和郭沫若等人都身兼文学理论家与启蒙思想家的双重身份，一方面他们认识到文学的审美特性，明确反对"文以载道"的传统观念，另一方面，又往往会不自觉地把文学视为开启民智，传播启蒙思想的有效手段。他们对于审美如何消化吸收启蒙的历史成果而又不迷失于急切的现实功利之中，并没有在理论上进行深入全面的分析。实际上，审美现代性本是启蒙现代性的有机构成，但如果审美仅仅是启蒙的工具，那么就取消了审美的独立性，古代美善混同、美依附于善的功利教化传统就有改头换面、卷土重来的可能，审美现代性也就会向古代逆转。如果说在五四时期这还只是一种潜在的可能性，那么，随着五四的落潮，革命文学的兴起，就确实成为了一个不容回避的历史事实。

　　五四之后，在内忧外患的夹击之下，中国社会的各种矛盾进一步激化，失去了相对稳定环境依托的思想启蒙已经难以为继，激进主义革命取而代之成为救亡图存的时代主旋律。这是五四后革命文学的兴起的主要背景。革命文学理论一方面对以鲁迅为代表的五四新文学进行了严厉批判，视其为必须扬弃超越的资产阶级意识形态。另一方面从阶级立场出发，推行一种绝对服从政治功利的文艺工具论。这种理论也提倡现实主义，但却借典型化的名义要求写本质，由于无产阶级的根本利益与社会历史的本质和规律是一致的，因此写本质的前提就必然要求具有正确阶级立场，也就是说要有无产阶级的世界观。实际上，对于本质的揭示并非来自创作主体对于客观世界丰富生动的感性现象的体认，而是来自主观的赤裸裸的意志功利需求。这样的现实主义已完全丧失了审美客观性，无法满足现代人深度认知的审美需求。这种理论也容纳浪漫主义，但主要强调的是理想的远景和对未来的畅想，所激发的意志情感未经审美转化直接作用于实践，这样的被意志化的浪漫主义已经严重破坏了文学的审美形式，不能适应现代人表现矛盾复杂内心情感的审美需求。不难看出，革命文学理论所阐发的现实主义和浪漫主义实际上已丧失了自己的灵魂，与真正的现实主义和浪漫主义只有表面上的相似，只要揭下其假面，就会露出古典主义的真容。

革命文学理论以集体主义的阶级性消灭自我个性，要求作家甘愿做一个标语口号人，认为一切文学不可避免地都是宣传，都是政治的留声机，其审美特征只是为达到政治功利目的而存在，本身并没有独立的价值。从这里可以看出，启蒙现代性与审美现代性的一体性。在文化层面对启蒙思想人道主义、理性主义精神的否定，必然带来个体意识的泯灭，盲从迷信的盛行，这些方面表现在文艺理论上，只能是大力宣扬丧失审美独立性的急功近利的文艺工具论。

革命文学理论对于启蒙现代性和审美现代性双重反动，在此后的左翼文学中并未得到彻底清算，而是一直延续留存下来，后来毛泽东的《在延安文艺座谈会上的讲话》明确提出"文艺从属于政治"，"文艺服从于政治"，文艺批评的原则是政治标准第一，艺术标准第二；要求创作者站在正确的立场上，歌颂无产阶级的光明，显然与上述理论传统是一脉相承的。作为残酷的战时环境的产物，《讲话》强调文艺的急切的政治功利性是可以理解的，有其历史的合理性。但在新中国成立以后，由于受到"左"的思潮影响，《讲话》中关于政治与艺术的策略性论述被加以简化并推向了极端，文艺为政治服务被解释成为当时的政策服务，《讲话》中原本在论述政治与艺术两者关系时所具有的辩证意味已经大大淡化甚至消失不见了。这样，狭隘的文艺工具论就越来越占据中国当代文论的主导地位,这种情形到"文革"发展到极为荒谬的地步,严重伤害了文学艺术的正常发展,导致了以样板戏为代表的古典主义打着革命的旗号全面复辟,审美现代性的发展遭受严重的挫折。

这种讲求政治功利的文艺工具论号称以唯物主义的哲学认识论、反映论为思想指导,把文艺看作对现实的形象的认识,因此,它也强调生活是文艺的源泉,要求运用现实主义的创作方法客观反映现实生活。这似乎是审美认知的客观性、现实性的体现。但这只是表面现象。因为,这里的现实是剥离了现象的本质,徒有其表,真实生活被遮蔽了;这里的理性是超绝经验的观念,主观自足,感性直觉被否定了;这里的典型是消灭了个性的类型,虚假做作,复杂的人性被删除了;这里的形象是抽象概念的图解,枯燥乏味,细节真实被舍弃了。因此,所谓的客观性只是一种假象,以认识论反映论为理论基础的认知理性不过是主观意志的暗转,很容易还原为其本来面目[①]。这里僵硬的概念与实用的功利是并存的,说明抽象的思维与冲动的意欲都没有得到审美的转化,其非审美的片面性也都没有得到克服,这显然不符合现代审美意识的要求。

前述邹华的研究表明:在以主体性和矛盾性为原则的审美理想引领下,现代审美方式表现为主客观倾向两极分化对峙同时又互补发展的状态,现象化认知再现与抽象化情感表现在保持审美特性的前提下彼此带动,互相激发,共生共荣。前者为后者提供坚实深厚的现实根基,后者为前者提供充沛不断的情感动力。两者之间,客观倾向的现象化再现具有更为基础的意义,因为现实生活是通过现象化再现而进入审美视野的,当现象化再现遭到破坏时,现实生活就从审美活动中消失了。与此同时,主观倾向所

[①] 参见邹华《20世纪中国美学研究》,第八章"客体理性与主观意志的互换",复旦大学出版社2003年版,第220—240页。

要表现的情感也就因失去现实生活的源泉而面临枯竭，如此一来，情感的抽象化表现必然难以为继或发生变异。在文艺理论领域，当文艺工具论破坏了客观倾向的审美现代性，向古典主义倒退时，主观倾向的审美现代性也不可能得到健康发展。这里可能表现为两种情况，一是审美情感直接变异为意志情感，审美依附于政治实践而失去自己的独立性。这种情况下所产生的革命浪漫主义与政治工具论所推崇的各种政治化的现实主义一样，都是名不副实的，只能是古典主义的翻版。二是为对抗文艺工具论的急功近利，维护文艺的审美特征，而回避现实人生尖锐复杂的矛盾冲突，或是遁入狭小的内心世界，顾影自怜，咀嚼一己的悲欢；或是营造唯美形式的乌托邦，超脱逍遥，漠视世间的苦难。这种情形下产生的唯美主义缺乏来自现实生活的感性动力，虽空灵但贫乏，实际上是中国古典主义诗化传统的复归。

五四之后，随着启蒙现代性的衰退，激进的政治实践意识的高涨，周作人为了坚持文学的自主，逐渐退去了五四时期的浮躁凌厉之气，躲进苦雨斋，经营起自己的美文园地。在文学理论方面，他开始强调文学的无功利性无目的性，认为文学是无用的东西，"只是以达出作者的思想感情为满足的，此外再无目的之可言。里面，没有多大鼓动的力量，也没有教训"[①]。在追溯中国新文学的源流时，他区分载道与言志或赋得与即兴两种不同的文学，认为前者以承担外在的功利目的而损害了文学的活力，后者以表现作者的个性和自我的情感而保持了文学的生机。但是，周作人所要坚守的这种文学自主其实是不稳固的，因为通过疏离政治实践而表达的审美情感，无论是强度还是深度都远达不到现代审美意识的需求，唯美主义的象牙塔随时都有倾覆的可能。

与周作人同为京派文艺理论家的朱光潜有着类似的思路，在《文艺心理学》等著作中，他对美感不同于实用和科学的态度进

---

① 周作人：《中国新文学的源流》，华东师范大学出版社1995年版，第14页。

行了明确的区分,认为"审美只是形象的直觉,从物的方面说,呈现于审美观照的形象截断了与他物的关系,从心的方面说,则是没有实用的意志和欲念,也没有科学的概念和思考;就人来说是无所为而为的观照,对物来说则是一个独立自足的世界"①。但是,朱光潜也认识到,审美毕竟不能与认知和意欲完全隔绝,美也不能与真善截然分开。为了克服形式主义夸大审美经验纯粹性的局限,他提出美感经验只是艺术创作的一个阶段,审美的孤立绝缘只出现在美感经验阶段,而在整个艺术创作过程中,知情意真善美是有机融合的。这样的看法显然更为全面合理。不过,由于在美感经验中审美仍然隔绝于认知和意欲之外,并不能包容两者的积极成果,因而这就难以做到真正的审美的独立。

通过前面的概述我们可以看到,五四之后,中国审美现代性在认知和意欲两个方面的进展都受到阻滞,古典主义经常戴着各种时髦的面具出现在现代文艺理论之中。这主要表现在文艺工具论对审美独立性的压制,导致文艺创作抽象的公式化概念化与空洞的标语口号化长期盛行,无法从根本上得到遏制。另一方面,为了反对政治实践对文艺的粗暴干涉,维护个性自由和审美特性,唯美主义、形式主义付出了疏远现实人生的沉重代价,这种固守狭小内心或纯粹形式的审美独立是脆弱的,难以持久的。这说明在新的历史形势下,强大古典主义传统仍有可能阻碍审美现代性的发展,甚至有可能假借新的名目取而代之。当然,这并不意味着审美现代性在中国已不复存在。实际上,一直有人在为之苦苦求索奋斗。五四之后,鲁迅曾与革命文学论者展开激烈的论战,他同意文艺具有政治宣传的功利性,但认为这必须是在其不损害文艺自身独立价值的前提下才是有效的。也就是说,"一切文艺固是宣传,而一切宣传却并非全是文艺……革命之所以于口号、标语、布告、电报、教科书……之外,要用文艺者,就因为

---

① 邹华:《20世纪中国美学研究》,复旦大学出版社2003年版,第181页。

它是文艺"①。在其生命的后期,作为左翼文学的领袖,他仍没有放弃启蒙主义的文化立场,一直坚持人格的独立和思想的自由,以至于在与当权者抗争的同时,也不断与来自同一阵营的政治势力发生龃龉。在文学观念上,他也仍坚持早年"为人生"的主张,为文艺的审美独立性与现实功利性的统一做出了不懈的努力。之后,胡风继承了鲁迅的文艺思想,并在理论上加以推进和深化。作为鲁迅的理论传人,胡风坚决捍卫个性解放的启蒙思想,强调作家应具备一种基于主体性的主观战斗精神。他重视审美认知,强调化合着理性的感性机能,追求一种主观精神与客观真理相结合的现实主义,同时与主观公式主义和客观主义的错误倾向进行了持久的斗争。与鲁迅改造国民性的文学主张相一致,他要求文学揭示人民的生活要求里潜伏着的几千年的精神奴役的创伤。他肯定五四新文学作为近现代世界进步文艺一个新拓的支流对于新形式成功的移植和创造,反对民粹主义的"民族形式中心源泉论"。凡此种种,都表现出他对于作为启蒙现代性的审美现代性的苦苦坚持和艰难推进。1949年后,他的悲剧性抗争与悲惨的命运则表明了文艺理论方面审美现代性的发展所遭受的严重挫折。胡风之后,在政治控制相对宽松的某些短暂时期,一些文艺理论家仍试图冲破文艺工具论的重重阻力,为文艺独立的审美特性争取一点生存的空间。其中较有代表性的有秦兆阳、周勃、邵荃麟对于深化和发展现实主义的呼唤,钱谷融、巴人、王淑明对于文学人道主义思想的阐发。在这方面取得重要突破性成就的是在50年代美学讨论中脱颖而出的青年理论家李泽厚。他以社会实践论证美的本质,认为美既是客观的又是社会的,是现实与实践、真与善、内容与形式的统一。美感具有个人心理的主观直觉性与社会生活的客观功利性的二重性。他以悲剧性的崇高

---

① 鲁迅:《三闲集·文艺与革命》,《鲁迅全集》第4卷,人民文学出版社2005年版,第85页。

阐释现代的社会美，突出了美与真的关系。他打破了典型理论对本质必然的迷信，强调偶然和现象才是典型的艺术特性之所在。他把本质化与个性化的统一视为形象思维两个不可或缺的方面，并且认为形象思维的过程永远伴随着美感感情态度。李泽厚的这些深刻独到的理论思辨，标志着认知再现的审美现代性在困难的条件下仍推进到了一个新的历史高度。

在 1949 年后，与审美认知的现代性相比，审美意欲的现代性的发展更为艰难。因为在当时流行的观念看来，主观就是唯心，因此，审美情感根本没有存在的合法性，只能是在政治的压力下变异为意志情感。于是，宗白华在生命本体论的基础上对意境的现代诠释，以及他对于个性解放的推崇和个体情感的高扬，都长期得不到关注。朱光潜后来通过马克思主义的意识形态论和生产劳动论阐发美感的主观能动性，在条件所能允许的情况下进行了艰苦的理论探索。至于旗帜鲜明地提出美的主观性和美感绝对性的高尔泰，则与胡风一样，为其理论主张付出了惨痛的人生代价。

通过以上概述我们可以看到，在政治压力和传统制约的背景下，中国文论在推进审美现代性的发展时所面临的巨大困难。宽松良好的政治环境，突破传统的启蒙思想，是进一步拓展审美现代性之路的重要前提，而这要等到新时期的到来才具备了真正的可能性。

第一章

主体自觉与审美独立性的追求

"文革"的灾难性后果表明中国以激进的革命政治意识形态为主导,反抗西方资本主义现代性的乌托邦实验的失败,因而不得不汲取西方构建现代性的成功经验,重新制定自己的发展战略。这一新型现代性的探求在社会层面以经济建设为中心,在文化层面以启蒙思想相配合,两者形成了良性互动的发展势头。

70年代末期开始的思想解放运动是权威政治和启蒙思想合作推进文化现代性的产物,这实际上为当时社会现代性的发展提供了合法化的理论支持。开始的时候,文化现代性的探索是在马克思主义的框架中进行的。对于中国当代主流政治文化来说,马克思主义一直有两个传统,一个强调暴力革命,阶级斗争,意识形态领导权的争夺,一个重视生产力的发展,经济基础的决定性。前者的代表是列宁、毛泽东等激进主义、理想主义的革命家,后者的代表为伯恩斯坦、考茨基等第二国际主张改良的修正主义理论家。如果说,改革前中国所进行的反西方现代性的社会主义革命和建设,有充分的理由以马克思主义作为指导思想,那么在新时期借鉴西方经验所进行的现代性的探索,同样也可以从马克思主义那里寻找理论资源。事实上,中国当代主流政治文化正是通过对马克思主义传统另外一条线索的发掘,才形成了以实用主义为特征的新的主导性的意识形态。对于启蒙思想来说,马克思主义关于人的自由与解放的论述,闪耀着人道主义、理性主义的光辉，同样是值得珍视的思想遗产。一般来说，五四新文化运动为中国现代带来了第一次影响深远的思想启蒙，新时期的思想解放运动所带来的新思潮则被称为新启蒙主义。通过对马克思早期著作《1844年经济学哲学手稿》的研究，新启蒙主义将马克思主义纳入到自己的思想体系，使其成为其文化现代性建构的重要基础。

从对"左"倾政治路线的批判和对现代性这一总的战略目标的追求来说，启蒙思想与中国当代主流政治文化是一致的。中国当代主流政治文化把"文革"定性为给党和人民带来深重灾难的十年浩劫，要求把工作重心从频繁的政治斗争转移到现代化的经济建设上来，这就需要创造安定团结的政治局面，调动一切方面的积极性，其中尤其需要得到知识精英的支持。于是，随着高考的恢复，尊重知识，尊重人才政策的实施，长期以来备受歧视打击、被列入另册的知识分子的地位迅速上升，成为新启蒙主义思潮兴起的社会基础。新启蒙主义把传统的国家社会主义视为反现代性的封建专制，通过传统/现代、落后/进步、愚昧/文明、黑暗/光明这样的二元对立，为新时期的现代性发展开辟道路。因而，80年代所谓"文化热"对传统文化的激烈的否定，不过是对现实批判的曲折反映，是对现代性的急切呼唤。

虽然主流意识形态与启蒙思想都要求发展现代性，并在此基础上结成了同盟，但两者对于现代性的理解却并不完全相同。主流意识形态的实用主义取向使其更侧重于经济发展、效率至上，对于启蒙主义的文化现代性缺乏真正的认同，甚至有时还认为会妨害经济现代化的建设，因而，不时通过发动反精神污染、反资产阶级自由化等政治运动对其予以打压，这也导致新启蒙主义与主流意识形态早期亲密关系的淡化。此后，作为整个80年代最有活力的思潮，新启蒙主义不再局限于传统马克思主义理论框架，开始更为广泛地向西方现代思想寻求精神支援。当时最有影响的两大青年知识精英群体都是通过译介西方现代思想而结成的，金观涛等人主持的"走向未来"丛书，以传播科学主义思想为主，甘阳等人主持的"文化：世界与中国"丛书，以介绍人文主义思想为主，这两个方面都推动新启蒙主义深化了对于文化现代性的理解。

新启蒙主义所借用的理论资源，无论是早期马克思主义的人道主义，还是后来的现代人文主义，都有对资本主义现代性反思批判的意图和内容。但对80年代的中国来说，资本主义现代性还是一个遥远的他者，对其出现的偏差与危害只有知识层面的泛泛的了解。这样，马克思主义人道主义对于资本主义人性异化的揭示，在中国就转化为对传统国家社会主义政治专制的指控，西方现代人文主义对于现代性的诗意批判，在中国也变成了对于传统文化的全盘否定。原因在于，对于80年代中国有切肤之痛的是反现代性的危害和前现代性的羁绊，而不是现代性片面发展带来的负面影响。立足于今天现代性反思的立场回望80年代，我们当然可以批评新启蒙主义对于现代性的乐观想象具有空想主义色彩，对于人道主义的阐释具有抽象化的不足。但我们不能脱离当时的社会语境，苛求新启蒙主义对未发展的现代性有全面深刻的理解。我们必须看到：新启蒙主义完成了现代性事业的启动，并为之提供了人文精神的导引，这就已经成功完成了它的历史使命。

在80年代新启蒙主义构建文化现代性的过程中，文艺创作和理论批评都占据着举足轻重的地位，因此，对于审美现代性的追求也就成为新启蒙主义文化现代性建设的重要一翼。正是由于新启蒙主义对于人性自由、个性解放、理性精神的高扬，才使人性结构的主体化成为现实，由此被压抑排斥的感性和被疏远僵化的理性分别向着人的水平上升和回归，合拢而成现代主体的自由和谐的境界，这成为现代审美意识生成的根据和审美现代性诉求的基础。

从社会学的角度来说，审美现代性是现代社会文化分化的产物。在新时期之前，中国高度的政治一体化的社会体制，不可能存有审美独立的空间。正如当年西方启蒙现代性的确立是以理性对于宗教的祛魅为标志，新时期新启蒙主义所获得的广泛影响也来自其对于政治的祛魅，当然后者是在权威政治自我改革和主动转型的条件下完成的。只有在政治控制的相对松动这一前提条件下，社会层面才有可能形成政治、经济、文化等相对独立而又彼此关联的场域，文化层面才有可能有效区分和沟通认知思维、情感趣味、意志伦理等不同的领域。

新时期之初，当代主流政治文化对极"左"路线的否定，在为新启蒙主义思潮的兴起创造条件的同时，也推动文艺理论对审美独立性的论证。与此密切相关的文艺与政治的关系问题开始得到广泛关注和讨论，长期以来盛行于中国文坛的"文艺为政治服务"、"文艺从属于政治"等文艺工具论的观念不再被奉为金科玉律，越来越多的人认识到文艺相对于政治的审美独立性，这最终促成了党和国家文艺政策的调整，从而为新时期文论审美现代性的发展创造了有利条件。此后，关于人道主义的理论探讨试图通过对马克思早期著作的阐释，为主体性原则的确立寻求理论支持，同时也为独立审美空间的创造奠定了理论基础。这一时期兴起的"美学热"，可以看作是人道主义思潮在美学领域的具体体现。李泽厚和高尔泰这两位"美学热"的代表人物，分别从客观和主观两个方面深刻论证了现代美学的主体性原则，标志着新时期文论审美现代性的重要进展，值得充分肯定。与此同时也不难发现，在反对政治干预，追求审美独立的正当诉求中，也隐含着一种疏离政治、隔绝现实的唯美主义、形式主义倾向，这种与审美独立有所不同的审美孤立倾向在后来历史发展中暴露无遗。

一　为文艺正名：文艺与政治关系再认识

1. 新时期之前的文艺工具论

在新时期之前，突出政治的文艺工具论占据中国当代文论绝对主导地位，文艺由此失去了审美独立性，成为政治的婢女。如果说，古代文以载道的文艺教化论还在一定程度上适应了古代的社会生活和古代人的思维水平、情感模式，其表现出的审美残缺还有其历史的合理性，那么，作为其现代翻版的文艺工具论则与现代社会的发展方向背道而驰，如果不依靠赤裸裸的权力的支持，其对于文艺实践的危害足以导致其理论的破产。早在1950年，阿垅就对政治倾向性与艺术性分离并凌驾于其上的观点提出了质疑，提出艺术与政治应该是一元的，艺术性本身应包含政治倾向性，在此意义上，艺术即政治。离开艺术单独强调政治倾向性，必然导致公式化、概念化，结果是既没有了艺术，也没有了政治："公式主义和教条主义，看起来，好像政治太多，要求政治更多；实际上，在艺术问题上，如果没有艺术，也就谈不到政治"①。不久，胡风在呈给中共中央的"三十万言书"中，认为在党内取得统治地位的宗派主义，用"五把理论刀子"扼杀了文艺的健康发展。所谓"五把理论刀子"其实都是严苛的政治教条，要求和规定"作家要从事创作实践，非得首先具有完美无缺的共产主义世界观"，"只有工农兵的生活才算生活，日常生活不是生活"，"只有思想改造好了才能创作"，"只有过去的形式才算民族形式"，"题材有重要与否之分，题材能决定作品的价值"。在这种情况下，艺术完全成为狭隘政治的附庸，成为特定时期政策的蹩脚注释，表面上所宣称的现实主义所应有的审美客观性根本就无从谈起，正如胡风所质问的："在这五道刀光的笼罩之下，还有什么作家与现实的结合？还有什么现实主义？还有什么创作实践可言？"② 到60年代，李何林再度提出政治性（思想性）与艺术性的统一问题，认为"思想性的高低决定于作

---

① 阿垅：《论倾向性》，载《文艺学习》1950年第1卷第1期。
② 胡风：《关于解放以来的文艺实践情况的报告》，载《胡风全集》第6卷，湖北人民出版社1999年版，第302—303页。

品'反映生活的真实与否';而'反映生活的真实与否'也就是它的艺术性的高低"①。这种艺术性决定政治性而不是政治性主宰艺术性的看法,与阿垅、胡风是一致的,都理所当然地被视为大逆不道而遭到严厉批判。此后,政治功利主义的文艺工具论成为不可动摇的定论,并在"文革"中发展到了极端。对于艺术创作而言,狂热的政治君临一切,艺术性或审美特征只表现在技巧运用和形式美的装饰方面。这里看不到审美现代性对艺术的要求:真实再现外部的社会生活,深入开掘内部的心灵世界。我们看到的是高度政治化的古典主义,它所反映的只能是古代审美意识在现代的滞留。

2. 新时期之初对文艺与政治关系的重新审视

新时期之初,权威政治与启蒙思想的协调,为审美摆脱严酷的政治控制而获得一定的独立自主性创造了必要条件。另一方面,正如启蒙思想最初是在马克思主义的理论框架中展开的一样,在文艺理论方面重新审视文艺与政治的关系,表达审美独立的诉求,也伴随着理论的折中与突破,一方面仍然要援引马克思主义经典作家的权威论述,另一方面又要冲破僵化的教条主义的理论束缚,这是这一时期文艺理论研究的主要特点。

随着政治上的"拨乱反正",思想上的觉醒解放,以及文艺实践方面的经验总结,新时期文论开始重新审视文艺与政治的关系。最早明确对文艺工具论提出质疑是陈恭敏②,他运用马克思主义哲学反映论的理论武器,试图通过论证艺术反映生活的广泛性、多样性、复杂性的特点,突破单一政治性的限制,从审美的客观性的角度争取艺术相对独立。随后,《上海文学》以评论员

---

① 李何林:《十年来文学理论和批评上的一个小问题》,载《文艺报》1960年第1期。

② 陈恭敏:《工具论还是反映论——关于文艺与政治的关系》,载《戏剧艺术》1979年第1期。

名义发表《为文艺正名——驳"文艺是阶级斗争的工具"说》一文,从同样的角度批驳了文艺工具论。这篇文章认为:"文学艺术的基本特点,就在于它用具有审美意义的艺术形象来反映社会生活。"因此,"文艺与生活的关系应当是文艺首先的和基本的关系。只有把文艺与生活的关系作为首先的和基本的关系来考察的文艺观,才是唯物主义的文艺观。而'文艺是阶级斗争工具'说,要求文艺创作首先从思想政治路线出发,势必导致'主题先行',这样就撇开了不以人的主观意志为转移的客观世界,把文艺与阶级的欲望、意志的关系作为首先的和基本的关系来考察,这样的文艺观实质上是唯心主义的文艺观"。显然,这是从哲学反映论的角度把艺术认识的客观性提到了优先的地位,要求首先解决艺术与生活的关系,也就是求得真的价值。同时,文章也提出,艺术体现着真善美的统一,所以对于真的偏重并不意味着放弃善和美的追求。这就是说也要考虑艺术与政治的关系,以求得善的价值。并且在真与善的基础上,解决内容与形式的关系,以求得美的价值。对于真善美这三者的关系来说,它们不是孤立的,而是相互联系,相互渗透的。"文艺追求的真,不是概念的真,而是艺术形象(主要是人物形象)的真;文艺所追求的善,不是政治的或道德的说教,而是把强烈的、代表人民的爱与憎熔铸在艺术形象的创造中;文艺所追求的美,也不是纯形式的美,而是内容与形式的统一,真善美的统一。"① 由于文章引经据典,旗帜鲜明地驳斥了文艺工具论,因而,引起广泛关注和讨论。应该说,此文对于艺术与生活关系和艺术认知功能的强调,对于真善美相统一的要求,对于艺术特性和艺术独立性的重视,都是值得肯定的。当然,从推进审美认知现代性的角度来看,这篇文章的理论表述还是粗疏的,仅仅是提供了一个继续深

---

① 《上海文学》评论员:《为文艺正名——驳"文艺是阶级斗争的工具"说》,载《上海文学》1979年第4期。

化的契机而已。事实上，仅仅运用哲学反映论是难以区分理智的抽象思维和艺术的审美认知的，至于说审美如何在维护自身独立的前提下包容认知和功利而达到真善美的统一，也没有更深入的阐释，有的只是一些笼统的解说，还有待于进一步澄清。应该说明的是，当时所发表的不少文章都以哲学反映论为理论武器，探索艺术独立于政治的特性和规律，但在理论上也都没有超出上述两文的水平。

除了反映论的框架，还有相当多的文章，试图运用马克思主义关于经济基础与上层建筑及意识形态关系的理论，厘清文艺与政治的关系。新时期在这方面最早提出自己看法的是朱光潜，他认为政治法律观念、宗教、哲学、道德、艺术等意识形态并不属于上层建筑，前者指的是思想观念，后者指的是政治法律机构。两者共同被经济基础决定，又反作用于经济基础。相比较而言，"上层建筑比起意识形态来距离经济基础远较临近，对基础的反作用也远较直接，远较强有力"[1]。作为上层建筑的政治是经济的集中体现，和经济是不可分割的。而政治观点与艺术一样则是意识形态，属于恩格斯所说的"那些更高地浮在空中的思想领域"。朱光潜在这里实际上是强调了意识形态相对的独立性，不是直接受制于经济和政治，中间还存在许多复杂曲折的中介环节，而作为意识形态的艺术的审美独立当然也可以从这一阐释中获得理论支持。在此可以看出，朱光潜提出这一观点，其目的就是为了反对庸俗社会学和机械唯物论对于艺术独立性的漠视。不过，朱光潜对于马克思主义经典理论的新异见解并没有成为当时的共识，更多的人还是从对这一理论传统的认识出发，来为文艺和政治定位。通行的看法是，为经济基础所决定的上层建筑包括两个部分：一是政治法律设施，一是政治法律观念、宗教、哲学、道德、艺

---

[1] 朱光潜：《上层建筑和意识形态之间关系的质疑》，载《华中师院学报》1979年第1期。

术等社会意识形态。其中前者与经济距离更近，关系更直接，后者与经济距离远一些，关系较间接。这样一来，作为意识形态的政治和艺术就同属上层建筑，在上层建筑或意识形态内部，两者彼此独立，互相作用和影响，其关系是平等的，并不存在从属或服从关系，"打个比方说，文艺与政治并不是父子关系，而是兄弟关系"①。要说服务，也只能说两者都为经济基础服务，而不能说文艺为政治服务，因为政治不是目的，只有经济才是最终决定性的因素。而且在具体实践过程中，还会出现政治与经济背道而驰的情况，这时强调文艺为政治服务显然就更是错误的②。还有人认为，马克思主义经典作家只是提到哲学和宗教是"更高地悬浮于空中"的意识形态，而从未说过文艺也是如此，文艺实际上与经济基础的关系极为密切，根本无须通过政治这一中介而与经济基础发生联系③。显然，人们对于马克思主义关于经济基础与上层建筑以及意识形态理论的理解有着相当大的差异，但其目的都是为反对狭隘直接的文艺工具论而寻求理论根据。

总的看来，运用哲学反映论和经济基础与上层建筑及意识形态的关系理论来探讨文艺与政治的关系，是文艺摆脱政治的全面监控而获得审美独立的初步尝试。当然，这里还不可能深入地理解文艺的审美特性，这些探讨或是囿于反映论的框架，把形象的认识看作文艺的基本特征，并以此来解释审美认知，或是从文艺所具有的不同功能的角度，区分审美与认识、教育三种作用，实际上都没有对现代审美意识的特点和审美现代性有深刻的把握。因此，这些探讨仅仅是一个幼稚的理论起点。当然，幼稚也并不意味着毫无意义，因为后来更为成熟的审美反映论和审美意识形态理论的根芽正是从这里萌发的。

---

① 王若望：《文艺与政治不是从属关系》，载《文艺研究》1980年第1期。
② 王若水：《文艺·政治·人民》，载《文艺理论研究》1980年第3期。
③ 曹廷华：《"文艺从属于政治"是不科学的命题》，载《文艺研究》1980年第3期。

应该说明的是，新时期文论对于文艺与政治关系的反思，既是新兴的新启蒙主义思潮的重要表现，同时也与当时权威政治对过去"左"倾政治路线的否定相一致。根据邓小平1979年10月在第四次文代会上的祝词所体现的精神，1980年7月26日，《人民日报》以社论的形式，提出"文艺为人民服务，为社会主义服务"的新口号，取代了"文艺为政治服务"、"文艺从属于政治"等旧的说法，反映了权威政治对于文艺方针政策的调整，实际上也肯定了文艺理论的学术话语对于文艺相对于政治的独立性要求。这也说明，新时期之初的文论要求文艺所要摆脱的政治，是具有的特定的含义的，指的是现行的政策、当前的中心任务、抽象的政治观念、各部门各地方长官意志等等，而不是指广义的政治。就后者而言，新时期文论对于文艺与政治关系的重新审视本身就有着强烈的政治意味，可称作是一种去政治化的政治，而且其背后还有着权威政治的背景。

二 人道主义理论：审美独立的思想基础

1. 中国现当代人道主义思想的兴衰与审美现代性的发展

中国当代政治一体化的社会结构和与之相配合的极"左"意识形态，决定了个体必须融入阶级、党、人民、国家等神圣而抽象的集体之中，成为个性泯灭的驯服工具。由此形成的人性结构必然具有古代形态而不具有现代性，其理性是与人疏远的超感的政治规范和教条，其感性被认为是卑劣的生物欲望和低级的感觉印象，在这样的客体性的人性结构中，处于绝对主宰地位的冷硬僵化的理性，一方面导致感性的压抑干枯，另一方面激发感性的扭曲迷狂，实际上无法完成感性与理性的有机结合，这样也就难以走上审美现代性的道路。

审美现代性作为启蒙主义文化现代性的有机构成，其发展水平与思想启蒙的状况息息相关，现代美的追求有赖于现代人的解放，审美现代性的主体性基础实际上是由启蒙主义文化现代性奠定的。然而，作为启蒙现代性的核心内容的人道主义思想，在中国当代却一直被当作资产阶级意识形态受到批判。于是，多年来在理论上只承认凝固单纯的阶级性，而看不到复杂变动的人性，只保留经过政治规训提纯的情感，排斥人的几乎所有正常的自然与精神的欲求，只注重个人对集体的归属和对领袖的服从，根本无视个性的自由和人格的独立。表现在文艺创作领域，只能塑造性格内容贫乏的公式化概念化的人物形象，只能抒发空洞单调的标语口号式的情感。这样一种严重背离审美现代性的高度政治化的新古典主义文学，是古代僵化的传统与现代变异的政治畸形结合的怪胎，如果说古代古典主义文学因其适应了古代社会生活与古人的心理结构而具有历史的合理性，那么中国当代新古典主义文学则完全丧失了存在的依据。对此，中国的文艺理论界当然不会毫无觉察，即使是在受到政治高度管控的50年代，巴人、钱谷融、王淑明等人也曾对文学的人性、人情和人道主义问题进行了初步探讨。巴人认为当代文艺作品存在的主要问题是"政治气味太浓，人情味太少"，因而缺乏引人入胜的艺术魅力，令人望而却步。在他看来，"人情是任何人之间共同相通的东西。饮食男女，这是人所共同要求的。花香、鸟语，这是人所共同喜爱的。一要生存，二要温饱，三要发展，这是普通人共同的希望。……我们当前文艺作品中缺乏人情味，那就是说，缺乏人人所能共同感应的东西，即缺乏出于人类本性的人道主义"①。至于说阶级性，那也要以人情为基础，也就是说要植根于人类本性的人道主义。因为，所谓的阶级性，不过是人类本性的"自我异化"，伴随着阶级性的消亡，人类本性将会复归，并在发展中日趋丰富。最后，巴人指出，当代文艺作品中人情、人性和人道主义的空白，就是因为机械地理解了文艺上的阶级论原理。钱谷

---

① 巴人：《论人情》，载《新港》1957年第1期。

融则借用高尔基"文学是人学"的观点①，发表了《论"文学是人学"》长篇论文，较为全面地阐发文学的人道主义思想。钱谷融认为，首先，从文学反映的对象来看，当时主流的文艺理论仅仅把人的描写当成文艺反映整体现实的工具，这样反映出来的现实其实只是一个抽象的、空洞的概念。在钱谷融看来，人是生活和现实的主人而不是工具，抓住了人，也就抓住了生活，抓住了社会现实。如果不是这样，那文学是不可能完成反映现实和揭示生活本质任务的。其次，从文学接受的对象来说，文学还承担着影响人、教育人的使命，过去杰出作家的创作，一切都从人出发，一切都是为了人，文学艺术的最基本的推动力就是改善人生，把人类提升到至善至美的境界。这正是文学反映不同于科学认识的地方。再次，从作为文学创造者的作家方面来看，怎样描写人，怎样对待人，应该成为评价作家和他的作品的标准。这涉及作家的世界观。钱谷融不同意所谓现实主义的创作方法能够战胜落后反动世界观这样的流行看法。他认为，在文学领域，作家对人的看法，作家的美学理想和人道主义精神，就是作家世界观中起决定作用的部分。因为"在文艺创作中，一切都是以具体的感性的形式出现，一切都是以人来对待人，以心来接触心的。抽象空洞的信念，笼统一般的原则，在这里没有它们的用武之地"②。文章后半部分还以相当篇幅讨论文学作品评价的标准、创作方法的区分以及典型理论，其中贯穿着作者对文学的人道主义理论的阐释。

---

① 高尔基并未明确说过"文学是人学"，只是表达过类似的意思。所以钱谷融文章原标题为《论文学是"人学"》，引号只打在"人学"上，后为引人注意，才接受他人意见，改为《论"文学是人学"》。后来，到 90 年代，钱谷融偶然发现法国文学理论家泰纳在《英国文学史》序言中明白地说"literature, it is the study of man"，这样，"文学是人学"首先应是泰纳说的。而对于钱谷融来说，他的文章引用此言不过是旨在借题发挥，无论谁说的都不影响他的论述。参见李世涛《"文学是人学"——钱谷融先生访谈录》，载《新文学史料》2006 年第 3 期。

② 钱谷融：《论"文学是人学"》，载《文艺月报》1957 年第 5 期。

面对着庸俗社会学和机械唯物论的盛行，政治意识形态对文学的全面干预，巴人、钱谷融等人对于人道主义的呼唤是勇敢而可贵的，他们的这些理论探索被理所当然扣上资产阶级人性论帽子，受到整肃。这表明，五四之后，在人道主义的旗帜下出现在现代地平线上独立、自由、平等的人的形象，在当代已淹没在抽象固定的阶级性的阴影中失去了踪影。而作为现代主体的人的消失也就意味着启蒙现代性以及与之相关的审美现代性的中断。于是，新时期之初的新启蒙主义思潮只能再次通过人道主义精神的高扬，继五四之后重新确认现代人的主体地位，使被压抑的感性和疏远人的理性分别向着现代人的境界上升与回归，从而为审美现代性的发展开辟道路。所以，人们很容易把80年代以人道主义为主旨的新启蒙主义思潮视为又一次五四新文化运动，而这一点在文艺领域似乎表现得尤为明显，对此，李泽厚曾充满感情地说："一切都令人想起五四时代，人的启蒙，人的觉醒，人道主义，人性复归……，都围绕着感性血肉的个体从作为理性异化的神的践踏蹂躏下要求解放出来的主题旋转。'人啊！人'的呐喊遍及了各个领域各个方面。"①

毫无疑问，新启蒙主义对于人道主义的呼唤可以追溯到五四这一中国现代性的初始阶段，而刚刚逝去的反资本主义现代性的社会主义实践也同样不可忽视。一方面，中国当代，特别是"文革"以革命的名义对世俗生活和普通人情的全面打压，造成了严重的社会创伤，这为新时期人道主义的出场提供了充分正当的历史依据。另一方面，虽然人道主义思想在当代一直被作为资产阶级人性论受到严厉批判，但从未彻底消失，只是退居边缘或作为潜流继续存在。实际上，包括人道主义在内的西方近现代启蒙话语，由于"被视为与经典的马克思主义话语有着直接渊源

---

① 李泽厚：《二十世纪中国文艺一瞥》，载《中国现代思想史论》，东方出版社1987年版，第255页。

关系的'革命进步文艺（文化）'"①，因而在50—70年代一直没有间断过翻译和引进，"是社会主义中国巨大的文化工程之一"②。这样，西方文艺复兴以来的启蒙思想，特别是德国古典哲学、俄国和欧美批判现实主义和浪漫主义文学，就成为新时期之初新启蒙主义追求人道主义的主要思想资源。

正如文艺复兴时期的人文主义通过对宗教神学的否定揭开了西方现代性发展的序幕，中国新时期高扬人道主义旗帜的新启蒙主义思潮的勃兴，也通过对"文革"类似于宗教迷狂的清算，为中国下一步的现代性发展路径的选择确立了方向。新时期之初，权威政治对"文革"进行了彻底否定，同时制定了对传统的国家社会主义发展道路进行改革的战略规划，而新启蒙主义对于现代性未来的想象则与之有着相当的一致性，这样就推动了马克思主义与人道主义这两种话语的结合。但问题还在于，权威政治对于现代性的理解更侧重社会经济层面，有着效率至上的实用主义倾向，往往把浪漫的人文激情和强烈的个性意识视为对经济建设的干扰破坏，同时，传统的"左"倾政治意识形态也余威犹存，这都给新启蒙主义所推崇的人道主义理论蒙上了一层阴影。

2. 新时期人道主义的理论探索与文艺理论的审美自主性追求

在新时期思想理论界，为人道主义正名是通过对马克思主义的重新阐释进行的。在这方面最早做出尝试的是汝信，他在马克思从青年到成熟时期的著作中，找到了不少有关人道主义的言论，如"人的根本就是人本身"，"提高到真正人的问题"，"人

---

① 贺桂梅：《"新启蒙"知识档案》，北京大学出版社2010年版，第59页。
② 戴锦华：《涉渡之舟——新时期中国女性写作与女性文化》，陕西人民教育出版社2002年版，第36页。

本身是人的最高本质"等，试图证明，马克思主义与人道主义并非"绝对对立、水火不容"，虽然"不应该把马克思主义融化在人道主义之中，或是把马克思主义完全归结为人道主义，因为马克思主义不仅仅研究人的问题。但是，马克思主义应该包含人道主义的原则于自身当中，如果少了这个内容，那么它就可能会走向反面，变成目中无人的冷冰冰的僵死教条，甚至会可能成为统治人的一种新的异化形式"①。汝信的这一思路在此后许多探讨马克思主义与人道主义关系的文章中具有相当的代表性，其中王若水的几篇文章因其全面系统的论述、坦率明快的文风而获得了较大的反响。王若水认为，之所以提出人道主义问题，是因为"文革"走向了人道主义的反面——神道主义和兽道主义，结果造成了十年浩劫，这就迫使我们重新思考：马克思主义怎样看待人的问题？人的问题在马克思主义中究竟占有什么位置？与汝信一样，他也是通过对马克思一生各阶段著作的分析，得出结论：马克思主义的出发点是现实的、社会的、实践的人，正是对现实的人及其生活条件的分析，马克思才形成了自己的思想体系②。在王若水看来，今天我们仍然需要社会主义的人道主义，在一篇文章的开头，他模仿《共产党宣言》，以诗意的笔调描绘了新时期人道主义的出场："一个怪影在中国知识界徘徊——人道主义的怪影"③。

在新时期关于人道主义的讨论中，马克思青年时期的著作《1844年经济学哲学手稿》受到普遍重视，其中所阐发的人道主义和异化的思想成为人道主义支持者借重的主要的理论武器。马

---

① 汝信：《人道主义就是修正主义吗？——对人道主义的再认识》，载《人民日报》1980年8月15日第5版。
② 参见王若水《人是马克思主义的出发点》，载人民出版社编辑部《人是马克思主义的出发点》，人民出版社1981年版，第1—15页。
③ 王若水：《为人道主义辩护》，载《为人道主义辩护》，生活·读书·新知三联书店1986年版，第217页。

克思在《手稿》中主要通过对异化劳动的分析，批判资本主义私有制对人性的摧残，导致人的自由本质的丧失，指出只有在未来的共产主义社会，才能充分发挥人的本质力量，真正实现人道主义。而新时期的人道主义理论则把异化这一范畴运用到了社会主义时期。较早涉足这一理论领域的高尔泰认为，马克思的异化理论不仅具有认识论的意义，更主要的是具有方法论的意义，"因为异化和异化的扬弃无非就是否定和否定之否定，一种历史的辩证法"[①]。他用这一理论来分析了"文革"时期的反人道主义的盛行，指出那实际上是一种权力异化或政治异化，人成为野心家攫取和巩固权力的工具、手段，完全丧失了自由自觉的本性。在高尔泰看来，异化"是指个人或社会的自我分裂、自我疏远和自我否定"[②]。它反映了存在与本质、个体与整体的矛盾。异化是随着社会分工和私有制的出现而产生的，也必将随着社会生产力的发展而湮灭。"异化和异化的扬弃，实质上是人的否定和否定之否定"，这可以用图表粗略表述为：

$$\frac{人}{族类} \rightarrow \frac{非人}{异化} \rightarrow \frac{人}{复归}\ [③]$$

高尔泰并没有根据抽象的理想化人性标准或出于单纯的道德义愤完全否定异化现象，在他看来，对此应该采取辩证态度，也就是说，要承认异化的出现是历史发展的必由之路，是历史进步所必须付出的代价，在这个意义上说，异化并不完全是消极的因素。另一方面，又要看到，异化确实主要地本质地是一种消极因素。只有将其扬弃，才能实现人的彻底解放。王若水早在60年代就接触过异化理论，进入新时期后，他对这一问题进行了进一步的

[①] 高尔泰：《异化现象近观》，载人民出版社编辑部《人是马克思主义的出发点》，人民出版社1981年版，第72页。
[②] 高尔泰：《异化及其历史考察》，载人民出版社编辑部《人是马克思主义的出发点》，人民出版社1981年版，第163页。
[③] 同上书，第172—173页。

思考和研究。他所理解的异化，简单地说，就是异己化。"本来是属于自己的东西，脱离了自己，变成了异己的、敌对的东西，这就是异化。"① 从这一定义出发，他认为，不但资本主义社会存在异化，社会主义社会也没有消灭异化。"不仅有思想上的异化，而且有政治上的异化，甚至经济上的异化。"② 王若水这些关于人道主义与异化的观点得到了周扬的赞同，周扬在纪念马克思逝世 100 周年所作的学术报告中，吸收了王若水这方面的研究成果③。结果，此文引发了胡乔木的批评。在《关于人道主义与异化问题》这篇长文中④，胡乔木区分了人道主义的两个方面的含义，一个是作为世界观和历史观，一个是作为道德原则和伦理规范。前者是与马克思主义截然对立的，后者是可以提倡的社会主义人道主义。显而易见，他认为中国人道主义的倡导者都是在世界观和历史观的意义上理解这一理论的，因而是错误的。至于说异化的概念，则绝不能运用于分析社会主义社会，否则会引发对社会主义、共产主义和党的领导的不信任情绪和悲观心理。鉴于胡乔木的地位和当时政治形势，这篇文章发表后，正常的学术论争已难以进行下去了，大多数人道主义理论的支持者只能被迫保持沉默⑤。但这并不意味着人道主义思想在中国的再次消失，恰恰相反，它在知识界赢得了广泛的同情。这表明，在经历了

---

① 王若水：《文艺与人的异化问题》，载《上海文学》1980 年第 9 期。
② 王若水：《谈谈异化问题》，载《为人道主义辩护》，生活·读书·新知三联书店 1986 年版，第 189 页。
③ 参见周扬《关于马克思主义的几个理论问题的探讨》，载《人民日报》1983 年 3 月 16 日第 4 版。王若水是此文起草者之一，文章第四部分讨论马克思主义与人道主义的关系，主要采用了王若水的观点。
④ 参见胡乔木《关于人道主义与异化问题》，人民出版社 1984 年版。
⑤ 虽然迫于政治压力，正常的学术讨论无法进行，但高尔泰、王若水仍坚持自己的观点，之后也都发表针对胡乔木的反批评的文章，说明人道主义理论虽遭打压，还是有少数坚持者能够发出自己的声音。参见高尔泰《人道主义——当代争论备忘录》，载《四川师大学报》1986 年第 4 期；王若水《我对人道主义问题的看法——答复和商榷》，收入《为人道主义辩护》，生活·读书·新知三联书店 1986 年版。

"文革"的反现代、反启蒙、反人性的残酷斗争之后，作为启蒙现代性的人道主义思想已很难通过政治手段强行压制了。

当然，从学术角度来说，并非不可以对人道主义融合于马克思主义的观点进行质疑。例如，在人道主义理论的反对者看来，马克思早期的人道主义思想主要是受到了费尔巴哈的影响，思想成熟后的马克思以唯物史观取代了抽象的人性论。这一看法就与西方马克思主义者阿尔都塞的看法不谋而合。阿尔都塞认为，青年马克思与成熟时期的马克思之间存在着一个"认识论的断裂"，早期马克思所接受的人道主义思想是一种意识形态，成熟时期的马克思主义"制定出建立在崭新概念基础上的历史理论和政治理论，这些概念是：社会形态、生产力、生产关系、上层建筑、经济的最后决定作用以及其他特殊的决定因素等等"①。这才是真正的科学的理论。在阿尔都塞那里，不同于科学理论对真理的揭示，意识形态主要是人类对自己生存条件的"体验"和"想象"，在意识形态中，真实关系不可避免地被包括到了想象关系中。这样，作为科学理论的马克思主义必然要与作为意识形态的人道主义划清界限。

除了马克思主义的角度，西方后现代主义对人道主义和主体性思想也一直有持续不断的反思批判。曾经做过阿尔都塞弟子的后现代思想家福柯说："想到人只是一个近来的发明，一个尚未具有200年的人物，一个人类知识中的简单褶痕，想到一旦人类知识发现一种新的形式，人就会消失，这是令人鼓舞的，并且是深切安慰的。"② 在福柯那里，人不过是一定社会历史条件下的话语构成物。如果以此观点来看80年代人道主义思潮，不免会得出这样的结论："人道主义话语从来就不仅仅是为了'解放

---

① 路易·阿尔都塞：《马克思主义和人道主义》，载《保卫马克思》，顾良译，商务印书馆1984年版，第196—197页。

② 米歇尔·福柯：《词与物——人文知识考古学·前言》，莫伟民译，上海三联书店2001年版，第13页。

人'，而是为了重新将人组织到现代社会的制度性关系体制当中。""把政治的个人转化为非政治色彩的个人，实则是建构更适宜于'现代化'的'经济个人'。"① 在这种观点看来，80年代人道主义话语暗含的上述意识形态内容在90年代昭然若揭。

但是，无论自认为站在正统的马克思主义立场对人道主义进行责难，还是从时髦的后现代理论出发把人道主义视为一种陈旧过时的话语类型，都远远低估了80年代人道主义理论所释放的巨大的思想活力，这对于为了摆脱传统的重负而走上现代性之路的中国而言，是弥足珍贵的。正如一位论者在谈到80年代人道主义话语的积极意义时所说："讨论任何话语，如果割裂了当时当地的社会生活，断开了那社会、生活所由来的历史，抛弃了话语产生的土壤，那话语变成了毫无意义的怪物，这当然不是排斥另外一个尺度的衡量。"② 也就是说，不应该排斥价值中立的学术研究，但更重要的是还要看具体的话语实践的效果和意义。正是基于这一考虑，李泽厚才对80年代的人道主义思潮给予了正面评价，尽管他在学术上并不赞同人道主义理论③，并且认为80年代中国人道主义的讨论理论水平并不高。在他看来："人道主义思想本就是肤浅和陈旧的，甚至是几百年前的。但在中国却还是要讲。因为在中国，平等待人，个体自由，主体的解放，仍然是一个问题。"④

---

① 贺桂梅：《"新启蒙"知识档案——80年代中国文化研究》，北京大学出版社2010年版，第78、80页。

② 程文超：《意义的诱惑——中国文学批评话语的当代转型》，时代文艺出版社1993年版，第17—18页。

③ 李泽厚认为："马克思主义不是人道主义，而是历史主义。"胡乔木知道他不同意王若水的观点，曾让他写文章批判王若水，被他拒绝了。因为他觉得虽然自己在学术上有不同意见，但王若水提出这个问题有利于思想解放。参见李泽厚、刘绪源《该中国哲学登场了？》，上海译文出版社2011年版，第78页。

④ 李泽厚：《世纪新梦》，安徽文艺出版社1998年版，第464页。

以人道主义为核心内容的启蒙现代性，在文艺理论和美学领域主要表现为摆脱狭隘的政治束缚，寻求审美独立的现代意识。当然，开始的时候，思想的解放的程度是极为有限的，仍然必须借助政治权威的力量，才有可能打开一个理论的缺口，这在"文革"刚刚结束时所进行的共同美的讨论表现得非常明显。当时，何其芳在1977年第9期《人民文学》上发表的散文《毛泽东之歌》中，记录了毛泽东在1961年与他谈话时对于共同美的看法："各阶级有各阶级的美，不同阶级之间也有共同美。'口之于味，有同嗜焉。'"这段话立即在美学文艺学理论界引起了强烈反响。因为长期以来，只能讲美和艺术的阶级性，而绝对不能讲其超阶级的共同性，否则很容易被视为是以共同人性来取代阶级性，于是美学里的共同美问题以及艺术欣赏中的共鸣问题都成为理论探讨的禁区。显然，毛泽东的上述看法为打破多年来的政治禁忌提供了依据，使人们开始不再局限于阶级斗争的思维模式，把对于美的问题的研究引向深入，同时，对共同美问题的探讨也引发了对人性、人道主义问题的思考。这方面朱光潜在当时众多的讨论者中显得相当有代表性，他率先对人性、人道主义、人情味和共同美问题提出自己的看法。在朱光潜看来，首先，所谓人性是指"人类的自然本性"，"人性和阶级性的关系是共性与特殊性或全体与部分的关系。部分不能代表或取消全体，肯定阶级性并不是否定人性。马克思《经济学哲学手稿》整部书的论述，都是从人性论出发，他证明人的本质力量应该尽量发挥，他强调'人的肉体和精神两方面的本质力量'便是人性"。其次，人道主义"有一个总的核心思想，就是尊重人的尊严，把人放在高于一切的地位……马克思不但没有否定过人道主义，而且把人道主义与自然主义的统一看作真正共产主义的体现"。最后，他认为"人情也还是人性中的重要因素。在文艺作品中人情味就是人民所喜闻乐见的东西"。第四，不同时代、不同民族和不同阶级是存在共同美感的。"否定共同美感，就势必要破坏马克思主义关于文化（包括文艺在内）两大基本政策：一是对传统的文化遗产的批判继承；一是对世界各民族的文化的交流借鉴，截长补短。"① 朱光潜的这些观点并没有越出马克思主义的理论框架，也没有经过深入的论证，其意义在于，多年来为抽象的阶级性所压制的感性的血肉存在的人终于在这里得到了确认，这意味着个体意识自觉与一个个性解放的时代即将到来，同时，与之相关的审美特性问题也进入了人们的视野。此后，对于人性、人道主义的讨论成为80年代初期文艺理论和美学领域持续数年的一个理论热点，这也可以看作是被压抑的审美现代性开始启动的重要表征。

曾在50年代因倡导文学的人道主义而遭受粗暴打击的钱谷融②、王淑明③，此时也再度发表文章重申他们的观点，表明了长期以来隐伏于地下的人道主义潜流开始浮出地表。当然，更重要的还是现实的创作实践的冲击，新时期之初涌动的伤痕文学、反思文学所体现的人道主义精神，要求当时的文学批评家、理论家对这一时期文学潮流的主要特征进行命名概括时，不能不想到人道主义。例如，俞建章通过对新时期短短三年来涌现的几十篇优秀小说所进行的分析研究表明，新时期文学刚刚起步就形成了一股强大的人道主义潮流④。何西来认为："人的重新发现，是新时期文学潮流的头一个，也是最重要的特点，它反映了文学变

---

① 朱光潜：《关于人性、人道主义、人情味和共同美问题》，载《文艺研究》1979年第3期。

② 参见钱谷融《〈论"文学是人学"〉的自我批判提纲》，载《文艺研究》1980年第3期。此文写于1957年12月，是作者发表《论"文学是人学"》后的写的自我批判文章，其中说明当时想法的部分实为自我辩解。钱谷融在80年代发表此文时明确表示，自己的观点并没有根本的变化。

③ 参见王淑明《人性·文学及其他》，载《文学评论》1980年第5期。王淑明曾在50年代因著文呼应巴人的《论人情》而受到批判，参见其《论人性与人性》，载《新港》1957年第7期。

④ 参见俞建章《论当代文学创作中的人道主义潮流——对三年来文学创作的回顾与展望》，载《文学评论》1981年第1期。

革的内容和发展趋势。人的重新发现，是说人的尊严、人的价值、人的权利、人性、人情、人道主义，在遭受长期的压制、摧残和践踏以后，在差不多从理论家的视界中和艺术家的创作中消失以后，又开始被提起，被发现，不仅逐渐活跃在艺术家的笔底，而且成为理论界探讨的主要课题。"① 刘再复在论及新时期文学思潮时说："我们可以找到一条基本线索，就是整个新时期的文学都围绕着人的重新发现这个轴心而展开的。新时期文学作品的感人之处，就在于它以空前的热忱，呼唤着人性、人情和人道主义，呼唤着人的尊严和价值。"②

文艺理论领域对于人道主义的讨论，主要围绕着人性、人的本质、阶级性、社会性、自然性等概念的辨析而展开，虽然众说纷纭，并未有一个公认的明确结论，但基本趋向是清晰可辨的，那就是以真实丰富、开放变动的人性取代抽象空洞狭隘僵固的阶级性。而这背后隐含着的主题其实是文学从严酷的政治控制中摆脱出来而获得审美独立的要求。因为现代审美意识的生成离不开现代人性结构的构建，所以，新时期文论所崇尚的人道主义思想实际上是为审美现代性发展创造了必要条件。其主要表现就是伴随着人的地位的提升，审美特性开始凸显，这可以从与人道主义思潮的兴衰相始终的美学热现象得到证明。

三 美学热：现代美学主体性原则的确立

50 年代，曾经有过一次美学热。当时，以朱光潜对于其美学思想的自我批判为开端，主要围绕美的本质问题，众多学者彼此辩难，展开了一场持续数年的美学大讨论，在论争过程中形成

---

① 何西来：《人的重新发现——论新时期的文学潮流》，载《红岩》1983 年第 3 期。

② 刘再复：《论新时期文学的主潮》，载《论中国文学》，作家出版社 1988 年版，第 273 页。

了以李泽厚、朱光潜、高尔泰、蔡仪等人为代表的不同的学术派别。这次美学讨论虽然也是在严格的政治规范和给定的前提条件下进行的，但毕竟保持了一定的学术自由，最终并没有对各方的学术观点作政治裁决①，这在基本上以政治批判取代学术研究的中国当代几乎是绝无仅有的奇迹，由此不仅推进了中国美学的发展，也为70年代末80年代初再次兴起美学热作了必要的学术准备。

第二次美学热的形成离不开新时期人道主义思潮的兴起。通过对马克思主义与人道主义关系的探讨，50年代形成的美学各派开始深化扩充自己的美学理论体系。进入垂暮之年的朱光潜不但率先打破禁忌，提出文学的人道主义、人性、人情及共同美问题，引起广泛讨论，而且还亲自动手翻译马克思的《1844年经济学哲学手稿》，撰写研究《手稿》的论文②，对于引发美学热起到了重要作用。对《手稿》持保留态度的蔡仪，也在1979年发表《马克思怎样研究美?》的长篇论文③，通过对《手稿》中"美的规律"的阐释，重申自己的美学观点。但此文一发表，就引起刘纲纪、朱狄、陈望衡等多人的批评④，这表明以蔡仪为代

---

① 这里所说的学术自由是相对的，实际上，对于美的本质所持的观点不同，承受的政治压力也有很大差异，例如，主张美在主观的高尔泰就被打成右派，并开除公职，劳动教养，遭受二十年的磨难。

② 朱光潜的《手稿》译文和论文《马克思的〈经济学——哲学手稿〉中的美学问题》均刊发于大型丛刊《美学》（即人们俗称的大美学，为中国当代第一份专业美学刊物，亦被认为是美学热的标志性刊物，由上海文艺出版社出版，名义上是由中国社会科学院哲学研究所美学研究室主办，实际上所有编辑工作均由李泽厚一人承担，从1979年开始，大约每年出一期）第二期，这一期还发表了郑涌和张志扬研究《手稿》的文章，由此引发了持续数年的《手稿》研究热。

③ 参见蔡仪《马克思怎样研究美?》，载中国社会科学院文学研究所文艺理论研究室编《美学论丛》第一辑，中国社会科学出版社1979年版。

④ 参见刘纲纪《关于马克思论美》，载《哲学研究》1980年第10期；陈望衡《试论马克思实践观点的美学》，载《美学》1981年第3期；朱狄《马克思〈1844年经济学——哲学手稿〉对美学的指导意义究竟在哪里?》，载《美学》1981年第3期。

表的那种建立在自然本体论基础上"见物不见人"的美学,在新时期已经开始受到人们普遍的反对和冷落了。原因在于,这一时期蔡仪与其众多反对者之间的争论已不是"发生在马列主义认识论的原有范围之内(这是 50 年代讨论初期的情况),而恰恰是围绕'人'的主题展开的,是传统唯物主义反映论与青年马克思主义的人本主义立场之间的对立。……因而,这场新时期初叶持续数年的美学论辩,必须放在哲学理论界同期有关异化和人道主义的激烈辩难的背景下来理解"①。实际上,真正引领新时期美学热的中坚人物李泽厚和高尔泰,确实都把自己的美学理论与对作为现代主体的"人"的思索紧紧联系在一起。

1. 李泽厚客观论的主体性美学

早在五六十年代,李泽厚就以主体的社会实践来论证美的客观性与社会性的本质,从而"强调了人与美的不可分割的联系,突出了主体对现实的能动作用和对美的创造,从客观论美学的角度为人在美的本质的深层次上找到了他不可替代的地位,这是中国现代美学在确立主体性原则上取得的重大进展。同时这种美的本质的实践论又把主体的能动作用同社会实践的历史具体性联系在一起,使美和美感成为对客观现实开放的系统,这是把中国现代美学同中国现代社会人生的真实过程更为密切的连接在一起的纽带"②。也就是说,李泽厚这一时期基于主体性原则对于美的本质的思考,为在保持审美特性的前提下深刻理解审美的客观现实性提供了保证,这一点可以从他对于悲剧性的社会崇高的理解和对于典型的个性、偶然性的强调表现出来。应该说,李泽厚的前期美学思想已经实质性地推进了审美现代性的发展。

---

① 祝东力:《精神之旅——新时期以来的美学与知识分子》,中国广播电视出版社 1998 年版,第 83—84 页。
② 邹华:《20 世纪中国美学研究》,复旦大学出版社 2003 年版,第 270 页。

进入新时期后，李泽厚在坚持其基本美学观点的同时，把关注的重点转向了主体性问题。实际上，早在写作于"文革"期间的《批判哲学的批判——康德述评》一书中，他就从人类学本体论或主体性实践哲学的立场，对康德哲学进行了创造性的阐释和发挥，而此书专论美学的第十章被认为是"美学热""最早亦最具代表性的文本"①。从审美现代性的角度来看，此书一方面通过康德关于认识论、伦理学与美学三大领域的划分，突出了审美超越认知和意欲的独立性；另一方面，又以美学作为全书的理论总结，突出了审美的核心地位。1981 年，在人道主义思潮方兴未艾之际，他发表了《康德哲学与建立主体性的哲学论纲》一文，简明扼要地阐述了自己在历史唯物论的实践的基础上构建主体性哲学的思想，引起极大的社会反响。在他看来，"人性应该是感性与理性的互渗，自然性与社会性的融合。这种统一不是二者的相加、凑合或混合，不是'一半天使，一半恶魔'，而应是感性（自然性）中有理性（社会性），或理性在感性中内化、凝聚和积淀，使二者合二而一，融为整体。这也就是自然的人化或人化的自然"。"人性就是人与物性、与神性的静态区别而言。如果就人与自然、与对象世界的动态区别而言，人性便是主体性的内在方面。"② 他认为，人性或主体性的两个方面，即理性、社会、人类与感性、自然、个体之间，前者具有优先地位和决定性作用，后者的意义和价值同样不可忽视，而且随着时代发展愈益突出和重要。所以，他一方面不同意把马克思主义等同或归结于人道主义、个性主义，认为那是肤浅的；另一方面又不赞成把唯物史观当作一成不变的庸俗决定论或反人道主义的结构主义，认为那是谬误的。如果只看到前一方面，就认为李泽厚的主体性

---

① 尤西林：《"美学热"与后"文革"意识形态的重建》，载《心体与时间》，人民出版社 2009 年版，第 180 页。
② 李泽厚：《康德哲学与建立主体性的哲学论纲》，载《李泽厚哲学美学文选》，湖南人民出版社 1985 年版，第 149—150 页。

理论与反人道主义的主流意识形态没有实质的差异,只是一种"更为精致、迷人的决定论",进而认定在这样的决定论的总体框架内,"支配个体审美艺术活动的是积淀在个体心理结构中的社会历史理性力量,在此,个体事实上并无自由可言"①。似乎个体存在、感性心理在他那里都是无足轻重的,这样的看法显然并不全面。虽然李泽厚确实是从理性主义的角度提出主体性问题的,在他那里,个体存在、感性心理从来都不能离开历史现实和社会理性的基础,他也反对那种脱离了具体社会历史内容的抽象的个体自由和动物性的感性放纵,但他关注的重点仍然是个体存在和感性心理,实际上这才是他提出主体性问题的主要目的。因为在他看来,"从黑格尔到马克思主义,有一种对历史必然性的不恰当的、近乎宿命的强调,忽视了个体、自我的自由选择并随之而来的各种偶然性的巨大历史现实和后果"②。因此,主体性问题的提出,就是要在决定论的前提下,突出感性情感、个体自由和历史偶然的重要性,或者说,在坚持人类主体性的历史唯物主义决定论的同时,更注重个人主体性的人道主义情感、自由和能动的创造性等方面的内容。李泽厚认为,只有在审美中主体性的这两个方面才得以完美地统一在一起,也就是说,审美"是人的主体性的最终成果,是人性最鲜明的表现。在这里,人类的积淀为个体的,理性的积淀为感性的,社会的积淀为自然的"③。不同于认识论和伦理学的主体结构所具有的外在的、片面的、抽象的理性性质,在审美中,社会与自然、理性与感性、历史与现实、人类与个体都真正达到了内在的、具体的、全面的交融合一。于是就有了如下被认为是"美学热"理论宣言的论断:"美

---

① 余虹:《革命·审美·解构——20世纪中国文学理论的现代性与后现代性》,广西师范大学出版社2001年版,第245、247页。
② 李泽厚:《康德哲学与建立主体性的哲学论纲》,载《李泽厚哲学美学文选》,湖南人民出版社1985年版,第159—160页。
③ 同上书,第161页。

的本质是人的本质最完满的展现,美的哲学是人的哲学的最高级的峰巅。"① 在随后发表的《关于主体性的补充说明》一文中,李泽厚进一步解释了他对于主体性概念的理解。他认为:"'主体性'概念包括有两个双重内容和含义。第一个'双重'是:它具有外在的即工艺——社会的结构面和内在的即文化——心理的结构面。第二个'双重'是:它具有人类群体(又可区分为不同社会、时代、民族、阶级、阶层、集团等等)的性质和个体身心的性质"②。虽然他强调这两个双重含义的第一个方面,即人类群体的工艺—社会结构这一主体性的客观方面,肯定其作为基础所起的根本的决定性作用,但他又明确指出自己的理论主题其实是在人类本体的第二个方面,即提出作为主体性的主观方面的文化—心理问题。也就是说主体性的文化—心理结构或主体性的人性结构才是其理论重心所在,这一结构在人类群体层面表现为"理性内化"的智力结构,"理性凝聚"的意志结构和"理性积淀"的审美结构,落实到个体心理上,就成为以美启真的"自由直观",以美储善的"自由意志"和作为审美快乐的"自由感受"。由于审美的特征在于历史与心理、社会与个人、理性与感性在心理、感性、个体中的统一,因而自由的审美就成为认识论的自由直观和伦理学的自由意志的锁匙,理性积淀——自由的感受就成为人性结构的顶峰,总之,审美成了主体性系统的最后的归宿③。

现代个体存在与古代社会结构的矛盾,现代感性意欲与古代客体理性的冲突,构成中国审美现代性发展的主要动力。中国审美现代性就是在这样的矛盾冲突中努力寻求个体与社会、感性与

---

① 李泽厚:《康德哲学与建立主体性的哲学论纲》,载《李泽厚哲学美学文选》,湖南人民出版社1985年版,第162页。
② 李泽厚:《关于主体性的补充说明》,载《李泽厚哲学美学文选》,湖南人民出版社1985年版,第164页。
③ 同上书,第168、176页。

理性在更高层次上的和谐统一。李泽厚的主体性理论继五四之后,"从哲学的高度再一次提出人的问题,以理论思辨的方式再一次把个体和感性提升到更为突出的地位"①,从而推动中国审美现代性进入到了一个新的发展阶段。

2. 高尔泰主观论的主体性美学

在李泽厚那里,对个体与感性关注的从来不能脱离社会群体和理性结构的制约,这反映了其客观论美学的理性主义特色。但对于确立了主体性原则的中国审美现代性而言,只从理性主义角度论证理性结构对于感性情感的约束和塑造是不够的,还应从非理性的角度来理解感性动力对于理性结构的冲击突破,而后者在高尔泰同样是高扬主体性的主观论美学中得到充分的展现。

在50年代的美学讨论中,高尔泰曾旗帜鲜明地提出美的主观性和美感的绝对性等观点,认为美就是美感,"离开了人,离开人的主观,就没有美"②。在那种"主观就是唯心,唯心就是反动"的理论氛围中,发出这样异端的声音,无疑显示了其巨大的理论勇气和可贵的学术良知,而他也为此付出了沉重的代价。进入新时期以后,饱经磨难的高尔泰对于人道主义思想和美的本质进行了更为全面深刻的论述。作为新时期最早探讨异化问题的理论家之一,他是当时倡导马克思主义人道主义的代表人物。在《唯物史观与人道主义》一文中,他批评了人道主义理论的反对者把人道主义与唯物史观对立起来的观点,认为作为科学的历史唯物论和作为价值理想的人道主义是手段与目的关系,两者不是彼此对立,而是互相包容的。在他看来,马克思主义与人道主义有着根本的一致性,因为"马克思主义,作为历史唯物论和实践论的统一,它的中心和出发点是人和人的解放"。

---

① 邹华:《20世纪中国美学研究》,复旦大学出版社2003年版,第282页。
② 高尔泰:《论美》,甘肃人民出版社1982年版,第7页。

"把人，而不是把任何别的东西放在最根本的地位，这一点决定了马克思主义的人道主义本质。"①

正是站在马克思主义的人道主义立场上，高尔泰开始了其新时期的美学研究。他认为："人和人的解放问题，是马克思主义的中心问题，也是现代美学的中心问题。"② 因此，当马克思把美的哲学放置在更为广义的人的哲学的基础上，并且指出美是"人的本质力量的对象化"的时候，实际上就为我们研究美的本质指明了方向。也就说，要想了解美，首先应该了解人，要想研究美的本质，首先应该研究人的本质。在他看来，对于人的本质，应从三个层次来理解。"第一个层次是它的自然本性，亦即所谓的'共同人性'，这是人的存在的根源；第二个层次是它的社会性，亦即'历史性'、'阶级性'，这常常是人的自然本性的异化形态；第三个层次是它的社会性和自然性的统一，这个统一就是人的存在和人的本质的统一，即人的异化的复归，这种复归，被体验为自由。"③ 将上述人的本质三个层次的各种因素综合起来，就可以得出一个明确的结论：人的本质是自由。"而美，作为对象化了的人的本质，也就是自由的象征。"④ 这是一个三段论的论证：大前提——人的本质是自由，小前提——美是人的本质力量对象化，结论——美是自由的象征。于是，在这里，对美的本质的论证就处处结合着对人的本质的理解，作为宏观历史学的人道主义与作为微观心理学的现代美学就紧密地联系在一起。高尔泰认为，人道主义与现代美学的一致性在于它们都着眼于人的解放，即自由的实现，所不同的只是前者是着眼于人

---

① 高尔泰：《唯物史观与人道主义》，载《学习与探索》1983年第4期。
② 高尔泰：《关于人的本质》，载《美是自由的象征》，人民文学出版社1986年版，第1页。
③ 高尔泰：《美学与哲学》，载《论美》，甘肃人民出版社1982年版，第195页。
④ 高尔泰：《关于人的本质》，载《美是自由的象征》，人民文学出版社1986年版，第29页。

类从社会必然性的束缚中解放出来,后者是着眼于在异化现实中孤独的个人从其"自我"这一狭小黑暗牢笼中解放出来。这是两种不同层次上进行的解放,马克思关于美是人的本质力量对象化的学说,是这二者统一的说明,这一说明揭示了美的追求与人的解放的一致性①。像高尔泰这样不仅仅局限于美感经验研究,而是自觉地从宏观的哲学层面进行美的本体论研究,并且把美学的研究与人的问题如此紧密地联系在一起,在以往的主观论美学中是不曾出现的,这标志着主观论美学在推进审美现代性的主体性原则的确立方面有了重大进展。

高尔泰对于美的本质的理解,决定了他对审美活动和美感的把握。在他看来,审美活动的本质是对自由的体验,在审美活动中,人体验到自由解放的快乐,"通过审美感觉,物进入人,人进入物,有限进入无限,无限进入有限,从而消灭了我与外间世界的对立,不再存在与我对立的他物。这种境界的出现,就是他所体验到的自由的证明"②。由于人的这种自由的体验是通过美感实现的,而美是自由的象征,"所以研究美,也就是研究美感,研究美感,也就是研究人"③。高尔泰认为,人的审美活动通过美感创造了一个美的王国,一个克服了存在与本质、个体与整体的矛盾分裂从而超越了异化现实的自由的王国,审美的自我在此获得了解放。虽然这是一种心理或精神的解放,而不是对于异化现实实践的改造,"但它也不是非生产性的开支,它仍然有其间接的实践意义。这个意义在于,它是为人类争取解放的更为宏观的历史行动所作的准备和演习。它可以导致直接的历史行动,所以在归根结底的意义上,它仍

---

① 参见高尔泰《美的追求与人的解放》,载《美是自由的象征》,人民文学出版社1986年版,第122—123页。
② 高尔泰:《美学与哲学》,载《论美》,甘肃人民出版社1982年版,第207页。
③ 同上书,第210页。

然是历史行动"①。所以美感所创造的美的自由的王国，就不是一个虚幻的审美乌托邦，而是一个有着现实性的真实存在，审美享受也不是对人的心灵消极的抚慰，而是对人类进步的积极的推动。

高尔泰在其美学研究之初就极为重视美感对于美的决定作用，"文革"结束复出之后，他仍然强调"美感点燃了美"，"美感大于美"，"美感，这是一种比思想更为深刻的思想，是一种深刻到超过了意识限度的思想"②。在他看来，作为人的一种本质能力，美感包括植根于自然生命的感性动力和积淀着历史文化的理性结构，但又并非这二者机械的结合。它首先是一种感性动力，在其中理性结构只是作为一个被扬弃的环节而存在。如果说李泽厚在感性与理性的统一中更侧重理性对感性的塑造，那么，高尔泰则是在感性与理性的统一中更强调感性对理性的批判突破。在高尔泰这里，感性动力是绝对活跃开放，永远通向未来的，理性结构是相对静止封闭，只是面向过去的。所以作为历史积淀的理性结构只能说明既定的事实和结果，只有那蕴含生命能量的感性动力才引导我们走向未知的世界。"审美活动是感性动力行进的一种形式，它表示远在能够进行逻辑分析和科学实验之前，人类的本性就是要进行窥视、摸索、试探。""新思想新萌芽和新的行为方式都以模糊的、无意识的状态首先存在于感性审美活动中。"③ 这样，作为感性动力的美感经验就有了"优选法"的作用，或者是起到了"导航指南"的作用，成为人类伸向未知世界探索前进道路的触须，在不断的试错过程中巧妙地引导人类发展进步。

---

① 高尔泰：《美的追求与人的解放》，载《美是自由的象征》，人民文学出版社1986年版，第95页。

② 高尔泰：《美是自由的象征》，载《美是自由的象征》，人民文学出版社1986年版，第62、67页。

③ 高尔泰：《美的追求与人的解放》，载《美是自由的象征》，人民文学出版社1986年版，第108、112页。

高尔泰的美学思想从主观方面对于审美现代性的推动，不仅表现在对主体自由、感性动力、个体美感的推崇方面，而且也体现在对崇高美的感应和对自然美的倾心等方面。高尔泰认为，生命是在与阻力的斗争中前行的，生命的存在是开放的耗散结构，它总是对抗熵流而避免走向单一死寂。生命的结构也就是美的结构，所以"美必然是负熵的"①。他反对把美的世界与忧患的人世绝缘，认为那些引人入胜的世外桃源，孤立静止的"圆满境界"，都不导向美的境界。"心灵的安息正如生命的安息，恰恰只能导向美的反面，即导向生活与自由的反面。"② 他所肯定的这样一种充满矛盾冲突的动态的美，正是现代的崇高美。关于自然美，高尔泰认为，美归根结底是人与自然的同一，所以"美是'一'的光辉"。这不是说要以自然客体消解个人主体，而是赋予个体感性生命以宇宙的广袤深邃，从而获得无穷的原始活力和能量。

总的来说，作为与启蒙现代性的人道主义思潮密切相关的美学热的代表人物，李泽厚与高尔泰一方面从时代的重心汲取了丰富的营养，另一方面又以自己创造性的思想推动了时代的进步和审美现代性的发展。"他们在中国现代美学史上第一次深入而自觉地沉潜到美的本体层次，从两个不同的角度对美与人的关系进行了深刻而富有生机的理论思辨，从而使美的本质与人的本质结合在一起，使'美本身'与人的自由结合在一起，这就为确立中国现代美学的主体性原则提供了更为坚实的基础。"③ 两人在论证的角度和侧重点方面有所不同，但其主体性的根基是相同的，新时期中国审美现代性就是建立在这一根基之上的，他们的矛盾差异则反映了现代审美方式主客观倾向分化对峙、两极互补

---

① 高尔泰：《美学与哲学》，载《论美》，甘肃人民出版社1982年版，第198页。
② 高尔泰：《美是自由的象征》，载《美是自由的象征》，人民文学出版社1986年版，第83页。
③ 邹华：《20世纪中国美学研究》，复旦大学出版社2003年版，第267页。

的特点，实际上是以各自片面的方式体现了审美现代性的不同方面的内容。

3. "美学热"中潜藏的问题

李泽厚和高尔泰的美学思想对于审美现代性的推进，使审美相对于政治的独立性得到了空前重视，这代表着美学热的主导方面，是其最积极的历史成果。在此，审美在维护自身独立的前提下，与认知与意欲保持着有效的联系，也没有切断与社会生活和心灵世界的通道，这正是审美现代性所要求的充满丰富意义与无限活力的审美独立。另一方面，我们也不能不看到，受到久远历史重负和现实政治条件的限制，启蒙现代性的主体自由、理性批判、人文关怀等思想还并没有在中国社会深深扎下根，与之对应的审美现代性也时时受到古典主义的侵扰而发生变异，这是一个在20世纪中国不断重现的现象，在美学热中同样也有所体现，虽然并非主流。例如何新在《试论审美的艺术观——兼论艺术的人道主义及其他》一文中，就认为艺术品可以丝毫不具有认识或教育的价值，可以没有意义，没有内容，只要有形式美，就具有审美价值，就当之无愧地可以被称作艺术品。文章指出，旧美学理论的一个重大谬误是对艺术的内容和形式作了完全颠倒的认识，在作者看来"在艺术中，被通常看作内容的东西，其实只是艺术借以表现自身的真正形式。而通常认为只是形式的东西，即艺术家对于美的表现能力和技巧，恰恰构成了一件艺术作品的真正内容"[①]。文中所体现的唯美主义、形式主义倾向是显而易见的，这是一种其消极性在当时还没有暴露但确实背离了审美现代性的倾向。它为了对抗狭隘急切的政治功利对于审美独立性的破坏，而将审美的世界与充满欲望冲动和矛盾冲突的现实社

---

① 何新：《试论审美的艺术观——兼论艺术的人道主义及其他》，载《学习与探索》1980年第4期。

会隔绝开来，建立了一个由纯净内心情感或纯粹艺术形式构成的审美乌托邦。殊不知失去了现实生活的根基，情感就会因断绝了源头而枯竭，形式就会因缺失了内容而贫乏，审美现代性的主体性原则与矛盾性原则就会发生动摇乃至失落，于是这里所寻求的就不再是审美现代性所要求的审美独立，而是具有古代审美意识审美封闭特征的审美孤立。实际上，沉湎于这样一个狭小封闭的审美空间注定是不能长久的，很容易就会重蹈功利主义的覆辙，以古代审美残缺取代现代的审美独立，使刚刚起步的审美现代性遭受挫折。

平心而论，在美学热中，审美孤立的倾向只是处于萌芽状态，其愈演愈烈是后来的事情，这种情形一直持续到90年代，孤守狭小内心或沉醉于纯粹形式的审美孤立状态，最终被商业社会的物欲横流彻底打破，这似乎"是对80年代追求审美至上和艺术独立性的一个极大的讽刺。审美和艺术从政治传声筒的角色中解放出来，然而却迅速改变了初衷，摇身一变成为商品社会的奴婢"[①]。1990年代以来中国审美现代性在消费主义浪潮中的衰退，迫使我们不得不反思80年代美学热所潜藏消极因子，但这并不能说明美学热只是给我们留下了一份失败的理论遗产，相反，代表着美学热最高水平的李泽厚和高尔泰对于现代美学主体性原则的深刻论证，仍然是我们今后发展审美现代性的重要出发点。

[①] 周小仪：《审美的命运：从救赎到物化——关于中国80年代"美学热"的再思考》，载陈平原主编《现代中国》第二辑，湖北教育出版社2001年版，第88页。

第二章

新时期文论审美现代性的展开

现代审美意识的生成意味着必须克服古代审美意识残缺封闭的历史局限，一方面是审美不再沦为政治、伦理的附庸，独立自觉的意识得到空前强化；另一方面是审美冲破狭小的天地，向着人的内部世界深入开掘和向着外部世界广泛拓展，在审美方式上呈现出主客观分化对峙发展的总体态势，从而诞生了一种不同于古典和谐美的新的美的形态，这就是现代的崇高美。根据审美方式侧重点的不同，我们可以看到审美的客观性与主观性的差异。从审美客观现实性方面来看，主要是侧重认识论的维度，形成与古代物化象征不同的外倾直觉，从审美的主观意欲方面来看，主要是侧重存在论的维度，形成不同于古代静态品味的动态观照。由此，审美现代性也可以区分为侧重客观现实的认知现代性与偏重主观情感的意欲现代性[①]，相应地在美学与文艺理论方面则要求分别推进认知再现论与情感表现论的建设，并在艺术实践方面引领和指导现实主义与浪漫主义文艺思潮的发展。在现代美学文艺学的理论体系中，认知再现论和情感表现论不同于古代主客界限模糊的模仿论和写意论，"认知再现论和情感表现论是共生互补的两极。认知再现论向外在客观世界的拓展，为情感表现论提

---

① 邹华：《中国美学的现代性问题》，载《中国美学的历史重负》，安徽教育出版社2009年版，第5—6页。

供了现实生活的土壤；情感表现论向内在主观世界的拓展，则为认知再现论提供人文导向和情感动力。而在这两极之间，将审美意识导向现实人生的认知再现论具有基础的意义"①。这也意味着发展侧重客观现实的认知现代性对于现代审美意识的生成和艺术实践的健康发展来说都具有举足轻重的意义。也正是在此意义上，新时期之初现实主义文学思潮的兴起及其理论方面的探讨，对中国当代美学文艺学来说都显得极为关键，实际上是为认知再现论的重构和审美认知现代性的发展提供了一个良好的契机。也就是说，这一时期的现实主义文论一方面作为艺术实践的总结，与文艺创作的潮流息息相关，另一方面作为认知再现论的主要形态，标志着审美现代性的发展水平。

对于现实主义文艺来说，对于客观现实的真实再现是其最根本的审美特征，因而，在新时期之初，重新肯定和进一步阐发"写真实论"，就成为了现实主义的理论探讨的主要内容，在对"写真实"与"写本质"、文艺的真实性与倾向性、文艺歌颂与暴露等问题的讨论过程中，那种排斥感性现象、贬低感觉经验的本质主义思维方式，以及在此基础上发展起来的体现着政治功利与抽象理念相结合的新古典主义理论，都受到了广泛质疑和批评。与此同时，作为现实主义的核心范畴，典型问题也得到理论界的普遍关注和研究。长期以来，现实主义的典型实际上被混同于古典主义的类型，内容显得极为单一、僵化和贫乏，新时期之初，人们试图从多个方面揭示典型的实质和特点，并希望通过对马克思主义经典作家关于典型问题论述的重新阐释，为艺术实践冲破狭隘的政治规范提供理论支持。随着讨论的深入，现实主义的典型人物所应具备的性格的复杂性、矛盾性、丰富性得到了充分揭示。

---

① 邹华：《中国现代美学的客观性假象问题》，载《西北师大学报》2011年第2期。

讲求原生态现象展示的认知再现论与重在抽象化形式建构的情感表现论分别代表着审美现代性主客观的两个方面，如果说新时期之初关于现实主义的理论探讨标志着认知再现论的重建，并从客观方面推进了审美现代性的发展，那么，这一时期对于以朦胧诗为代表的现代主义文艺论争，则表明了情感表现论的崛起，以及对于审美现代性主观方面的探索。关于朦胧诗的论争，主要是围绕着诗歌的现代性与民族传统的关系、文艺对于自我情感的表现、艺术形式的创新，以及情感表现的现实根基与现代主义的中国特色等问题展开的，后来关于西方现代派文艺的讨论则充分肯定了形式技巧的价值和意义。新时期初期的情感表现论就是通过这些论争和探讨得以建构和发展起来的。

值得指出的是，认知再现论与情感表现论两者之间不是互不相关的，而是具有两极互补的特点，这表明，审美现代性主客观方面的分化对峙发展并不意味着两者彼此孤立，互相排斥，恰恰相反，如果没有来自对方的支持，那么任何一个方面都将难以保持审美特性。对审美客观性而言，认知思维的抽象性必须溶解化合到存在论所提供的情感体验中，否则将导致概念化。对于审美主观性而言，功利意欲的实践冲动必须停留回旋在认识论提供的物象形式上，否则将导致工具化。这两个充分发展而要互相补充互相激发的方面合在一起，构成了审美现代性或现代审美意识的完整结构。这是伴随着启蒙现代性的发展而形成的人性结构主体化的结果，一方面，理性的主体化与感性的主体化使审美意识向主客观两个方面强力扩张，另一方面，有着共同历史条件和思想基础的主体理性与主体感性在更高层次结合的趋势，又使两者产生不可分割的内在联系。反映到具体的艺术实践领域，前者就体现为现实主义、自然主义等文艺思潮，后者则体现为浪漫主义、现代主义等文艺思潮。如同审美现代性主客观两个方面既对立又互补的关系一样，两大对峙发展的文艺思潮同样是互相依存互相支撑的，它们在不同的时间段内，起伏波动的步调未必完全一致，但这并不妨碍它们在逻辑上的同步性，从长时段的历史视野来看，两大思潮是处于相对平衡的发展态势的，不会出现一种思潮绝对排斥另一种思潮而独自发展的情况，因为一种思潮的消失必然阻碍另一种思潮的健康发展。

从历史的视角来看，进入20世纪特别是五四之后，作为启蒙现代性的有机构成，中国的审美现代性得到了初步发展，由此推动了现实主义和浪漫主义两大文艺思潮对峙发展的基本格局。但是，后来随着政治意识形态的全面介入，审美现代性的历史进程遭到逆转，现实主义和浪漫主义都发生了向古典主义的变异，所谓的"现实主义与浪漫主义相结合"，正是两大思潮趋于消亡的表征。

如果说体现着审美客观性的现实主义、自然主义从未得到过充分发展，那么，体现着审美主观性的浪漫主义和现代主义的发展就更为有限了。或是受到严峻社会形势的激发，未经审美转化的意志情感直接投入到功利性的政治实践中，必要的审美形式被弃置了；或是躲入狭小的内心世界，沉溺于唯美主义梦幻之中，真实的社会生活被隔绝了。前者是审美残缺，后者是审美封闭，两者都导致了古典主义的全面复归。与之相适应，在文艺理论方面，体现着审美主观性的情感表现论也一直处于极其贫乏的状态，特别是在中国当代，因其难以纳入唯物主义哲学认识论的理论框架而实际上已经失去了理论上的合法性。从宗白华、朱光潜到高尔泰，这些主观论美学的代表人物或是长期湮没无闻，或是通过自我批判改弦更张，以获取继续从事学术研究的权利，或是刚开始理论探求，就遭受粗暴的政治扼杀。这一现象表明，无论是理论建设还是艺术实践，体现着审美主观性的意欲现代性在中国当代一直都处于受压制的状态，缺乏必要的生存和发展的空间。

新时期文论对于审美现代性主客观两个方面的推进就是在这样的历史背景下展开的。

一 现实主义理论的探讨：对审美客观性的初步阐释

1. 作为文艺思潮的现实主义与浪漫主义

从历史上看，作为文艺思潮的现实主义和浪漫主义都并非自古就有，而是现代审美意识的产物和审美现代性的表征。这两大文艺思潮在西方，是兴起于文艺复兴之后，19世纪臻于巅峰，在中国，是萌动于明代中末期，五四之后有所推进。无论在中国还是在西方，它们的前进的步伐与现代性发展都是同步的，都是对体现着古代审美意识的古典主义文艺思潮的突破和否定。现实主义和浪漫主义这两大产生于近现代的文艺思潮与产生于古代的古典主义文艺思潮有着根本的历史差异，在古代，低下的生产力水平决定了古代人社会生活的封闭和思维方式的单纯，因此，人与自然、个体与社会、感性与理性、主观与客观、认知与意欲、理想与现实等对立的方面都处于以客体性为基础的原初统一状态，由此形成了素朴和谐的美学理想以及体现着古代审美意识的古典主义的文艺思潮。如果说古代审美意识具有美善混同、以善代美的审美残缺和淡化矛盾、回避冲突的审美封闭这两大特征，那么古典主义文艺思潮也就必然具有追逐功利物欲和寻求空灵境界这两种倾向。正如古代审美意识以审美残缺为主导，以审美封闭为附属一样，古典主义文艺思潮也是以非美的实践功利为主导，以纯美的虚灵幻境为辅助的，这是由古代审美关系对于实践关系的依附地位所决定的。相对而言，西方古典主义文艺思潮更侧重强化投入的意志实践和虔诚皈依的宗教信仰的互补，中国古典主义文艺思潮更偏重急切功利的伦理政治实践和逍遥自在的自然意境的互补。当然，这种侧重点的不同并不能改变中西古典主义文艺思潮所共同遵循的客体性、中和性和功利性的审美原则，也不能脱离古代审美意识基本规定的制约。

　　进入近代以后，首先是在西方，随着现代性的全面展开，社会生活的空前开放，各种矛盾开始充分地分化展开。于是，在作为启蒙现代性有机构成的审美现代性以及现代审美意识的主导下，向着外部客观世界扩张的现实主义和向着内部世界深入的浪漫主义终于冲破了古典主义清规戒律，破土而出茁壮成长起来。与之相适应，在美学和文艺理论领域，推崇具体现象的认知再现论和阐发抽象形式的情感表现论都得到了充分发展。在中国，到明代中末期，伴随着新经济因素萌芽的出现和个性解放思想一定程度的发展，古代审美意识开始趋向于瓦解，持续两千年之久的古典主义终于走向衰落，现实主义与浪漫主义开始应运而生。但可惜的是，随后满清入关打断了这一历史进程，中国的社会体制和文化形态又都向着悠久的历史传统回归，于是，古老的古典主义就压倒了初生的现实主义和浪漫主义而继续主导着文艺实践和理论的发展。直到进入20世纪，当王国维的美学理论为中国审美现代性确立了新的历史起点的时候，现实主义和浪漫主义的文艺思潮才再次有了振兴的可能。在王国维融合中西美学理论，在现代的意义上创造性地更新和阐释意境这一范畴的过程中，对于理想派的造境与写实派的写境、客观性的无我之境与主观性的有我之境所作的区分，实际上已经触及了现实主义与浪漫主义这两种不同的审美倾向的根本差异。而在五四之后，随着对西方近现代启蒙思想的大力引进和对中国传统文化的激进批判，体现着矛盾对立原则和主体性原则的崇高美理想进一步确立起来，在此基础上，作为文艺思潮的现实主义和浪漫主义终于再次登上历史舞台。然而，令人遗憾的是，中国现代疾风暴雨般的阶级斗争和民族斗争，使启蒙现代性缺乏一个从容发展的社会环境，再加上古代传统余威犹存，生成不久的现代审美意识和初步发展的审美现代性都并不稳固，很容易失落其现代的特质，这样，现实主义与浪漫主义文艺思潮就有了向古典主义蜕变的可能，而实际的艺术实践也确实印证了这一点。五四退潮以后，随着要求思想启蒙的文学革命转向了旨在政治宣传的革命文学，热切强烈的功利性极大压缩了审美独立的空间，无论是现实主义还是浪漫主义，都在革命政治的名义下向着古典主义回归。当然，这并不意味着现实主义和浪漫主义文艺思潮就此被古典主义取而代之了。实际上，正如体现着启蒙思想的中国审美现代性一经诞生就有了顽强的生命力，在艰难曲折中仍在苦苦寻求着前进的道路，中国现代一批优秀的作家也通过自己的艺术实践继续推进现实主义和浪漫主义的发展。

相对而言，无论是在理论方面还是在实践方面，现实主义较之浪漫主义都具有基础的意义，因为现代的社会生活是通过现实主义的客观再现进入文艺的审美领域的，如果缺失了扎根于生活土壤的现实主义强有力的依托，浪漫主义对于内心情感的表现也就难以为继。因此，现实主义的总体艺术水准和理论进展状况在很大程度上总是制约着与之相对峙的浪漫主义的发展态势，进而形成两者互动互补共生共存的格局。

2. 20世纪中国现实主义文学理论的发展

如果说，在艺术实践方面，中国现代现实主义与浪漫主义创作都取得了一定的成就，那么，在理论的提升方面则显得相当薄弱，尤其是浪漫主义的理论建树更是乏善可陈。相形之下，现实主义在艺术实践与理论建设方面的情形都要更好一些。五四时期，文学革命的倡导者都高度重视现实主义文学所要求的客观真实性，陈独秀在《文学革命论》一文中要求建设国民文学、写实文学和社会文学，推倒贵族文学、古典文学和山林文学，实际上就是要求以现实主义文学取代古典主义文学。胡适大力宣扬易卜生主义，认为从总体上来说，"易卜生的文学，易卜生的人生观，只是一个写实主义"。在他看来，由于"人生的大病根在于不肯睁开眼睛来看世间的真实现状"①。所以不讳疾忌医的现实主义文学就显得尤为必要。周作人在《平民的文学》一文中,认为平民文学应该着重从内容的充实性方面反对贵族文学,也就说要做到内容的普遍与真挚,"应记载世间普通男女的悲欢成败","应以真挚的文体,记真挚的思想与事实","只须以真为主,美即在其中"②。这些看法实际上正体现了现实主义文学的美学原则的要求。茅盾作为五四时期最重要的现实主义文学社团文学研究会的主要理论家,因痛感于中国传统小说只有"记账式"的叙述,而缺少细致的描写,只知主观的向壁虚造,而不知客观的观察,所以主张借鉴自然主义文学严格的客观描写方法和事先必实地观察的精神,以达到纠偏补弊的目的③。鲁迅不仅以自己杰出的小说创作实绩为现实主义文学的发展树立了典范,而且在理论上也一直倡导直面现实、正视人生的现实主义精神,而把回避现实矛盾粉饰人生悲剧的古典主义文艺视为瞒和骗的文艺。他希望"我们的作家取下假面,真诚地,深入地,大胆地看取人生并且写出他的血和肉"④,实际上就是在呼唤在中国能够出现一种不同于古典主义的现实主义文艺。

五四退潮之后,从艺术实践的角度来看,一方面现实主义文学继续发展和深化,另一方面,由于受到政治功利主义的文艺工具论的干扰破坏,不甘心退出历史舞台的古典主义文学又以改头换面的方式卷土重来。所谓唯物辩证法的现实主义、革

---

① 胡适:《易卜生主义》,载《胡适文集》第2卷,北京大学出版社1998年版,第475—476页。

② 周作人:《平民的文学》,载杨扬编《周作人批评文集》,珠海出版社1998年版,第39—40页。

③ 参见茅盾《自然主义与中国现代小说》,载《茅盾文艺杂论集》上册,上海文艺出版社1981年版,第83—99页。

④ 鲁迅:《论睁了眼看》,载《鲁迅全集》第1卷,人民文学出版社2005年版,第255页。

命现实主义、社会主义现实主义等不同的名目都只不过是古典主义的现代包装而已。这种情形后来愈演愈烈，到1949年之后，在文艺政策的主导下，这种新古典主义成为了占据绝对统治地位的文学潮流，并且在"文革"时期发展到了极致。因此，在理论上辨析和区分现实主义与伪装成现实主义的新古典主义的差异，就成为发展真正的现实主义文学的关键。但是，在古代传统与现代权力的双重制约下，在1949年前连年战乱与其后长期冷战的社会历史背景下，对于现实主义理论探索一直显得困难重重，无法取得实质性的进展。在鲁迅去世之后，作为其理论传人，胡风曾自觉地承担起了推进现实主义文学理论发展的历史使命，在主体实践的本体论基础上，创建了其现实主义的理论体系。这是一种融合主观精神与客观真理的现实主义，它强调理性认识，但这理性认识不是抽象的概念，而必须化合为感性机能，它重视社会功利，但这社会功利不是直接的说教，而必须转化为审美意识。为了维护现实主义的健康发展，胡风与新古典主义的两种倾向——主观公式主义和客观主义进行了坚持不懈的斗争。但从40年代开始，胡风的理论就受到左翼文坛主流理论的批判，到50年代则更是以整肃反革命集团的方式彻底否定了其理论存在的合法性，这也标志着作为文艺思潮与审美倾向的现实主义的全面衰落，和新古典主义所取得的压倒性优势。中国当代艺术实践由此受到严重影响，文艺作品的公式化概念化成为一种普遍的现象。弊病如此明显，当时的人们不可能不有所察觉和认识，但是严酷的政治压力与整体理论水平的限制，都决定了那种伪装成现实主义的古典主义理论所拥有的霸权地位难以动摇，只有在政治控制相对松动的某些特定的时期，才有可能对现实主义文学的审美特征和艺术规律进行有限度的探索。例如，1956年在"双百"方针鼓舞下，秦兆阳、周勃、刘绍棠等人就对教条主义理论在现实主义问题上的种种表现提出了批评①,他们强调忠实于现实生活的客观真实性是现实主义文学的基础,认为失去了这个基础,就只剩下抽象的概念,空洞的说教,就会背离现实主义的美学原则。在60年代文艺政策调整期间,张光年、邵荃麟等文艺界的领导人也都要求在题材选择、人物塑造等方面冲破那些束缚文艺创作的极度僵化的政治教条,认为既要重视重大题材和塑造英雄人物,也要提倡题材多样化和描写中间人物。提出要把现实主义作为创作的基础,而为了进一步深化现实主义的文学创作,就必须深刻认识现实矛盾的长期性、复杂性和艰苦性②。应该说,1949年后十七年个别时段的这样一些理论探讨,对于濒临绝境的现实主义是有其积极意义的,但这种积极意义又是极其有限的,因为所有这一切都是在坚持文艺工具论的前提下进行的,所要求的只是局部的微调,而不是在整体上全面的突破,在理论的深刻性和体系的完整性方面都远不如当年胡风所达到的水平,这样就无法动摇新古典主义的根基。问题还在于,即使在如此浅表层次对于严苛的政治教条表示不满都是不被允许的,其后都被作为"右"派言论或修正主义文艺思想受到清算。这说明早在"文革"前的十七年时期,现实主义已经失去了正常的生存环境了,后来"文革"时期所总结的"黑八论",其中的"写真实论"、"现实主义——广阔道路论"、"现实主义深化论"、"反题材决定论"、"中间人物论"等都与现实主义有关,同时也都是

---

① 参见何直(秦兆阳)《现实主义——广阔的道路》,载《人民文学》1956年第9期;周勃《论现实主义及其在社会主义时代的发展》,载《长江文艺》1956年第12期;刘绍棠《现实主义在社会主义时代的发展》,载《北京文艺》1957年第4期。

② 参见《文艺报》专论《题材问题》,载《文艺报》1961年第3期,执笔者为当时的《文艺报》主编张光年;邵荃麟《在大连"农村题材短篇小说创作座谈会"上的讲话》,载《邵荃麟评论选集》上册,人民文学出版社1981年版,第389—403页。

在十七年时期提出并受到批判的。

3. 新时期文论关于现实主义的理论辨析

"文革"结束以后，伴随着政治上的拨乱反正和思想解放运动的展开，体现着审美现代性客观方面的现实主义文艺思潮以及与之相对应的认知再现论，在经历了长期压制之后终于再次进入人们的视野。从创作方面看，在小说领域先后兴起了涕泪交零的伤痕文学、痛定思痛的反思文学、直面现实的改革文学三大思潮，其他体裁也出现了为数众多的干预生活的报告文学、揭露时弊的社会问题剧和扎根于现实生活的诗歌等作品，这标志着作为文艺思潮的现实主义在五四之后的又一次复兴。新时期之初的现实主义文学由于真实再现了与亿万普通人的命运息息相关的现实生活，引起了一次次巨大的轰动效应，于是，文学无可置疑地成为了整个社会关注的中心，不仅满足人们审美认知需求与情感体验，而且发挥着不可替代的思想启蒙作用。与此同时，现实主义在创作方面的繁荣也迫切要求着理论上的阐释和总结，呼唤着那已被新古典主义所摧毁的认知再现论的重建。这意味着新时期之初对于现实主义理论的探索一方面紧密结合着新的艺术实践，开拓前进，另一方面又负载着新古典主义历史重负，举步维艰。

新时期之初文艺理论界对于现实主义的探讨是从对新古典主义的历史反思开始的，这就要求从理论上辨析现实主义与古典主义的根本差异。进入20世纪之后，现实主义文学的艺术实践与理论建设，之所以历经坎坷，一个重要的原因是因为受到了伪装成现实主义的新古典主义的严重干扰和歪曲。新古典主义在理论上采用了马克思主义反映论与意识形态论的话语包装，表面上似乎特别注重对现实的认识和对生活的反映，但是，这里的认识既没有来自感觉经验的基础，也没有经过情感的溶解，因而只能是枯燥乏味的概念；这里的生活必须服从政治观念的规范，必须对感性形态的现象进行净化提纯，因而只能是抽象空洞的本质。也就是说，这里没有客观的认识，只有主观的说教，没有真实的生活，只有虚假的粉饰。新时期之初的现实主义理论为了走出新古典主义的阴影，重新提出并论证"写真实"论，并且围绕着"写真实"与"写本质"、艺术的真实性与倾向性、歌颂与暴露等问题展开了讨论。

新中国成立初期批判胡风文艺思想时，"写真实"论就是其主要罪状，到"文革"时期又被列入"黑八论"。长期以来，"写真实"一直被认为是罗列现象的自然主义，不能反映生活的本质，是热衷于暴露局部的黑暗，而看不到主流的光明。于是"写本质"取代了"写真实"，伪现实主义或新古典主义压制了真正的现实主义。"文革"之后，这样一种反现实主义的违背生活真实的"写本质"论，在"文革"后开始受到强烈质疑，人们开始认识到，这一理论实际上是在政治权力的支持下，以"写本质"的名义，"粉饰生活，掩盖矛盾，用虚张声势代替真情实意，用连篇空话代替真实描写。……'本质论'的本质是什么？一言以蔽之：害怕真理，依靠瞒和骗过日子"[①]。真正的现实主义理论是一种体现着审美现代性的认知再现论，它的认知的深度离不开个别具体生动多样的现象，也就是说，与感觉经验相关的现象化是其审美的界限，越过了这一界限，也就丧失了审美特性。可见，对于事物本质规律的探寻本身并不错误，问题的关键在于必须采用审美的方式，它要求在主体方面有情感体验的介入，对象方面有具体现象的再现，而本质正是创作主体对感性现象的体认的结果。这种在现象化基础上产生的本质具有审美的客观性，与剥离或排斥现象的本质主义不可同日而语。所谓本质主义，是从古希腊一直延续到西方现代的一种哲学理论和思维方式，其特点是颠倒现象与本质的关系，认为任何可感的事物都是

---

① 王春元：《关于写英雄人物理论问题的探讨》，载《文学评论》1979年第5期。

不可靠的，只有抽象的本质或原型才是真实的，前者只不过是后者的不完全摹本。奠定了古希腊哲学基础的柏拉图和亚里士多德都是典型的本质主义者。柏拉图区分理念世界与现象世界，认为前者是本原，后者是摹本，把握本原的真理要靠理性的思维，凭借感觉只能得到一些意见。从这种本质主义的立场出发，柏拉图贬低了艺术的地位。在他看来，现实世界是理念世界的摹本，而艺术又是对现实世界的模仿，这样艺术就与真理隔了三层。亚里士多德虽然不同意柏拉图对艺术地位的低估，但其本质主义的思想倾向却如出一辙。他在比较了诗和历史后指出，历史叙述现实和个别之事，诗叙述可能和普遍之事，因而诗更能认识和把握真理，其地位自然高于历史。在此，所谓可能与普遍的事就是本质，为了这个本质就需要随时修正现实与个别的现象。这种本质主义的倾向对于古代审美意识和古典主义艺术来说是不可避免的。古代人性结构的客体性质决定了理性对感性的超绝，自足的理性并不需要来自现象世界的感觉经验。所以古典主义的模仿不同于现实主义的再现，前者的重点在于既定的理念和主观的意图，它不需要现象形态的社会生活的基础。具有道德说教的性质的理念和意图是明确无误的，而生活的细节则模糊不清，粗糙芜杂的现象得到了修饰改造，这样，古典主义的客观模仿就有了抽象化、轮廓化、内在化、象征化的特点，这与古代审美意识残缺与封闭特征是完全一致的。中国当代的新古典主义在重理性本质、轻感性现象这一点上与古代的古典主义一脉相承，但同时又丧失了古代古典主义曾经有过的历史合理性，因而给文艺实践和理论建设带来了灾难性的后果。

当新时期文艺理论界探讨现实主义理论的时候，不可避免地触及新古典主义那种赤裸裸的本质主义特性。对此，王蒙指出："没有完全不反映本质的现象，也没有完全超脱于现象之外的高高在上的本质。……我们不应该把本质和主流同现象和支流割裂开来，不应该让作家离开自己的所见、所感、所信去凭空表现什么本质和主流。"① 针对当时仍有人坚持以"写本质"代替"写真实",王元化也提出了自己的不同看法,他说:"生活的本质不是存在于生活的现象之外,也不是先验地产生于生活的现象之前。抽象的本质总是依附或潜在于具体的现象之中,赤裸裸的一无所凭的本质是没有的。……倘使一旦偏离了作为感性形态的具体现象去侈谈本质,不管在什么动听的名义下,都会造成一种抽象思维的专横统治。""在文学创作上,用写本质去代替写真实,那结果往往是以牺牲本质所不能囊括的现象本身所固有的大量成份作为代价的。这个代价却未免太大了。它剥去了文学机体的血肉,使之变成只剩筋骨的干瘪躯壳。"② 持同样观点的还有周介人、叶纪彬等人,在周介人看来:"艺术真实的胚胎,往往就在那些被摒弃了的所谓'假象'、'偶然性的现象'、'表面的、零碎的、分散的、稍纵即逝的'、'远离本质'的现象之中!"③ 叶纪彬认为:"艺术中的本质只能存在于现象之中,不能离开现象而存在,永远与具体、独特的个别相依存。"④ 另外,还有人从哲学基础的层面揭示"写本质"论先验的唯意志论的实质,认为它"貌似'唯物',实则'唯心'。……其表现的最大特征是回避现实矛盾,说话是假大空,逻辑是诡辩论"⑤。这些颇有代表性的看法都揭示了新古典主义所谓的"写本质"实际上所表达的是一些脱离生活真实的预定的概念,所体现的是一种毫无遮掩的政治功利主义,显然这与以现象化再现的方式追求"写真实"的现实主义是背道而驰的。由此不难得出这样的结论:"究竟是从生活出发,还是从本质出发,虽然是一词之差,却是现实

---

① 王蒙:《睁开眼睛,面向生活》,载《光明日报》1979 年 9 月 5 日。
② 王元化:《文学的真实性和倾向性》,载《上海文学》1980 年第 12 期。
③ 周介人:《它在哪里失足?——关于"本质论"商讨》,载《文艺报》1980 年第 7 期。
④ 叶纪彬:《论"写真实"和"写本质"》,载《文艺理论研究》1982 年第 3 期。
⑤ 邱岚:《评〈论"写本质"〉》,载《东北师大学报》1981 年第 1 期。

主义和反现实主义的根本区别。"①

"写本质"论所要求的那种脱离了感性现象的抽象本质，也表现在对于文艺题材选择和作家情感态度的严格限制上。在此，所谓的本质被认为就是主流，而社会主义的主流当然是一片的光明，由此决定了表现社会主义的文艺就只能是歌功颂德，而决不能暴露黑暗。这实际上也意味着过去体现了现实主义文学高峰与典范的批判现实主义在中国当代已失去了合法性。在新古典主义或伪现实主义大行其道之际，那经过净化的现实不过是主观意图的图解，根本谈不上审美客观性，现实主义所拥有的深刻的理性批判精神和厚重的人文关怀也都无从寻觅，这种情况清楚地表明中国的启蒙现代性与审美现代性都已衰退到了何等严重的地步。

新时期之初，伴随着启蒙现代性的重新启动，体现着审美现代性客观倾向的现实主义文学再度复兴，这就要求在理论上对于现实主义文学所反映的现实生活的主流与支流问题以及与之相关的歌颂与暴露问题做出科学的阐释。因为，即使在当时，也仍有人延续着以往根深蒂固的惯性思维，指责具有现实批判精神的作品是"缺德"，声称社会主义的文学必须要歌功颂德②。这一时期文艺理论界以"写真实"代替"写本质"作为现实主义的主要审美原则，为上述问题提供了解决方案。当文学以真实再现现实生活为己任的时候，所谓主流与支流、歌颂与暴露都不是问题，在不违背真实性原则的前提下，都可以进入现实主义的文学领域。正如有论者所说："艺术的真实不是纯粹数量的概念，它可以表现在事物的主流方面，也可以表现在支流方面或萌芽状态的东西上，通过常见的多数或光明面可以反映事物的本质，通过

---

① 梁水台、余素纺：《评"文艺要反映生活本质"的种种误解》，载《作品》1980 年第 12 期。

② 李剑：《"歌德"与缺德》，载《河北文艺》1979 年第 6 期。

罕见的少数或阴暗面也可以反映事物的本质，问题在于作者是否对客观事物的本质有真正的认识与把握。"① 在此，本质被理解为艺术的真实，虽然对于艺术真实的认识还有待深化，但毕竟将现实主义的真实性原则提了出来。对于这一真实性的原则，有论者作了进一步阐释："现实生活是一个由各种社会关系总和在一起、交错在一起的整体，里面充满着矛盾，有美的东西，也有丑的东西，有光明，也有黑暗，有先进，也有落后。这才是真实的现实生活。'写真实'的理论主张并没有对应该写什么和不应该写什么作出形而上学的规定，它只要求作家坚持好处说好，坏处说坏，忠实于生活。……歌颂也罢，暴露也罢，都要写真实，说实话，使文艺成为现实人生的一面镜子。"② 这样，通过对于现实主义具有审美客观性的真实性原则的确立，作品题材和作家态度方面的禁忌就都被消解打破了，文学的现实批判精神得到了肯定。

批判"写本质"论，确立"写真实"论，同时也要求进一步反思文艺的真实性和倾向性关系，这实际上涉及以认知再现为主导的现实主义理论关于审美性与功利性相统一的问题。在古代，由于审美意识的残缺特征，从总体上来说，审美依附于伦理和政治的功利性，审美无法在保持独立的同时有效容纳和转化功利性的伦理政治内容。在中国当代的新古典主义那里，古代审美残缺的历史局限不仅没有得到克服，反而在新的历史条件下将其负面作用发展到了极致。在"文艺从属于政治"、"文艺为政治服务"的工具论、武器论的主导下，对于艺术的政治思想性、倾向性的要求是高于一切的，而真实性则是可有可无的。这实际上既阉割了其所标榜的现实主义精神，也背弃了作为其指导思想的马克思主义文艺理论。众所周知，马克思主义的创始人极为推

---

① 赵增锴：《真实与本质》，载《人民日报》1981年4月15日第5版。
② 徐文玉：《文艺"写真实"三题》，载《安徽大学学报》1980年第4期。

崇现实主义，也非常重视文艺的政治功利性，但却绝没有主张为了表现进步的思想倾向就可以牺牲艺术的真实。相反，在他们看来，现实主义所追求的对于社会生活的真实再现本身就已经包含了具有客观真理的正确的思想倾向，这种与生活的本来面目相一致的艺术的真实甚至可以战胜作者自己的政治偏见。恩格斯曾以巴尔扎克为例说明这一点，并将其看成是"现实主义的伟大胜利之一"。为此，恩格斯明确指出："作者的见解愈隐蔽，对艺术作品就愈好。我所指的现实主义甚至可以违背作者的见解而表露出来。"① 他在写给考茨基的信中，将其作品存在缺陷的原因归结为作者想要直接表达自己的立场与信念，因而损害审美价值。恩格斯当然不反对倾向性的作品本身，但他认为："倾向应当从场面和情节中自然而然地流露出来，而无需特别把它指点出来；同时我认为，作者不必把他所描写的社会冲突的历史的未来的解决办法硬塞给读者。"② 在评论拉萨尔的剧本时他也表达过同样的意思："我们不应该为了观念的东西而忘掉现实主义的东西，为了席勒而忘掉莎士比亚。"③ 显然，马克思主义创始人关于现实主义文学的思想性、倾向性与艺术性、真实性关系的论述在中国当代并没有得到积极响应，这对于宣称信奉马克思主义的中国当代主流文艺理论来说是具有讽刺意味的。为了自圆其说，只能作如下理解：马克思主义创始人的上述思想只适用于资本主义时代的批判现实主义的旧文学，而不适用于新中国的社会主义现实主义或革命现实主义与革命浪漫主义相结合的新文学。殊不知这种所谓的新文学似新实旧，不过是为古老的古典主义披上一

---

① 恩格斯：《致玛·哈克奈斯》，载《马克思恩格斯选集》第 4 卷，人民出版社 1995 年版，第 683 页。
② 恩格斯：《致敏·考茨基》，载《马克思恩格斯选集》第 4 卷，人民出版社 1995 年版，第 673 页。
③ 恩格斯：《致斐·拉萨尔》，载《马克思恩格斯选集》第 4 卷，人民出版社 1995 年版，第 559 页。

件政治性的新外衣而已。新时期文艺理论界否定"写本质"论，重申现实主义的"写真实"论，在理解艺术的倾向性与真实性的关系时必然要回到经典马克思主义的立场。王纪人认为："真实性是作品的基础，作家应该'务本'，'本立则道生'，倾向性也就寓于其中了。离开了真实性去追求倾向性，必然要导致非现实主义或反现实主义，导致徒有标语口号的假、大、空，这样就不仅取消了现实主义，而且取消了艺术本身。"① 王元化、郁沅也表达了同样的意思："我以为真正的倾向性不能游离于艺术形象的真实性之外，而是从艺术形象本身自然而然流露出来的。"② "现实主义的艺术真实是主客观的融合，这种融合本身就是倾向性与真实性的统一。但是现实主义要求倾向性通过作品的场面和情节自然而然地流露出来，作家的观点越隐蔽越好。场面和情节所构成的是完整而真实的艺术形象，倾向性就融化在艺术形象的真实之中。"③ 站在今天的角度来看，这些看法当然没有什么理论上的创造性和深刻性，不过是重复了当年恩格斯的有关论述而已，但在现实主义理论遭到严重破坏后重新复苏的新时期之初，面对着积重难返的重重阻力，其拨乱反正的意义还是值得肯定的。

典型是现实主义理论的核心范畴，新古典主义的本质主义立场也表现在这一范畴的阐释上。在古代，由于主体相对于客体的依附性，大致来说，自我个性总是消融于社会群体的一般性之中。与之相适应，在遵循着客体性与中和性的古典主义叙事艺术中，其塑造的人物形象主要是类型化的，更注重共性和普遍性的概括，具有显著的规范性、单一性和纯粹性的特点。脂砚斋曾批评《红楼梦》之前作品中人物描写的简单化特点："恶则无往不

---

① 王纪人：《为"镜子"说辩护》，载《上海文学》1980 年第 12 期。
② 王元化：《文学的真实性和倾向性》，载《上海文学》1980 年第 12 期。
③ 郁沅：《"写真实"是现实主义的基本艺术规律》，载《长江》1981 年第 4 期。

恶，美则无一不美"①，鲁迅也指出中国古典文学名著《三国演义》在写人方面所存在的类似问题："欲显刘备之长厚而似伪，状诸葛之多智而近妖"②。而在叙事文学更为发达的西方古代，人物塑造的类型化特点更为明显。古希腊的苏格拉底对艺术家说："当你们描绘美的人物形象的时候，由于在一个人的身上不容易在各方面都很完善，你们就从许多人物形象中把那些最美的部分提炼出来，从而使所创造的整个形象显得极其美丽。"③ 这样的要求突出强化了人物性格的某一方面特征，所塑造人物显然是理想化的，同时也是扁平化的。其后，亚里斯多德在《诗学》中强调"性格"须注意四点，即必须善良、必须适合、必须相似和必须一致④。同样注重的是固定不变的类型。他在《修辞学》中对于不同年龄段的人所具有的不同性格的描述，深刻影响了后世古典主义的类型化理论，在古罗马的贺拉斯和17世纪法国古典主义的主要理论家布瓦洛的经典著作中，都有类似的要求将年龄与性格特点相匹配的论述。只有到了近现代，伴随着启蒙现代性的发展，人的主体地位的提升，个性自我意识的觉醒，才出现了性格内容更为丰富的个性化或特征化的典型人物形象，并在现实主义文学作品中得到了淋漓尽致的展现。

中国当代新古典主义在人物形象塑造方面所要求的类型化和定型化程度，较之古代的古典主义应该说是有过之而无不及，为此而制定的清规戒律更为僵化苛刻，更为缺乏艺术弹性。早在1953年，周扬就在第二次文代会的报告中提出"当前文艺创作的最重要的中心任务是表现新的人物和新的思想"，"决不可把

---

① 俞平伯辑：《脂砚斋红楼梦辑评》，中华书局上海编辑所1963年版，第446页。
② 鲁迅：《中国小说史略》，载《鲁迅全集》第9卷，人民文学出版社2005年版，第135页。
③ 色诺芬：《回忆苏格拉底》，吴永泉译，商务印书馆1986年版，第120页。
④ 亚里斯多德：《诗学》，罗念生译，载《诗学·诗艺》，人民文学出版社1988年版，第47—48页。

在作品中表现反面人物和表现正面人物两者放在同等的地位"。"为了要突出地表现英雄人物的光辉品质,有意识地忽略他的一些不重要的缺点,使他在作品中成为群众所向往的理想人物,这是可以的而且必要的。我们的现实主义者必须同时是革命的理想主义者。"① 在此,主观的政治立场代替客观的现实生活,所谓的人物典型只是抽象的阶级本质的标签,是完全丧失了审美客观性的"时代精神的传声筒"。这种对于典型的规范,到了"文革"时期,就很自然地发展为塑造工农兵英雄人物的"根本任务论"以及"三突出"的创作方法。在这一时期的成为主潮的新古典主义文艺作品中,充斥着高大全式的英雄人物和妖魔化的反面人物,前者是超凡脱俗、不食人间烟火的神,后者是灭绝人性、万恶归于一身的鬼,根本找不到现实生活中有着真实血肉和七情六欲的普通人的形象。由于这样一种完全以阶级性来规定典型的观点荒谬性十分明显,既不能有效阐释经典作品,也不能积极推动艺术实践,因而,在"十七年"时期就存在不同意见,如何其芳的"共名说"和邵荃麟等人的"中间人物论",前者试图突破狭隘阶级性的牢笼,但实际上仍未脱类型化的窠臼,后者试图打破人物形象单一化的局面,但很快就遭到严厉批判。这一时期值得注意的是李泽厚对于典型理论的探索。他认为仅仅从共性与个性的一般关系的角度理解典型是一种静态、抽象的分析,当时流行的偏重典型的共性方面并将共性等同于阶级性和共性等同于性格类型的观点即源于此。而如果要进行具体的、动态的分析,那就要由共性与个性的范畴进到更深一层的本质与现象、必然与偶然的范畴上去。由此他指出:"典型作为个性体现共性的特点,其实质正在于它是在偶然的现象中体现着必然性的本质或规律。典型之作为典型,在于它是本质,是必然的关系,是规律

---

① 周扬:《为创造更多的优秀的文学艺术作品而奋斗》,载《周扬文集》第 2 卷,人民文学出版社 1985 年版,第 251—252 页。

性。而典型的个性所以能有突出的普遍意义（共性），在于它是体现必然的偶然，是表现本质的现象，是具有规律性的实在。"①从这里可以看出，李泽厚对于典型内在矛盾的理解是趋向于辩证的，一方面他确认本质与必然的主导性地位，另一方面又强调这本质必然的东西必须要通过与艺术家个体体验密切相关的形式偶然性或是多样独特的现象形态表现出来，在此意义上，"偶然性成为构成典型的艺术特性之所在"②。另外，李泽厚还考察了人物形象从古代的类型到近现代典型的发展演变过程，对于从理论上将古典主义与现实主义区别开来也具有重要启示意义。令人遗憾的是，李泽厚的在典型理论方面的这些突破性的思考并未改变新古典主义那种粗陋简单的阶级性类型主宰文坛的总体格局。

新时期之初伴随着启蒙现代性的重新启动，体现着审美客观性的现实主义文学开始复兴，这必然要求对于现实主义理论的核心范畴的典型进行进一步的研究。于是，长期以来流行的那种"一个阶级一个典型"错误观念，或是以"多数"、"主流"来规范典型的做法逐渐受到理论上的清算，人们更为注重从具体的现实生活而不是抽象的政治教条出发来理解典型，相对于共性，也更为突出和强调典型的个性方面，同时，在研究方法上为克服形而上学的片面性做出了更多的努力，古典主义的类型与现实主义的个性化典型开始得到了明确区分。比如，关于典型的阶级性问题，栾昌大认为反映阶级本质并非典型塑造的关键，因为"典型反映的阶级属性的情况比较复杂，远不是阶级代表这样的概念所能包罗无遗的。……几十年的创作实践证明，那种一方面强调表现阶级本质是关键，一方面又要求

---

① 李泽厚：《典型初探》，载《美学论集》，上海文艺出版社1980年版，第290页。

② 同上书，第307页。

塑造丰富多彩、多种多样的典型的想法，很可能是一种不切实际的幻想"①。针对那种把典型看作是同类事物数量的综合的观点，杜书瀛区分了质的必然性与量的普遍性，认为前者才是典型所要把握的本质，后者所表现的"多数"、"主流"对典型的创造是无益有害的②。王元骧也通过从古代类型化到近现代典型化的理论历史的考察，指出类型所追求的数量上的统计平均数或类的样本，无法达到典型所要求的对于事物质的必然性的揭示③。这种从本质和必然的角度对于典型的阐释，当然要高于那种以多数的代表或数量的平均数来理解典型的观点，但对于现象和偶然的理解却不如当年李泽厚所达到的理论高度，从这里也可以看出，新时期之初在典型理论方面的推进其实是相当有限的。针对以往以抽象的观念来规范典型的错误做法，毛星强调必须从活生生的生活出发，以生活为本，"不能离开作家自己的生活积累、生活感受，以及生活感受中所获得的形象、意念和激情，单单抽象地从理论上去讲该写什么和如何去写"④。由于长期以来对于典型的共性与个性的理解严重偏于共性而轻视个性，造成人物形象千人一面，既没有来自现实生活的客观真实性，又缺乏动人的艺术魅力。这样，个性相对于共性的重要性就凸显出来了。李衍柱指出，忽视个性，抹杀个性，是以往现实主义理论沉浮中形成的一种创作倾向，造成了严重的后果。而典型与个性，是不可分割的有机统一体。通过精确的个性刻画反映社会发展的本质方面，是文学创作的基本规律之一。所谓个性，是指现实生活中具体的个别的人的个性，因而，从生活出发，观察个性、研究个

---

① 栾昌大：《典型问题论争三十年》，载《吉林大学社会科学学报》1980 年第 2 期。
② 杜书瀛：《艺术典型与"多数""主流"及其他》，载《文学评论》1980 年第 1 期。
③ 王元骧：《论典型化》，载《文学评论》1980 年第 4 期。
④ 毛星：《也谈典型》，载《文学评论》1980 年第 3 期。

性，是进行卓越的个性刻画的前提①。为了更深入地把握典型的内涵，还要求不能像以往那样仅仅止于共性与个性相统一这样笼统浮泛的解释而满足，而是需要分析典型内部各个不同层次的矛盾范畴，通过研究这些逻辑范畴的辩证的发展和转化，揭示典型的本质特征。周来祥和栾贻信对于艺术典型的辩证思考就体现出这一方法论的自觉②。他们层层深入地描述了个别与一般、本质与现象、原因与结果（环境与性格）、必然与偶然、现实性与可能性、无限绝对与有限相对等构成典型的六对范畴的运动轨迹，试图将典型所蕴含的丰富内容显现出来。虽然他们的具体论述并非都是成熟的定论，但辩证思维的运用显然是值得肯定的。

1949年后相当长的历史时期，在高度政治化的新古典主义的主导下，马克思主义经典作家关于现实主义与典型问题的某些论述都被作了片面化庸俗化的阐释和理解。例如，恩格斯在致哈克奈斯的信中就其小说《城市姑娘》发表意见时谈道："据我看来，现实主义的意思是，除了细节的真实外，还要真实地再现典型环境中的典型人物。您的人物，就他们本身而言，是够典型的；但是环绕着这些人物并促使他们行动的环境，也许就不是那样典型了。"③ 他希望工人阶级不应该仅仅是像在这部小说中那样仅仅以消极群众的形象出现，他们对周围环境自觉或半自觉的抗争，也应当在现实主义的领域内占有自己的位置。从恩格斯对现实主义的一贯的论述来看，典型体现着真实性与倾向性的统一，并不能得出为了政治倾向就可以牺牲艺术真实的结论，相反，真实性是倾向性的基础，没有真实性的倾向性就失去了现实

---

① 李衍柱：《观察个性 研究个性 刻画个性——文学典型问题断想》，载《山东师院学报》1980年第1期。

② 周来祥、栾贻信：《艺术典型的辩证思考》，载《美学问题论稿》，陕西人民出版社1984年版，第253—288页。

③ 恩格斯：《致玛·哈克奈斯》，载《马克思恩格斯选集》第4卷，人民出版社1995年版，第683页。

主义审美客观性的本质特征了，正是基于这个原因，恩格斯在信中明确否定了所谓的"倾向性小说"的概念。中国当代新古典主义的文艺理论对于恩格斯关于典型论述在名义上奉为经典，但实际上其理论的核心却不是客观的真实性，而是着眼于主观的政治理念，恰恰落入了恩格斯所批评的"倾向性小说"的陷阱。因此，荷兰学者佛克马和易布思认为："恩格斯是将典型作为'经验的模式化表现'，而不是作为'理想化的形象'来看待。要设想恩格斯是社会主义现实主义文学批评的先驱者，实在是难以自圆其说。"①

鉴于中国当代以社会主义现实主义为名的新古典主义正是将恩格斯有关典型问题的论述作为自己的理论依据，徐俊西直言不讳进行了质疑，他认为恩格斯在致哈克奈斯信中关于典型环境与典型人物的意见是值得重新探讨的，从典型性不足的角度对于小说《城市姑娘》所作的批评也是欠准确和公正的。徐俊西指出："很久以来，人们不无根据地从恩格斯给哈克奈斯这封信中得出了这样一种认识，即只有当'围绕着这些任务并促使他们行动的环境'能够直接反映出时代的主流和社会力量的本质，才能算得上是'典型环境'，否则就不算。……我们知道，这种在典型问题上的'主流论'或'本质论'的观点在我国文艺界是很有影响的，究其原因，恐怕不能不说是和恩格斯的上述观点有关。"② 在徐俊西看来，作为无产阶级的革命导师，恩格斯希望一个具有社会主义倾向的作家能够在现实主义的领域内，表现工人阶级的积极形象，展示他们为谋求"做人的地位"的斗争生活，这是完全正确和必要的。但这只是对某个作家的具体创作所发表的个人意见，带有鼓励和希望的意思，并不能将其看成是对

---

① 佛克马、易布思：《二十世纪文学理论》，林书武等译，生活·读书·新知三联书店 1988 年版，第 98 页。

② 徐俊西：《一个值得重新探讨的定义——关于典型环境与典型人物关系的疑义》，载《上海文学》1981 年第 1 期。

现实主义所下的严格的科学的定义。如果脱离了具体语境，把对无产阶级文艺的合理要求当成衡量一切文艺的唯一标准，要求每个典型人物都成为正面的社会本质力量的反映，那就必然导致一个时代、一个阶级只有一种典型人物的公式化、概念化倾向，而中国文艺界长期以来对于典型问题上的理解正是在这里出现了偏差和失误①。在受到程代熙、陈涌等人基于传统政治意识形态的批评之后，徐俊西仍然坚持自己的观点，并且发表文章在理论上进一步阐明与典型问题有关的个别与一般、现象与本质的辩证关系。他认为，本质不等于主流，个别不等于全体。因此，文艺所反映的时代本质和规律，并不一定就是生活的主流。文艺通过个别的艺术形象所反映的也只是生活的某一方面的本质特征，而非一切特征②。在另一篇答陈涌的文章中，他指出恩格斯所说的"对现实关系的真实描写"才是理解现实主义和典型问题的关键，针对长期以来典型问题上存在的严重的本质主义倾向，他还特别强调了个别和现象对于文艺创作的重要性："无论怎样的生活现象，总是这样那样的表现着一般，总是和整个社会生活存在着这样那样的联系，因而无不可以成为文艺表现的对象。""每一种现实的活生生的生存方式——现象形态，都有它的'独特的本质'。文艺创作中不同的典型形象所要揭示的也正是这种独特的本质，而不是什么任意加以扩大化的共性和类的'完满无遗的表现'。"③ 徐俊西对恩格斯关于典型问题论述的反思，其重要的意义可能不在于其理论表述的深刻和完善，而在于对根深蒂固的教条主义理论的冲击。在此体现的不仅是个人的理论勇气，

---

① 参见徐俊西《一个值得重新探讨的定义——关于典型环境与典型人物关系的疑义》，载《上海文学》1981年第1期。
② 徐俊西：《一种必须破除的公式——再谈典型环境和典型人物》，载《上海文学》1981年第8期。
③ 徐俊西：《再谈典型环境中的典型人物——答陈涌同志》，载《复旦学报》1985年第2期。

同时也是由启蒙思想主导的审美现代性在文艺理论领域推进的结果。

  这一时期，刘再复更为自觉地将人道主义的启蒙意识贯彻到对文艺作品人物性格的研究之中，因而在理论界获得了广泛影响。他提出并加以论证的人物性格二重组合原理，实际上是以现实主义具有丰富内涵的典型来对抗和取代中国当代新古典主义贫乏简单的类型。所谓性格二重组合原理，包含三方面内容，即"两极性"、"整体性"和"深层性"。其中最核心的内容是揭示性格的两极性特征以及由此所决定的性格的复杂性。刘再复认为，每个人的性格都是由各种不同元素排列组合而成的有机系统，而这些性格元素无一例外都有正反两极，如灵与肉、真与假、善与恶、美与丑、悲与喜、刚与柔、粗与细等等，所以性格的二重组合就是性格两极的排列组合，一个丰富的性格世界包含着这样多种的二重组合结构，从而形成一个由许多组性格元素合成的复杂网络结构。性格二重组合两种最普通的状况是"美恶并举"和"美丑泯绝"，前者是指正反两重成分以鲜明的对立状况并存于同一性格中，后者是指正反性格因素互相渗透交织以至彼此消融，这两种情况一是侧重对立意义，一是侧重统一意义，实际上两者是不可分的，也就是说，"美恶并举"必然要走向"美丑泯绝"，而"美丑泯绝"也一定是建立在矛盾（"美恶并举"）基础之上。当然，仅有静态的结构分析是不够的，性格还处于不断的运动之中，因此，从整体上说，性格的二重组合，又是一种千变万化、极其复杂的动态过程，这个过程包括空间的差异性和时间的变异性。在刘再复看来，二重组合的复杂性格是审美理想与审美价值的体现，而类型化的单一性格则是政治观念和阶级利益的图解。因此，理解人物性格二重组合原理，必须要区分政治价值观念和审美的价值观念。如果说人物性格二重组合原理首先是指性格的丰富性、复杂性，那么其第二方面内容就是强调性格的整一性和定向性。也就是说，人物性格结构既不是单一凝固的结构，也不是分裂杂凑的结构，而是一个一元二重组合的有机整体。最后，刘再复认为，人物性格的丰富性、复杂性并不是指表层意义上的杂多，而是指深层结构中的矛盾内容①。

　　刘再复对于人物性格复杂性、矛盾性、丰富性的理论探索，是人道主义启蒙思想在文艺理论领域的具体展开，是其文学主体性理论的有机组成部分，同时也是对现代崇高审美理想的呼唤，它直接针对新古典主义脱离现实生活而沦为抽象政治符号的虚假人物形象，体现出现实主义文学具有客观真实性的典型人物的美学特征。但刘再复似乎并未意识到其理论应用范围，他试图建立一个涵盖从古典主义到现代主义文学思潮的宏大理论体系，结果是模糊了古代模仿论与现代认知再现论和现代情感表现论的理论界限，而且由于贪大求全，没有做到有的放矢，降低了其理论的说服力。应该肯定的是，作为一个西方近代意义上的热烈而坚定的人道主义者，刘再复是能够深刻理解现实主义文学的审美特征的，因而，在这一领域他可以得心应手、游刃有余地运用其理论来解说人物性格，而一旦进入到古典主义和现代主义文学的领域，其理论分析就明显变得捉襟见肘，难以使人信服了。实际上，他在勾勒小说历史进化的一般轮廓时，所划分的生活故事化、人物性格化和内心世界审美化三个阶段，恰好分别对应着古典主义、现实主义和现代主义三大文学思潮，而其人物性格组合理论显然是只适用于现实主义，如果越过现实主义这一必要的边界，那他的人物性格理论就成了非历史的"泛性格论"和绝对化的"唯性格论"，以此来阐释古典主义和现代主义的"非性格"现象，那当然就显得凿枘不合，难以奏效了。

　　在刘再复文学进化的谱系中，古典主义属于过去时，而现实主义和现代主义则属于现在和将来时，他没有明确意识到现实主义与现代主义其实是分别代表着审美现代性主客观分化对峙的两

---

① 参见刘再复《性格组合论》第三、四、五章，上海文艺出版社1986年版。

个方面,而是将内倾的现代主义置于更高的审美等级,这无形中削弱了现实主义理论的积极意义,虽然就个人的知识素养和审美趣味而言,他更倾心于现实主义而对现代主义颇多隔膜。而在更为年轻的批评家那里,现代主义的崛起对于传统的现实主义有了更明显的挑战意味,这一点也反映到了对典型问题的研究上。实际上,早在刘再复之前,吴亮就已经对典型的历史变迁作了类似的梳理。在吴亮看来,从古代到近代,典型经历了一个由单质单向单义的类型到近代多质多向多义的典型的发展过程,前者往往是抽象品性、抽象意志或力量的代表,而后者则是完整的、真实的人的血肉之躯的再现。而到了现代之后,"典型已从客体人物的塑造方面部分地转向了,把重点移到了读者心灵深处的典型反应。一种更偏重于共同主观性的内在典型,也就是形而上的典型,正在部分地取代立体化人物典型的位置"[①]。于是,典型观念、典型体验和典型情绪就取代传统的典型人物、典型性格、典型环境与典型事件成为现代艺术表现的重心。吴亮认为,上述的历史演变表明,典型的发展,是有着一个渐渐从外在化走向内在化、从简单化走向复杂化、从人物化走向超人物化的历史进程的。这里显然是试图通过扩充典型的边界以满足现代主义文学情感表现的需要,正如这一时期对于现实主义开放性的探讨,是为了容纳或吸收更多现代主义的因素一样。但如此一来,典型作为一个严格的现实主义范畴也就面临消解的危机,对于现实主义无边的泛化其实也无助于深刻理解现实主义现象化认知再现的审美特征。

4. 新时期现实主义理论探索中存在的问题

总的来说,新时期之初对于现实主义理论的探讨是在主体自由、理性反思的启蒙精神主导下,恢复和重建被新古典主义所全面压制的认知再现论,从而推进审美现代性客观倾向的深化和发

[①] 吴亮:《"典型"的历史变迁》,载《当代文艺思潮》1983年第4期。

展。当然,由于种种主客观条件的限制,这些探讨还仅仅是初步的,许多论说还停留在较浅的层次上。比如,论者普遍对新古典主义的文艺工具论深恶痛绝,而要求在审美独立的基础上发展旨在客观真实地再现社会生活的现实主义,但由于没有把这一文艺理论的变革,置于古代审美意识向现代审美意识或审美现代性嬗变的历史背景中,因而对于古典主义的模仿与现实主义的再现的根本差异就很难进行必要的辨析和区分。实际上,由于古代客体性人性结构中理性对感性的主宰,决定了古代审美意识具有理性抑制的审美封闭与感性弱化的审美残缺两大特性。就古代审美意识的认知倾向而言,在审美封闭的作用下,就会强化理性概念而忽略感性现象,从而呈现出物化象征的特点,在此,个别具体偶然多样的社会生活被排除了,只剩下抽象的轮廓。同时,在审美残缺的作用下,物化象征又可以表现为道德内化,并转化为直接的说教,在此,主要是为了功利性的目的而传达主观的理念,而不是旨在通过社会生活的展示而揭示客观规律。这就是古典主义的模仿,它疏远真实的社会生活,漠视客观的历史规律,与体现着审美现代性客观倾向的现实主义的再现有着本质的差异。中国当代新古典主义在本质上并未越出古代审美意识的历史界限,只不过增添了些马克思主义理论的外在装饰,并在权力庇护下,将古代朴素的道德教化变为赤裸裸的政治宣传。而再现是现代审美意识的产物,随着近现代社会的巨变和启蒙现代性的发展,开始形成主体性的人性结构,那曾经疏远的理性和低下的感性分别向着人的境界回归与提升,在此基础上,古代审美意识的残缺与封闭就被克服了,现代审美意识随之生成了,同时,也就意味着开始了审美现代性的历史进程。现代审美意识的更新和审美现代性的展开,一方面表现为审美的独立性的确立,解除审美对于伦理和认识的依附关系;另一方面,又分别侧重于伦理学的感性意欲和认识论的理性认知,以一种互补的态势向着主客观两极分化对峙发展。就其客观方面而言，强化的是理性认知，但这理性认知是非概念化的，它被来自伦理学的情感体验所溶解而保持着审美特性，形成了不同于古代物化象征的外倾直觉。"外倾直觉的主导倾向是理性认知，这一点从根本上决定了它对待社会生活的客观态度，这种倾向同时又是非概念的，它具有情感体认的审美界限，而这种界限所对应的正是生动具体的社会生活现象。"① 现实主义的客观再现所要求的正是从感性的现象中体认客观的真理，在复杂的人事纠葛和强烈的情感欲求中体现普遍性的意蕴，这里是善的形式与真的内容的结合，产生了客观性的社会美。在新时期的现实主义理论讨论中，不少问题涉及真、善、美的内在关系，但很少有人从古今审美意识嬗变的角度，来理解现代客观再现对于社会美以善求真的历史特征。

再比如，新时期现实主义的理论探讨在反对中国当代新古典主义的具有独断论性质的本质主义倾向时，已或多或少触及了认知再现论现象化的审美特性，但又未能将其作为一个重要的课题给予充分论证。通常的情况是，现象化被当作自然主义的主要范畴而遭到贬抑，似乎只有体现本质与现象相统一的典型才是现实主义的标志，这里无论对现象化还是对自然主义的认识都是片面的，实际上，现象化并不是只有客观现象的罗列，也不是不加选择的有闻必录，对于那些所要再现的具体现象，它要求在时间上应该有必要的调整和集中，但在空间上却必须如实地呈现其原生态的本来面目。现象化并不排斥主体的介入，相反，其中处处渗透着主体的情感体验，满足着主体对于本质规律深度探寻的认知需求。这里，现象化是建立在主体性原则的基础之上的，作为启蒙现代性的历史成果，正是人性结构的主体化成为现实主义现象化的认知再现论的理论前提。古代素质贫弱的主体只能适应规范

---

① 邹华：《再现与模仿的历史差异——审美意识的重新区分与选择》，载《社会科学辑刊》1997年第3期。

有序纯净中和的美,这种美也只能局限在一个狭小的圈子之中。现代主体地位的提升极大强化了现代人对外部世界的承受力,美的范围因此而得以急剧扩张,那些过去被视为丑的必须要回避或净化的东西,那些反常无序混杂矛盾东西,现在都成为现代人的审美对象。这样,现象化的认知再现就面向广阔的社会生活和复杂的现实人生,它可以包罗万象,巨细无遗,举凡主流与支流、黑暗与光明、美好与丑恶、重大事件与日常碎屑、英雄楷模与凡夫俗子等无不包含在其再现的范围中。令人遗憾的是,在新时期之初对于现实主义的理论探讨过程中,我们很难看到从这一角度切入而进行的深入研究。

至于说自然主义,则总是被认为与古典主义相反但具有同样的反现实主义的消极性而遭到否定,没有认识到自然主义与现实主义都是审美现代性的体现,它们在追求审美客观性方面是一致的,与古典主义有着根本的历史差异。卢卡契为了捍卫19世纪以托尔斯泰、巴尔扎克、狄更斯等经典作家为代表的批判现实主义,批评自然主义以抹杀差别的描写取代主次分明的叙述,以置身事外的观察取代投身其中的体验,以空间的现场性取代时间的承续性,结果,艺术堕落为无深度的浮世绘,堆积着彼此不相关联的偶然性的细节。同时,作者失去把握整体的综览能力,视点随着变幻无常的前景焦躁不安地跳来跳去。这样的自然主义是非人性的,无诗意的,它不能揭示种种社会因素的内在的必然的联系,因而其客观性是虚假的,很容易变成其对立面——彻底的主观主义。在卢卡契看来,最根本的原因是世界观的改变,那曾经为19世纪伟大的现实主义作家所坚持的人道主义、理性主义的启蒙思想,不再为自然主义作家所信奉,伴随着深刻的精神危机,蔓延开来的是一种不可知论的实证论[①]。卢卡契对现实主义

---

① 参见中国社会科学院外国文学研究所外国文学研究丛刊编委会:《卢卡契文学论文集》第1卷,中国社会科学出版社1980年版,第38—86页。

与自然主义差异的分析并非没有道理,但他对作家世界观的决定作用的强调,到了中国当代的语境中,很容易被政治化的新古典主义所利用。事实上,自然主义从未在中国获得过发展的机会,但对其防卫性的攻击和批判倒是一直不绝于耳,名义是捍卫现实主义,实则是为古典主义开辟了道路。因此,在中国当代,更应该强调的是现实主义与自然主义的亲缘性,自然主义对现象化、偶然性和细节真实的追求对于中国当代向着古典主义变异的现实主义而言,正是一剂良药,有纠偏补缺之效。这一点,茅盾在20世纪20年代就已意识到并明确指出过,可惜后来没有继续在理论上得到发展和深化。当然,即使不谈中国语境,对自然主义也应有一个公正的评价,作为出现在现实主义之后的重要文艺思潮,自然主义对现实主义有所反思和批判,但在总体上仍保持着审美客观性的主导倾向,作为其思想基础的科学化的实证主义哲学,也仍未脱离启蒙现代性的历史轨道,与此前有所不同的只是对主体和理性的理解更为复杂了。

尽管新时期之初对于现实主义的理论探索有着种种不足,但作为历史的开端,这是难以避免的,也是可以理解的,毕竟它为审美现代性的发展打开了希望之门,其历史意义应值得肯定。

二 朦胧诗与现代派问题:对审美主观性的理论探索

1. 中西现代主义的历史差异

在西方,浪漫主义之后,从主观方面强力推进审美意欲现代性的是现代主义和后现代主义文艺思潮。作为20世纪西方文艺主潮,现代主义流派众多,各流派的理论主张和创作实践千差万别,要在总体上概括其审美特征是极为困难的。一般认为,"朝着深奥玄妙和独特风格发展的倾向,朝着内向性、技巧表现、内心自我怀疑发展的倾向,往往被看作是给现代主义下定义的共同基础"①。至于后现代文艺思潮,应该说与现代主义有同有异。共同之处在于它们都"反对启蒙主义,都主张非理性主义,都否认客观真理的存在,都对世界、人生充满虚无感",不同之处是"现代主义在宣告人生已经'沉沦'和变为'虚无'的同时,还力求加以拯救……后现代主义则认为现代主义的这种做法是虚妄的,因为世界人生的一切意义都已经被解构了,没有任何意义是确定的和值得人们去追求的。如果说现代主义认为出了大问题,但还是一个值得去修补和能够修补的世界,那么后现代主义则认为一切修补的做法都是无意义的"②。也就是说,现代主义还有痛苦、焦虑和反抗,后现代主义则完全是一种"耗尽"(burn-out)一切的体验,它表现为自我毁灭的欣悦和无动于衷的冷漠。詹明信认为后现代的文化病态可以用一句话来概括说明:"主体的疏离和异化已经由主体的分裂和瓦解所取代。"③ 应该说明的是,在中国语境中,相当长的时间内,对于现代和后现代并没有进行刻意的区分,所谓后现代的流派一般都是作为现代派来接受的④。

现代主义和后现代文艺思潮的出现有着深刻的社会历史背景和思想文化基础。从社会层面看,资本主义现代性的展开,一方面推动了社会生产力的巨大进步,另一方面也付出了人性异化的沉重代价,最终,不断积累的社会矛盾酿成了两次世界大战的人类惨剧,这给西方人的精神世界造成了强烈震撼,在

---

① 马尔科姆·布雷德伯里、詹姆斯·麦克法兰:《现代主义的名称和性质》,参见中国社会科学院外国文学研究所外国文学研究资料丛刊编辑委员会编《现代主义》,上海外语教育出版社1992年版,第10页。

② 刘纲纪:《马克思主义美学在当代的问题》,载《美学与哲学》,武汉大学出版社2006年版,第416—417页。

③ 詹明信:《后现代主义,或晚期资本主义的文化逻辑》,载张旭东编《晚期资本主义的文化逻辑》,陈清桥等译,生活·读书·新知三联书店1997年版,第47页。

④ 参见拙文《后"五四"现代主义文学思潮论》,载《学术论坛》2011年第11期。

思想文化层面，近代启蒙现代性所高扬的人道主义、理性主义精神开始受到质疑和批判，具有虚无主义、悲观主义、非理性主义特色的现代主义、后现代主义文艺思潮应运而生，而且这一思潮并没有局限于文艺界，而是在整个思想文化领域发生了弥散性的影响。但是，就此断言现代主义和后现代主义宣告了启蒙现代性的终结，恐怕还为时过早。因为启蒙现代性本来就不是一个固步自封的僵化停滞的社会文化体系，而是一种开放流动的具有自我反思性的历史建构。就思想文化层面而言，在反思启蒙现代性基础上形成的一些重要思想，实际上是继承了启蒙现代性的思想遗产而又继续向前推进的结果。例如，主体间性不过是在主体性高度发展的基础上对其进一步的深化，并不是要全盘抛弃启蒙现代性的主体性原则；对传统人道主义和人类中心主义的反思，并不是对人的价值和尊严的贬损，而是体现了人的自我意识在更高层次上的觉醒和提升；对科学技术和工具理性片面性发展的忧虑，并不是要使人类回到茹毛饮血的原始社会，而是为了追求更为全面自由的人性和更好地造福人类。所谓的悲观绝望的情绪、虚无主义和非理性主义思想在存在论的意义上也都不是完全负面的东西，而是体现着现代人深刻的生存体验，以及对更高人性境界的企盼。总之，在现代主义和后现代主义那里，启蒙现代性不是走向了死亡而是得到了凤凰涅槃式的新生。或许我们可以把启蒙现代性的历史进程划分为近代启蒙与现代启蒙两个历史阶段，这样，西方的现代主义与后现代主义文艺思潮都应归属后一阶段，而中国的情况则更为复杂，在近代启蒙刚刚开始的时候，现代启蒙就接踵而至，这使中国的现代主义文艺思潮具有了鲜明的中国特色。

　　从王国维确立中国审美现代性的历史起点开始，现代主义的思想和艺术就随之在中国有所发展。到五四时期，叔本华、尼采、柏格森、弗洛伊德等西方现代主义的思想家都在中国产生了一定影响，他们的不少著作也都被译介过来。在艺术实践方面，出现了心理分析小说和象征主义诗歌的现代主义文学探索。五四之后，分别以北京和上海为中心，中国的现代主义文学呈现出不同的地域特色。依托于千年古都北京，京派现代主义试图借助西方现代意识对中国古代抒情写意的诗学传统进行创造性的转化，形成一种中西互动影响的美学模式。在繁华的半殖民地上海，则诞生了被称为新感觉派的海派现代主义，其作品在消费主义、政治意识形态和殖民主义多重交织的复杂语境中，勾勒出被卷入大都市漩涡中的现代市民游移不定的身影。从思想文化层面来看，如果说五四时期的现代主义打上了鲜明的近代启蒙思想的烙印，那么五四后北京与上海的现代主义就具有了现代启蒙意识自我反思批判的内容。而问题在于，中西语境有着根本的差异，西方是深受近代启蒙现代性片面发展之害，而要求现代启蒙的自我超越；中国则是饱尝近代启蒙现代性未充分发展之苦，需要推进现代化经济建设，弘扬人道主义和理性主义精神。所以，中国的现代主义就要求与近代启蒙现代性有着更多的契合，才会有生命力和发展的前途。也就是说，现代主义文艺以象征性的形式创构所表现的复杂强烈的情感，必须植根于中国现实人生的厚土之中，接受时代精神的滋养，否则就会成为无本之木，难以长久存在。从这个角度来看，五四之后30年代中国的现代主义文学在政治意识形态的压力之下确实存在消极避世倾向。这就使京派难以完成对中国抒情写意传统的现代转化而走向审美封闭，使海派迷失在商业消费的狂潮中而走向审美残缺。于是，时代呼唤着一种现实内容充实、真正体现着审美现代性的现代主义在中国的出现。抗日战争开始之后，中国的文学版图被分割为沦陷区、解放区和国统区三大区域。在上海沦陷区，张爱玲、钱锺书的创作体现出明显的现代主义气质。在国统区的昆明，西南联大的师生冯至、穆旦等人的创作，则发展出"一种同现实——战争、流亡、通货膨胀等等——密切联系的现代主义"①，这种现代主义是一个现实、象征和玄学的综合系统，其中"现实表现于对当前世界人生的紧密把握，象征表现于暗示含蓄，玄学则表现于敏感多思、感情、意志的强烈结合及机智的不时流露"②。这一现代主义流派的发展一直持续到战后，成为新中国成立之前中国现代主义最后的殿军。此外，在鲁迅、老舍、曹禺、艾青等中国现代文学大家那里，也有部分作品具有明显的现代主义风格。

新中国成立之后，现代主义因其政治上的资产阶级属性，在思想和艺术方面都受到了全盘否定。这方面茅盾的下列评论是颇有代表性的："正因为对现实的态度是不可知论，否认人类发展是有规律的，所以现代派的文艺家或者逃避现实，或者把现实描写成为疯狂混乱的漆黑一团，把人写成只有本能冲动的生物。正因为他们是唯我主义者，所以他们强调什么'精神自由'，否定历史传统，鄙视群众，反对集体主义。正因为他们是不可知论的悲观主义者和唯我主义者，所以他们的创作方法是'非理性'的形式主义。因此，我们有理由说现代派的文艺是反动的，不利于劳动人民的解放运动，实际上是为资产阶级服务的。"③ 这样，现代主义就完全被打入另册，成为一种禁忌，除了在少数的批判文章中出现，其正常的艺术实践和理论探索都已不能进行了。但这并不意味着现代主义在中国当代完全绝迹，实际上，从60年代开始，以内部读物的形式，对西方现代主义文学作品有选择的译介活动就一直没有中断。这些因封面颜色而被称为"黄皮书"的作品，涉及存在主义、垮掉的一代、黑色幽默、荒诞派戏剧、表现主义等多个流派，包括像加缪的《局外人》、萨特的《厌恶

---

① 王佐良：《中国新诗中的现代主义——一个回顾》，载《文艺研究》1983年第4期。
② 袁可嘉：《新诗现代化》，载《论新诗现代化》，生活·读书·新知三联书店1988年版，第7页。
③ 茅盾：《夜读偶记》，百花文艺出版社1979年版，第60页。

及其他》、克茹亚克的《在路上》、塞林格的《麦田里的守望者》、贝克特的《等待戈多》、卡夫卡的《审判及其他》、三岛由纪夫的《丰饶之海》等现代主义的经典之作。"文革"期间，黄皮书开始散落民间，滋养了处于精神极度饥渴之中的知识青年，催生了具有异端色彩的中国现代主义文学在地下的萌发，朦胧诗的前身白洋淀诗派就是其中最出色的代表。

2. 对于朦胧诗的理论探讨

新时期伊始，在以小说为中心的现实主义文学复兴的同时，在"文革"处于潜在写作状态、以诗歌为中心的现代主义文学也开始浮出了历史的地表，成为不可忽视的重要文学力量。从文艺理论角度来看，如果说现实主义的艺术实践推动了具有审美客观性的现象化认知再现论的发展，那么，现代主义的艺术探索，则呼唤着具有审美主观性的象征化情感表现论的出现。新时期围绕着以朦胧诗为中心的现代主义文学所展开的理论探讨，就是情感表现论开始取得进展的重要标志。

所谓的朦胧诗，在其命名者那里，本是一个带有明显贬义的称呼，指的是晦涩难懂、"令人气闷"的诗歌①。因其对中国当代主流诗歌的反叛而引起了众多的责难，被认为是"诗歌创作的一股不正之风，也是我们新时期的社会主义文艺发展中的一股逆流"②。是一种"脱离现实，脱离生活，脱离时代，脱离人民"的"古怪诗"，它"不是创新，是摹仿某些外国人已经不搞了的东西"③。而谢冕、孙绍振、徐敬亚等人则试图为这一新诗潮的崛起而辩护，他们的理论批评工作为在中国长期处于空白状态的情感表现论注入了生机和活力。

---

① 参见章明《令人气闷的"朦胧"》，载《诗刊》1980年第8期。
② 臧克家：《关于"朦胧诗"》，《河北师院学报》1981年第1期。
③ 丁力：《新诗的发展和古怪诗》，载《河北师院学报》1981年第2期。

关于朦胧诗的探讨是围绕着几个核心的理论问题展开的。

第一，是诗歌的现代性与历史传统问题，或是民族化与西化的问题。从文学史上看，从五四开始发展起来的中国现代白话新诗是以启蒙现代性的历史建构为基础，对中国古典主义诗学传统的颠覆。以情感表现为主的浪漫主义和现代主义因其与现代诗歌的亲和性而更多地结合在一起，向着人的内部世界深入开掘，向我们展示着中国审美现代性主观方面的丰富内容。但是后来随着政治意识形态的全面控制，浪漫主义发生了向古典主义的变异，而现代主义则不得不从诗坛销声匿迹。中国当代主流诗歌只能固守民歌和古典诗歌的传统，排斥一切外来因素，思想、语言、结构、技巧和风格都走向了高度的僵化，字里行间充斥着生硬专断的说教、空洞虚假的情感、直白浅露的表达、千篇一律的模式。正如谢冕所说："我们的新诗，六十年来不是走着越来越广泛的道路，而是走着越来越狭窄的道路。""我们以为是传统的东西，往往是凝固的、不变的、僵死的，同时又是与外界割裂而自足自立的。"① 对于谢冕来说，新诗潮之所以被认为是古怪的，难以理解的，就是因为它的艺术创新突破了传统的审美习惯。因此，他建议不妨采取一种宽容的态度对待这一新生事物，也只有这样才能重现五四时期那种充满自由创造精神的繁荣局面。同样是对中国新诗艺术发展的回顾与总结，年轻气盛的徐敬亚较老成持重的谢冕措辞就显得更为尖锐。他认为，在二三十年代中国现代艺术的草创期，"刚刚脱离文言的白话文学还带有封建主义古典艺术的病态！以后的外族入侵、国内动乱，终于使中国现代诗歌产生的一点点可能性遭到泯灭"。"建国以来……我们严重忽视了诗的艺术规律，几乎使所有诗人都沉溺在'古典+民歌'的小生产歌吟者的汪洋大海中。……从五十年代牧歌式欢唱到六十年代理性宣言似的狂热抒情，以至于到文革十年中宗教式的祷

---

① 谢冕：《在新的崛起面前》，载《光明日报》1980年5月7日第4版。

词——诗歌货真价实地走了一条越来越狭窄的道路。"① 与谢冕一样，徐敬亚也认为，误入歧途的中国当代诗歌若要迷途知返，必须回到五四这一中国文学现代性的历史起点，未来的中国诗歌主潮应是"五四新诗传统（主要是四十年代以前的）加现代表现手法，并注重与外国现代诗歌的交流，在这个基础上建立多元化的新诗总体结构"②。谢冕和徐敬亚不约而同地看到了自五四走上现代性发展道路的中国新诗，是如何在古典主义的民族传统与现代极"左"政治的联合绞杀中走向绝境的。他们支持以朦胧诗为代表的新诗潮的崛起，就是要求走出古典传统的阴影，摆脱狭隘政治的束缚，借助以主观情感表现为主导的西方现代主义艺术实践经验，继续推进五四开创的中国新诗现代性的未竟之业。

第二，是关于自我的情感表现问题。作为启蒙现代性的有机构成，审美现代性的确立及现代审美意识的生成都离不开启蒙现代性的历史成果，如主体地位的提升、自我意识的觉醒、个性的自由解放等。启蒙现代性的停滞和倒退也意味着审美现代性的式微，这一点体现在中国当代主流诗歌领域，就是主体的失落、自我的压抑和个性的泯灭。在此，面目不清、微不足道的个人主体，必须服从于诸如政党、领袖、国家、社会、人民、集体、阶级等政治意识形态的神圣客体的需要，并消融于其中。在这样的诗歌中，"'抒人民之情'得到高度赞扬，而诗人的'自我表现'则被视为离经叛道"③。因此，诗人所抒发的情感就不可能是独特的、个人化的，只能是流于一般的、模式化的。这种诗歌无论被冠之以革命浪漫主义、革命现实主义或是革命现实主义与革命浪漫主义相结合，都不能改变其反现代性的古典主义的实质，不

---

① 徐敬亚：《崛起的诗群——评我国诗歌的现代倾向》，载《当代文艺思潮》1983 年第 1 期。
② 同上。
③ 孙绍振：《新的美学原则在崛起》，载《诗刊》1981 年第 3 期。

能改变其意志外化的审美残缺的古代特征。孙绍振认为，关于朦胧诗的不同意见，"表面上是一种美学原则的分歧，实质上是人的价值标准的分歧。在年轻的革新者看来，个人在社会中应该有一种更高的地位，既然是人创造了社会，就不应该以社会的利益否定个人的利益，既然是人创造了社会的精神文明，就不应该把社会的（时代）的精神作为个人的精神的敌对力量，那种'异化'为自我物质和精神的统治力量的历史应该加以重新审查"①。这里所高扬的人道主义的启蒙精神，正是启蒙现代性的主体性原则的体现。徐敬亚在谈到新诗潮的"自我表现"时，言辞之间同样回响着人道主义的主旋律。他说："一些中青年诗人开始主张写'具有现代特点的自我'，他们轻视古典诗中的那些慷慨激昂的'献身宗教的美'；他们坚信'人的权利，人的意志，人的一切正常要求'；主张'诗人首先是人'——人，这个包罗万象的字，成了相当多中、青年诗人的主题宗旨。"② "自我表现"说一方面揭示了个人主体不可替代的独特性，另一方面，也在奋力开拓着审美现代性主观意欲方面的内容，并将主观情感的表现作为一种新的美学原则提了出来。对于孙绍振来说，"美的法则是主观的，虽然它可以是客观的某种反映，但又是心灵创造的规律的体现"③。为了使体现着审美主观性的情感表现论取得理论上的合法性，徐敬亚对现实主义在诗歌领域的适用性提出了质疑："诗歌，作为心理因素最强的艺术手段（狭义上的诗，并不包括叙事诗），与现实主义描写外部生活的特征是根本对立的。现实主义的出现和命名，不是抽象了诗歌创作的经验提出的，主要是对小说、戏剧等叙事性文学样式创作方法的总结。诗中的现实主义界限是模糊的。写实性描写，只能是诗歌

---

① 孙绍振：《新的美学原则在崛起》，载《诗刊》1981年第3期。
② 徐敬亚：《崛起的诗群——评我国诗歌的现代倾向》，载《当代文艺思潮》1983年第1期。
③ 孙绍振：《新的美学原则在崛起》，载《诗刊》1981年第3期。

艺术初期阶段的特征。严格说，诗歌创作中似乎从来不存在标准的现实主义原则。"① 在体现审美客观性的现实主义全面复兴的新时期之初，徐敬亚对于与现实主义相对峙的体现着审美主观性的现代主义的推崇，实际上无损于现实主义的发展。相反，它还为现实主义带来了充沛的情感能量，为其维护审美特性创造了良好的条件。另一方面，中国以朦胧诗为代表的现代主义之所以能够健康发展，也正是因为有强大现实主义为其提供了现实根基的支撑。正如高行健所说，现代主义在新时期兴起的同时，"中国当代文学也还贯穿着对前数十年日益丧失了的自五四以来曾经在中国文学中生根了的现实主义的良好传统的回归。其实，这两者对中国当代文学来说，并不相抵触，相反倒至为补益"②。

第三，关于艺术形式问题。形式是现代情感表现论的核心范畴，与其在古代诗学中的地位和意义有着重大历史差异。古代人性结构中实体化或外化的理性对感性的超绝，理智与情感的抑制性关联，造成古代审美意识被动封闭的特征，表现在审美方式上，就在客观方面形成物化象征，在主观方面形成静态品味。物化象征是"以感性形式来象征抽象的理性存在"③，而这抽象的实体化的理性存在不过是主观意念的投射，更多与人的政治或伦理实践相关，这样，客观倾向就主观化了，道德内化了，这里的外部感性形式要服从实践理性的需要，随时都可以弃置不顾。静态品味是"由理智封闭性介入形成的情感表现"④，理智的封闭性介入，表现在内外两个方面，"它对内的介入，是把理性观念

---

① 徐敬亚：《崛起的诗群——评我国诗歌的现代倾向》，载《当代文艺思潮》1983年第1期。
② 高行健：《迟到了的现代主义与当今中国文学》，载《文学评论》1988年第3期。
③ 邹华：《流变之美——美学理论的探索与重构》，清华大学出版社2004年版，第104页。
④ 同上书，第109页。

引入情感体验,使之具有明晰的社会内容;它对外的介入,则是把情感的表现引入清晰的对象形式"①。在静态品味中,受理智控制的情感是弱化的、规范化的、表面化的,相应的,表现情感的形式是具象化的、模式化的。这里的情感不具有带动扩充形式的能力,形式也难以表现复合强烈的情感。优美形式的建构是以人的内在情感世界的狭小、单纯、平稳、静态为前提的,这样的形式结构也是脆弱的,随时都有可能被实践性的冲动所突破,形成意志外化的审美残缺。在文艺理论方面,现代的情感表现论之所以不同于古代的抒情写意论,就在于它所要求的不再是古代的静态品味或物化象征,而是现代的动态观照。动态观照是强劲浑厚的情感体验与急剧扩张的抽象形式的结合,这种结合创构出一种象征境界。"象征境界就是释放着浓缩情感的形式结构,或是在抽象的形式结构中涌动的生命意力,情感与形式的这种相互依存、相互激发的关系,是现代表现艺术强大魅力的根源所在。"②从艺术实践方面来看,现代主义所追求的正是这种情感与形式相结合的象征境界的创造,而中国当代主流诗歌则完全服从于政治实践的功利目的,其内容是明确预定的,其形式是附属的,可有可无的。也就是说,形式只是传达内容的手段和工具,自身并没有独立的功能和价值。这样,政治的实践性冲动就可以很轻易地突破名存实亡的形式,造成严重的审美残缺。具有审美残缺特征的中国当代主流诗歌不仅不能以象征的形式表现现代人强化的生命意志、深度的情感体验,甚至也远远不及抒情写意的古代诗歌在审美封闭的静态品味中所创造的优美意境。朦胧诗的出现意味着在艺术实践领域审美现代性在主观方面的重要进展,一方面,审美向着人的广袤深邃的内心世界开掘,其范围空前扩张了,另

---

① 邹华:《流变之美——美学理论的探索与重构》,清华大学出版社2004年版,第106页。

② 邹华:《现象化再现与抽象化表现》,载《齐鲁学刊》1995年第3期。

一方面，剧烈释放的情感积极活跃地寻找着象征性的客观对应物与之契合，结果就形成了能够供情感有力回旋的抽象化形式。因此，独立而不是附属的审美形式的创造对于以情感表现为主的朦胧诗来说，就具有了至关重要的标志性意义，朦胧诗被视为古怪、费解、晦涩难懂，都与其抽象化的象征性形式有关。陈仲义从意境、形象、手法、结构和语言这些形式相关的五个方面因素的变革，论述了新诗潮对于以往诗歌模式的突破。这五个方面主要是指变异性的意象群，零碎组合和变形的形象及不定性的情绪，不同种类的多样化的象征手法和普遍推广的通感手法，跨越性、高密度、多层次的结构，追求全新的搭配以形成词语弹性张力的语言陌生化[1]。徐敬亚认为，新诗潮已经形成了一整套独特的表现手法，促使诗歌在结构、语言、节奏、音韵等方面发生了一系列变革。他细致分析了朦胧诗所采用的诸如象征、视角变换、变形、直觉与幻觉的表现、通感、虚实结合等多种艺术手法，所创造的跳跃性的情绪节奏及多层次的空间结构，在新诗建筑方面所进行的自由化的新尝试，在韵律、节奏、标点等方面作出的新处理[2]。陈仲义和徐敬亚的分析表明，正是包含着多种审美要素的象征性形式的创造，才使得新诗潮那些朦胧多义的情感有效地表现出来。所以，只有真正明白审美形式的重要性，才能深刻理解旨在表现现代人主观情感的朦胧诗。

第四，关于情感表现的现实根基和现代主义的中国特色问题。审美现代性的主客观两个方面是在互相补充、互相依存、互相激发中分化对峙发展的。对于体现着审美主观性的情感表现来说，这主观的情感必须扎根于客观的社会生活和现实人生的土壤之中，而这一点正是以朦胧诗为代表的中国现代主义艺术所追求

---

[1] 参见陈仲义《新诗潮变革了哪些传统审美因素？》，载《花城》1982年增刊第5期。

[2] 参见徐敬亚《崛起的诗群——评我国诗歌的现代倾向》，载《当代文艺思潮》1983年第1期。

的目标。谢冕认为，对动乱时代现实生活深刻而真实的生命体验，是朦胧诗兴起的社会原因，因为年轻的一代"对生活怀有近于神经质的警惕，他们担心再度受骗。他们的诗句中往往交织着紊乱而不清晰的思绪，复杂而充满矛盾的情感。因为政治上的提防，或因为弄不清时代究竟害了什么病，于是往往采用了不确定的语言和形象来表述，这就产生了某些诗中真正的朦胧和晦涩。这就是所谓的'朦胧诗'的兴起"①。吴思敬认为，现代艺术的共同倾向"不是着重表现外部世界，而是着重表现内心世界。面向世界与面向内心，表面上相反，而实质是统一的。因为内心世界不管多么错综多变，光怪陆离，归根结底是客观现实的反映"。他还打了比方来说明这一点："如果我们把客观世界比成山上的岩石，那么现代诗就好比用开山的石方构成的建筑；如果把客观世界比成树根，那么现代诗就好比树冠。石方构成的建筑不同于岩石，树冠也不同于树根，然而石方来源于岩石，树冠来源于树根。"② 这些分析旨在说明，以朦胧诗为代表的现代主义艺术探索是在中国社会土壤之上产生和发展的，它不可能原封不动地照搬西方现代派的一切。刘登翰在谈到中西现代派的区别时说："西方现代派的创造者从个人出发，对现实——从人的自身到整个社会持全面否定的态度，他们走向内心的道路，是为了逃避和否定现实。而今天新一代的年轻歌手则是从肯定创造历史的人的本质出发，他们倾向于人的内心世界的探索，正是为了更深刻、更积极地表现人和触及现实。"③ 对于徐敬亚来说，朦胧诗所表现的自我也不是西方现代主义热衷于表现的孤独的个人，而是"普普通通的中国现代公民"，这个自我"是中国的！在他们的诗里，有对十年非人生活的控诉；有对于几千年民族艰苦历

---

① 谢冕：《失去了平静以后》，载《诗刊》1980年第12期。
② 吴思敬：《时代的进步与现代诗》，载《诗探索》1981年第2期。
③ 刘登翰：《一股不可遏制的新诗潮——从舒婷的创作和争论谈起》，载《福建文艺》1980年第12期。

程的痛苦回味；有对于人性解放的追求与呼唤；有对于现代生活方式和生产方式的憧憬。一句话，纵贯在一代新诗人笔下的作品中的主导精神是民族自强心，诗中的'自我'形象是要鞭笞黑暗！埋葬过去！是要'重振民族'的新一代中国青年的总体形象"①。"八十年代的青年（包括中年）最可贵之处在于他们与社会的血肉联系。作为一代人，他们和这个时代一起走过来。他们的'自我'符合中国社会走向现代化的总趋势。"② 从这些批评家的论述中我们可以看出，以朦胧诗为代表的中国现代派具有鲜明的近代启蒙色彩，与西方现代派对近代启蒙思想的反思批判迥然不同。这样，或许中国的现代派就似乎"显得不够纯粹、正宗和典型，但如果我们不是站在西方中心主义的立场或采用简单僵化的思维方式来看待这一问题，那么，它的这一中国特色或许正是其价值、意义和魅力所在，可以为我们理解中国现代性的创生及其曲折历程提供丰富的经验和有益的启示"③。

3. 对现代派文学的理论阐释与推进

新时期之初，关于朦胧诗的理论探讨将长期以来陷入低潮的情感表现论推向了一个新的历史高度，同时也将有关现代主义的理论课题提了出来。除了朦胧诗，还有王蒙、宗璞等人采用意识流、荒诞变形手法创作的探索小说，高行健等人的探索戏剧，都被认为是中国现代主义的艺术探索，这就不能仅仅局限在诗歌领域，而是要求在更广泛的理论层面作出有效的阐释。

首先是要对西方现代派有一个客观的认识和评价，不再从思想内容到艺术形式全盘否定，一笔抹杀，在这方面外国文学研究

---

① 徐敬亚：《崛起的诗群——评我国诗歌的现代倾向》，载《当代文艺思潮》1983年第1期。
② 同上。
③ 参见拙文《启蒙主义与中国现代主义文艺思潮的兴起》，载《学术交流》2012年第2期。

领域的一些专家作了卓有成效的建设性的工作。如陈焜对英美现代派文学的分析评论①；柳鸣九等人对于法国文学特别是存在主义思想家和文学家萨特的译介②；袁可嘉主编的四卷本《外国现代派作品选》，囊括了西方现代主义的主要流派，成为当时中国了解西方现代主义艺术创作情况的权威性启蒙读本，影响深远。同时袁可嘉对于西方现代派文学的综合研究也被广泛接受，比如，他认为："西方现代派在思想内容方面的典型特征是它在四种基本关系上所表现出来的全面的扭曲和严重的异化；在人与社会、人与人、人与自然（包括大自然、人性和物质世界）和人与自我四种关系上的尖锐矛盾和畸形脱节，以及由之产生的精神创伤和变态心理，悲观绝望的情绪和虚无主义的思想。"③ 2002年出版的《辞海》（1999年版）关于"现代主义"的释义，就采用了这一段评述。

实际上，对于西方现代派的研究更重要的目的还是在于推进中国现代主义的艺术实践。为了争取现代主义在中国的合法性，徐迟把经济的现代化与文学的现代派联系起来，认为从马克思主义的观点来说，精神文明以物质文明为基础，虽然迄今为止西方现代派文艺主要反映的是两种文明的矛盾，但是，"在它继续发展的进程中，我们可以相信，西方现代派文艺也将创作出有利于人类进步的信心百倍的理想主义的作品，描绘出未来的新世界的新姿。物质文明将推动精神文明前进"。"不久将来我国必然要出现社会主义的现代化建设，最终仍将给我们带来建立在革命现实主义和革命浪漫主义的两结合基础上的现代派文艺。"④ 徐迟借助马克思主义关于经济基础与上层建筑的理论，呼唤一种

---

① 参见陈焜《西方现代派文学研究》，北京大学出版社 1981 年版。
② 参见柳鸣九主编《萨特研究》，中国社会科学出版社 1981 年版。
③ 袁可嘉：《外国现代派作品选前言》，见《外国现代派作品选》第 1 册，上海文艺出版社 1980 年版，第 5 页。
④ 徐迟：《现代化与现代派》，载《外国文学研究》1982 年第 1 期。

"马克思主义的现代主义",因其在理论的运用上有简单机械之嫌,所以当时受到不少质疑①,但这篇文章的意义主要不在于学术研究层面的学理性,而在于话语实践层面上对于中国现代主义的推进。

与徐迟这种激进而简单的做法有所不同,另外一种推进中国现代主义的策略就显得更为稳健而富有技巧,也更易于为人接受,这就是采用内容与形式的二分法,在思想内容方面不做过多纠缠,而是将形式技巧与思想内容相剥离,强调其相对的独立性和非政治性,并作为学习和借鉴的对象。高行健的《现代小说技巧初探》可称得上是这方面的范例②。在这本小册子里,高行健探讨了与现代小说技巧、形式、手法相关的诸多问题,如叙述语言,叙事视角,意识流,怪诞与非逻辑,象征,艺术的抽象,文学语言、情节与结构,时空,真实感,距离感,小说的历史与未来,现代技巧与民族精神及现代流派,等等,随即引发了冯骥才、李陀、王蒙、刘心武等人的热烈响应,冯骥才兴奋地称其是"好像在空阔寂寞的天空,忽然放上去一只漂漂亮亮的风筝"③。几个人在评说这本书的时候,不约而同都谈到了形式技巧的独立性、重要性,以及中国现代主义文艺的民族特色问题。关于形式,冯骥才说:"形式美有其相对的对立性。"④ 李陀说:"当前文学创新的焦点是形式问题。"⑤ 刘心武说:"现代小说技巧(不是整个形式本身)也应当看作是没有阶级性的,因而对于任何一个国家、民族的任何政治信仰和美学趣味的作家来说,他都懂

---

① 参见理迪《〈现代化与现代派〉一文质疑》,载《文艺报》1982 年第 11 期;李准《现代化与现代派有着必然联系吗?》,载《文艺报》1983 年第 2 期。

② 参见高行健《现代小说技巧初探》,花城出版社 1981 年版。

③ 冯骥才:《中国文学需要"现代派"!——给李陀的信》,载《上海文学》1982 年第 8 期。

④ 同上。

⑤ 李陀:《"现代小说"不等于"现代派"——给刘心武的信》,载《上海文学》1982 年第 8 期。

得更多的现代技巧。"① 关于现代派的中国特色,冯骥才说:"所谓'现代派',是指地道的中国的现代派,而不是全盘西化、毫无自己创见的现代派。浅显解释,这个现代派是广义的。即具有革新精神的中国现代文学。"② 李陀则区分了西方"现代派"与"现代小说"的不同,认为"我们可以吸收、借鉴西方现代派小说中的许多技巧因素,创造出一种和西方现代派完全不同的现代小说。"③ 对于高行健在现代小说形式技巧方面的研究成果,王蒙也表达了高度赞赏,同时,他指出这是不是"现代派"并不重要,重要的是"外来的东西一定要和中国的东西相结合,否则就站不住"④。

上述这些对于"现代派"的理论探讨都将重心放在形式技巧方面,并在中西现代主义之间作出明确的区隔,这显然有规避政治风险的因素存在,但形式作为情感表现论的核心范畴,与它所表现的情感内容其实是难以完全剥离的,正如黄子平所说:"伴随着技巧而无法'剥离'的那些实质性的东西(即发现、认识和评价世界的新方式),却不自觉地、程度不一地跟某些作家真诚的人生体验相融合,产生了不少成功的作品。"⑤ 这也就是说,新时期文学对于西方现代主义象征性形式的借鉴,本身就是为了满足审美主观性的情感表现的内在需要,其中必然包含着植根于中国现实生活的深刻的生命体验,这就使中国的现代主义艺术实践具有了中国民族性和时代性的鲜明特色。这样看来,新时期之初中国文学理论批评界对于现代主义中西差异的辨析和强

---

① 刘心武:《需要冷静地思考——给冯骥才的信》,载《上海文学》1982年第8期。
② 冯骥才:《中国文学需要"现代派"!——给李陀的信》,载《上海文学》1982年第8期。
③ 李陀:《"现代小说"不等于"现代派"——给刘心武的信》,载《上海文学》1982年第8期。
④ 王蒙:《致高行健》,载《小说界》1982年第2期。
⑤ 黄子平:《关于"伪现代派"及其批评》,载《北京文学》1988年第2期。

调，就不仅仅是一种话语策略或权宜之计，而是有了实质性的意义。因为如前所述，这里确实有前现代社会与现代、后现代社会，近代启蒙与现代启蒙这样重大的社会历史背景的差异。因此，在朦胧诗和新时期初期的现代派的小说、戏剧中，我们可以看到，处处充溢着人道主义的情怀和冷峻的理性批判精神，与西方现代主义艺术在总体上所流露出的虚无思想、非理性倾向和悲观绝望的情绪有着根本不同。许多作品与其说是现代主义的，还不如说是披着现代主义外衣的浪漫主义更为确切。但不管是现代主义还是浪漫主义，在表现情感和追求近代启蒙思想这一点上是一致的，而伴随着这些艺术实践的文艺理论建设，对于推进主观意欲方面审美现代性的历史进程显然发挥了重要作用。

在新时期之初，因袭的历史重负使刚刚重新启动的中国启蒙现代性步履不免有些摇摆不定。虽然权威政治与新启蒙主义结成联盟，共同推进现代化的发展，但反现代性的极"左"政治幽灵仍然阴魂不散，总是试图回归旧的轨道，这就使政治气候有些乍暖还寒，阴晴不定。这一时期现代主义的理论探讨，一方面表达了对艺术工具论的反叛和对于审美自主性的追求，另一方面通过形式、情感等范畴的讨论，为体现着审美主观性的情感表现论的发展开辟了道路。这样一种具有启蒙色彩的文论受到保守的反现代性的"左"倾势力的攻击是不足为奇的，当人道主义和异化问题、朦胧诗与现代派问题同时作为"精神污染"而受到政治批判时，正说明了中国追求审美现代性之路从来都不是一片坦途，在前行过程中总需要不断克服各种阻力，此后中国文艺理论的发展也继续证明了这一点。

第三章

审美的纯化：理论的兴盛与危机

如前所述，在新时期初期，随着启蒙现代性的启动，主体性原则得以确立起来，审美现代性的发展也开始步入正轨，这主要表现在审美独立自主的意识日渐自觉，审美方式主客分化对峙发展的格局也初具雏形。不过，这并不意味着中国审美现代性已彻底摆脱了新老传统的羁绊而走向了成熟，相反，仍受到传统深刻的影响和制约。这一时期，体现着主体性原则的人道主义思想，虽与权威政治时有龃龉，但其弥散性的影响却难以阻挡，到20世纪80年代中期，已俨然成为时代的主潮。然而，也正是在其高歌猛进之际，开始表现出一种片面性的极端倾向，在处理个体、感性、情感与社会、理性、认知的关系方面出现了剧烈的倾斜，这就埋下了自我解构的种子，预示着日后所要面临的危机。

如果说新时期初期对于现实主义和现代主义的理论探讨，更侧重于从文学批评的角度推进审美现代性向主客观两方面分化对峙的发展，那么，随着理论的深化，也要求从学科建制的角度将文学理论中的审美现代性问题给予系统化的阐释和论证，这样就有力推动了审美反映论、审美意识形态论和审美心理学等审美文论的创建。但是在这一过程中，由于对政治功利主义的文艺工具论缺乏深刻的辨析，没有清楚地认识到其反现代性的古典主义实质，这就导致对审美的理解出现偏差，仅仅把它看作情感体验或是价值评判，认识论的维度在此被排斥了。审美现代性主客观两个方面在这样的理论建构中不可避免地出现倾斜，一种内向性的审美主义倾向逐渐显现。就此而言，80年代审美文论的学科建制，一方面承续了"文革"结束以来新时期文论对于审美现代性的追求，其历史的合理性不容否定；而另一方面确实又隐含着步入歧途的危机，那么被彻底清算的古典主义随时都有可能阻遏审美现代性的发展。

到80年代中期，随着对主体性的理解越来越趋向于内倾化、心理化，文艺理论的研究开始急剧地"向内转"。在当时具有重要影响的文学主体论和审美体验论那里，个体的审美情感成为理论关注的中心，同时，社会与理性认知的方面则受到了贬抑。实际上，它们对于主体性和审美现代性的诠释都是单向度的，因而也是跛足的，那种脱离了社会历史与理性认知的个体感性情感，即使再膨胀，也是抽象的，并没有充实的内容和内在力量，终将像美丽而空虚的幻影一样破灭，随之而来的则是主体性的失落和审美现代性进程的中断。

80年代中后期文艺理论向内转的主要动力是对文艺工具论的反叛，要求文艺从他律走向自律，用刘再复的话来说是"由着重考察文学的外部规律向深入研究文学的内部规律转移"，"是文学回复到自身"①。这种对文学自主性和独立性的追求本来与审美现代性的发展方向是一致的。但是，在伴随着文艺实践的理论建构过程中，对于文艺从属于政治功利的文艺工具论的正当否定，逐渐发展成为对审美客观性和现实性的拒斥，后者被当作与文艺审美特性无关的外部规律而淡出了文艺理论的视野。这样，审美性与功利性就处于一种断裂的状态，审美不能通过直觉或观照的方式对功利实现转化，只能以"向内转"方式予以回避。而无力完成对于功利的审美转化，恰恰说明审美性独立自主性的

---

① 刘再复：《文学研究思维空间的拓展》，载《读书》1985年第2期。

脆弱，随时都有可能被重新强大的功利性所吞没。

文艺理论的"向内转"一开始主要是走向内心，神秘的心理体验或是冲动的生命本能成为审美的本体。后来则主要转向形式，通过形式的建构继续推进审美的纯化。然而，当文艺不再能够以认知再现的方式与社会生活建立审美关联，无论是空灵的情感体验、骚动的生命本能，还是自足的形式，都因现实的根基的失落而显得贫乏空洞。

从总体上看，如果说在新时期之初，文学理论领域的审美现代性主要表现为认知再现论与情感表现论的对峙发展，那么，从80年代中期开始，新时期文论的"向内转"则打破了这种平衡，结果，在失去了认知再现论的支撑之后，情感表现论的核心范畴情感与形式都开始发生变异。情感失去动力，形式沦为游戏。

一 审美理论的学科化：审美反映论、审美意识形态论与审美心理学

1. 中国当代文论主导理论范式的危机与新时期文论的起步性突破

中国当代的文论一直号称以马克思主义的哲学认识论和意识形态论作为自己的理论基础。这一理论首先从认识论的角度，将文艺定位为一种认识，认为其区别于其他意识形态的本质特性只是在于其形象性，在以群和蔡仪主编的权威的教科书中，都引用别林斯基一段著名的话来说明这一点："哲学用三段论法讲话，诗人则是用形象和图景，但它们两者讲的都是同一件事。政治、经济学家以统计数字装备自己，影响读者或听众的理智，证明社会中某一个阶级由于某一种原因已经有了许多改善呢，还是越来越见恶化。诗人则以生动而鲜明地描绘现实而装备自己，影响他的读者的想象力，在忠实的图景中显示社会中某个阶级的处境是否真正有了许多改善，或者由于某一种原因而变得更坏了。一个

是证明，一个是显示，但两者都在于说服，只不过一个用的是逻辑的论据，一个是用图景。"① 应该说明的是，这里只是片面性地截取了别林斯基丰富美学思想一个有局限性的方面加以利用，实际上，别林斯基不仅重视客观理念和思想认识，同时也强调主观感受和情感体验，不仅在形式上以三段论法与形象图景区分诗与哲学，而且在内容上也指出了诗情意念与哲学概念有着根本的不同："艺术不能忍受抽象哲学概念，尤其是理性概念：它只能容受诗情意念，——这不是三段论法，不是教条，不是规则，这是一种活生生的热情，这是激情。"② 中国当代文论抛弃了别林斯基所再三强调的理智与情感相融合的激情（情致），将艺术完全置于哲学认识论的框架中，认为艺术与哲学反映的是同样的内容，所不同的只是外部的形式，艺术在本质上只是一种形象的认识，或是对社会生活形象的反映。这里以形象性来理解艺术的特性，是通过割裂本应统一的内容与形式而完成的，实际上并没有从根本上将艺术与哲学区分开来，这意味着艺术仍混同于认识而没有获得审美的独立。如果仅从哲学角度来看，这又是一种排斥主体的被动机械的认识论和反映论，它要求艺术成为一面消极冷漠的镜子，但是，由于主体的情感体验与对象的感性现象的双重缺失，镜子里所反映的不是具体的生活而只能是抽象的本质，这种抽象的本质貌似客观，实际上是由包含着强烈功利意欲的主观意图转换而来，其客观性是虚假的。

作为中国当代文论另一理论基础的意识形态论来自马克思主义关于经济基础与上层建筑的论述。这一理论认为，与一定的生产力相适应的生产关系的总和构成社会的经济基础，建立在经济基础之上的上层建筑是由包括政治、法律、宗教、艺术、哲学等

---

① 别林斯基：《别林斯基文学论文选》，满涛、辛未艾译，上海译文出版社2000年版，第704页。
② 《别林斯基选集》第4卷，满涛、辛未艾译，上海译文出版社1991年版，第333—334页。

观念的社会意识形态和政治、法律设施所构成。经济基础具有最终的决定作用，上层建筑随着经济的变动或快或慢地发生变革，同时，上层建筑也对经济基础具有能动的反作用。在社会意识形态中，由于政治是经济的集中体现，因而居于核心地位，而文艺与经济基础或社会生活的关联必须通过政治的中介才能实现，于是，文艺对于经济基础的能动的反作用和对现实生活的反映就表现在为政治服务，成为政治的工具。而且，意识形态有阶级性，有真假对错之分。只有无产阶级的意识形态才具有揭示本质必然历史规律的真理性，同时，作为无产阶级先锋队的无产阶级政党代表无产阶级的根本利益，因此改造世界观，站稳正确的阶级立场，坚持文艺的党性原则，就成为文艺创作的前提。在这里我们看到，意识形态论与哲学认识论作为中国当代文论的理论基础，最终是殊途同归，都是用主观先验的政治理念扭曲阉割真实客观的现实生活，文艺或是混同于认识，或是依附于政治，总之，都丧失审美的独立而走向严重的审美残缺。

在这样一种讲求极端政治功利主义的文艺工具论的主导下，中国当代文艺实践长期以来陷入以形象图解政策的陷阱，公式化、概念化、标语口号化盛行，成为难以解决的痼疾。由于中国当代文论在审美特性问题上的失误是如此明显，后果又是如此严重，人们很难做到视若无物，低迷的创作水平要求在不触动原有理论基础的前提下，作出某些适当的修正和调整。而五六十年代关于形象思维的讨论，就应该可以看作是中国当代文论自我完善的一种努力和尝试。

形象思维的提法来自别林斯基对于诗歌是"寓于形象的思维"一语[1]，其理论渊源可以追溯到黑格尔"美是理念的感性显

---

[1] 别林斯基至少在三篇文章中明确提到诗歌或艺术是"寓于形象的思维"，参见中国社会科学院外国文学研究所外国文学研究资料丛刊编委会《外国理论家作家论形象思维》，中国社会科学出版社1979年版，第55、56、59页。

现"的著名论断。黑格尔以逻辑统一本体论与认识论,其哲学具有浓厚的唯理主义倾向。在黑格尔那里,艺术与宗教、哲学代表着对"绝对理念"的认识的不同阶段,但作为对"绝对理念"的认识方式,艺术要低于宗教和哲学,这样对黑格尔来说,"艺术终结论"就成为一个合乎逻辑的必然结论了。从表面来看,黑格尔关于美的本质的这一著名命题,似乎混淆了艺术与哲学的差异,因为两者的对象都是"绝对理念",艺术不过是以感性形象的方式去表现抽象的哲学内容。但事实根本不是如此,因为对黑格尔来说,"艺术所涉及的只是'绝对理念'获得实现的感性具体的方面,而不是'绝对理念'作为哲学思考的纯粹的抽象的概念的方面。所以,在黑格尔那里,看起来艺术与哲学的不同只在对'绝对理念'的认识形式的不同,实际上这种形式的不同已经包含了内容的不同。……艺术有它自身活动的领域,不能侵入哲学的领域"①。而且,既然艺术已经进入了"绝对理念"的领域,它也就不能被认为是认识论中的低级的感性认识,而是包含着深刻的理性内容。总之,黑格尔的美学思想是试图在本体论与认识论统一的理论框架中把握艺术的审美特性问题,具有感性与理性、主观与客观、思想与情感相统一的丰富内涵。从别林斯基对形象思维的论述和他对黑格尔"情致"概念的阐释来看,其美学思想在整体上与黑格尔是一致的。而五六十年代中国的形象思维论者主要是想借助这一理论,纠正当代文论在对艺术的审美特性理解上存在的明显偏颇,改变理性与感性严重失衡的局面。比如,霍松林通过对于形象思维的讨论批评了"主题先行论",他认为:"在形象思维的整个过程中,抽象化与具体化是统一的,不应该先抽象出赤裸裸的'主题思想'然后再将它具体化。"②陈涌则提出了形象思维中的艺术直觉问题:"一个作家

---

① 刘纲纪:《艺术哲学》,湖北人民出版社1986年版,第132页。
② 霍松林:《试论形象思维》,载《新建设》1956年第5期。

和艺术家在形象思维上达到了的,并不一定就同时能够在逻辑的思维上能达到。"① 李泽厚认为形象思维和逻辑思维一样,都是"认识的一种深化,是人的认识的理性阶段"。它与逻辑思维的不同在于整个思维过程中"永远不离开感性形象的活动和想象。……是个性化与本质化的同时进行",并且"永远伴随着美感感情态度"②。在以群所主编的文学理论教科书中,形象思维的过程被认为是"始终不脱离感性材料","想象——联想和幻想具有突出的意义","是形象思维的主要方式",并且又"自始至终都伴随着强烈的感情活动"③。这些看法涉及了感知、想象、理解、情感等各种审美心理要素以及审美直觉问题,在不同程度上深化了对艺术审美特性的理解。但是由于所有关于形象思维论探讨都仍然局限于哲学认识论的范围内,因而难以取得突破性的理论进展。正如形象思维论的批判者郑季翘通过严密的逻辑推理所指出的,在纯粹哲学认识论的框架中,只能得出"表象—概念—表象"的创作公式,所以,形象思维论在逻辑上是难以成立的④。这样,在五六十年代围绕着形象思维的论争就出现了一个奇怪的现象:反形象思维论者推论周密,环环相扣,结论却极为荒谬,严重违背了艺术规律;形象思维论者论述粗疏,在一些关键问题上语焉不详,结论却相对合理,符合艺术的审美特性。这表明中国当代文论以哲学认识论和意识形态论为基础主导范式面临难以克服的理论困境。如前所述,中国当代文论实质上是一种极端政治功利主义的文艺工具论,其背后是全能主义政治权力的严密监控,要想在艺术的审美特性的认识方面取得整体进展,

---

① 陈涌:《关于文学艺术特征的一些问题》,载《文艺报》1956年第9期。
② 李泽厚:《试论形象思维》,原载《文学评论》1959年第2期,见《美学论集》,上海文艺出版社1980年版,第230—231、237页。
③ 以群主编:《文学的基本原理》上册,上海文艺出版社1963年版,第188、191、194页。
④ 郑季翘:《文艺领域里必须坚持马克思主义的认识论》,载《红旗》1966年第5期。

尚有待于启蒙现代性的全面推进，以及随之而来的政治高压的解除。这样的历史条件只有到了新时期才开始具备，着眼于文艺理论学科建设的审美反映论和审美意识形态论也正是在这样的历史背景下才发展起来的。

在"文革"期间，形象思维论与所谓的"黑八论"一起受到批判，完全失去了存在的合法性。"文革"后不久，随着毛泽东一封肯定形象思维的书信的发表①，形象思维重新成为一个理论热点。这次讨论不同于五六十年代之处在于，很快突破了单纯哲学认识论的视界，向着审美心理学方面拓展。这一时期李泽厚发表了多篇关于形象思维的论文，其理论的出发点已不再局限于哲学认识论，在他看来，形象思维并不能算是一种独立的思维形式，这里的"思维"只是一种借用。所谓的形象思维，其实就是艺术想象，"是包含想象、情感、理解、感知等多种心理因素、心理功能的有机综合体。其中确乎包含着思维—理解的因素，但不能归结为、等同于思维"。"艺术包含认识，它有认识作用，但不能等同于认识。"② 他特别强调了情感的逻辑和创作中的非自觉性，这样就把理论的重心由哲学认识论引向了审美心理学，而那种建立在哲学认识论基础上把握艺术特性的形象认识说则受到了越来越多的质疑。李泽厚认为："情感性比形象性对艺术来说更为重要。艺术的情感性常常是艺术生命之所在。"③ 童庆炳、周来祥、夏中义等人都指出，长期以来，人们通过对别林斯基的艺术认识说的引申、阐发而将形象性确立为艺术本质，这一已成定论的观点其实是站不住脚的，它不是着眼于对象、内

---

① 毛泽东 1963 年写给陈毅的一封谈诗的信中有这样的话："诗要用形象思维，不能如散文那样直说，所以比、兴两法是不能不用的。"此信在 1978 年在《诗刊》上发表，引起强烈反响。参见毛泽东《给陈毅同志谈诗的一封信》，载《诗刊》1978 年第 1 期。

② 李泽厚：《形象思维再续谈》，载《文学评论》1985 年第 5 期。

③ 同上。

容方面的差异而仅仅从反映形式的角度区分艺术与一般的社会科学，在处理内容与形式的辩证关系方面陷入了混乱。实际上，"艺术在人类的文化体系中，具有独立的地位和自己的领域；艺术不论在对象、内容还是形式上，都秉具自己固有的本质特点"①。在周来祥看来，艺术包含着认识内容，但不只是认识，"更重要的是情，是'理在情中'，是一种无概念的认识（广义的认识）"②。这种从单一的认识论转向心理学的思路与李泽厚是一致的，这样，艺术的根本就不再是形象而是情感了。当然，艺术以情感为特质，但又不能认为它只是情感，实际上，"它处在认识和情感意志之间，处在认识论与心理学之间。……是情感和认识、感性和理性的和谐统一，是情感与感知、想象、理智等心理功能自由的结合"③。这种从认识论与心理学综合统一的角度对于艺术审美特质的理解，较之在单一认识论基础上形成的形象认识说显然更为全面和深刻。夏中义认为文艺与科学不同，对文艺本质特征的理解不能简单套用唯物论反映论的哲学原理，"假如说，科学反映的是纯客体的内在规律的话，那么，文艺所反映的正是对现实对象的感受、情绪、评价与理想，即表现主体的再创造。……科学的生命在于其认识。文艺的生命在于其审美性。文学同科学的质的区别是在这儿，文学的本质性特征也在这儿"④。这里同样是以情感而不是形象作为艺术的本质，但是把审美等同于情感，完全排斥了审美的认识论维度，这样对审美的理解就矫枉过正了，在理论上存在着简单化、片面化的问题。童庆炳认为，为了科学地、完整地把握文学的基本特征，应该分层

---

① 周来祥、马龙潜：《建国以来艺术本质问题研究概观》，载《文艺研究》1982年第2期。
② 周来祥：《审美情感与艺术本质》，载《文史哲》1982年第2期。
③ 同上。
④ 夏中义：《文艺是非纯认识性的精神活动》，载《文艺理论研究》1982年第3期。

次、分主次地进行探讨:"甲、文学的独特内容——整体的美的个性化的生活;乙、作家独特的思维方式——以形象思维为主,以逻辑思维为辅;丙、文学的独特的反映方式——艺术形象和艺术形象体系;丁、文学的独特功能——艺术感染力,以情动人。"① 在这篇论文中,童庆炳从苏联以布罗夫为代表的审美学派那里吸收了"审美价值"这一概念,提出了文学反映的是有审美价值的生活的观点,成为后来他所主张的审美反映论和审美意识形态的萌芽。

2. 审美反映论与审美意识形态论

随着对文学艺术审美特征认识的深化,原有的从哲学认识论、政治意识形态论和社会学角度出发所建立起来的文艺理论体系不再具有不容置疑的权威性,审美问题日益成为新时期文论关注的中心,审美反映论、审美意识形态论和审美心理学等审美文论开始兴起。关于审美反映论,在童庆炳出版于1984年的《文学概论》中是这样论述的:"文学对社会生活的反映,是审美的反映。审美是文学的特质。审美地反映生活这一点,把文学和其他社会意识形态以及科学区别开来。所谓审美,就是对美的认识和欣赏。"② 后来,在收入文集时,关于审美的论述有了重要改动,审美被确定为"对美的对象的情感评价"③。这样,对审美的理解就明显偏向了情感为中心的审美心理学,而体现审美客观性的认识论维度则消失不见了。

钱中文也是在1984年就提出了审美反映的观点,认为"文学创作不是一般的反映,而是一种审美反映;对于审美反映来

---

① 童庆炳:《关于文学特征问题的思考》,载《北京师范大学学报》1981年第6期。
② 童庆炳:《文学概论》上册,红旗出版社1984年版,第47页。
③ 童庆炳:《文学审美反映论》,载《文学审美论的自觉——文学特征问题新探索》,北京师范大学出版社2011年版,第41页。

说，现实生活是创作的源泉，但是现实生活一旦进入审美反映，则现实生活就转化成了作家的心理现实，进而成为审美的心理现实"①。这里同样突出了审美心理对于审美反映的决定性作用。后来，钱中文对审美反映的创造性本质进行了系统的论述，他认为，在摈弃僵死、机械的、排斥和剥夺主体的反映论的同时，运用能动的反映论的观点来理解文学艺术特性是完全必要的，因为"反映是人的思维的根本特征和功能。文学艺术的创作是意识的一种形态，从根本上说是一种反映"②。另一方面，他又指出，反映论毕竟是一种哲学原理，文学对生活的反映，"只是在总体上符合这种原理，而其本身不是一种原理式的运动，哲学式的反映。文学的反映是一种特殊的反映——审美反映，由于其自身的特殊性，较之反映论原理的内涵，丰富得不可比拟。……涉及具体的人的精神心理的各个方面，他的潜在的动力，隐伏意识的种种形态，能动的主体在这里复杂多样，而且充满种种创造活力，这是一个无所不能的精灵"③。在这篇文章中，钱中文分析了审美反映中的主体创造力对于现实的改造和主客观时发生的双向转化，认为倾向主观的审美倾斜既有可能形成创新，也有可能脱离现实，遏制交流沟通。他还对审美反映的动力源、审美心理定势、审美反映与表现的统一、审美反映的多样性和无限可能性等问题都进行了较为细致的探讨，试图在主体与客体、主观与客观、反映与表现相统一的动态平衡中探寻文学艺术的审美特性。钱中文对审美反映论的理解和阐释显然经过了启蒙现代性主体性思想的洗礼，主体在审美反映中的地位和作用在这里得到了高度重视，这对于体现着主体性原则的审美现代性来说，是有其积

---

① 钱中文：《文艺理论的发展和方法更新的迫切性》，载《文学评论》1984年第6期。
② 钱中文：《最具体的和最主观的是最丰富的——审美反映的创造性本质》，载《文艺理论研究》1986年第4期。
③ 同上。

意义的。

审美反映论的另一位代表人物是王元骧,他的主要学术成果发表于80年代后期,其文艺本质观被认为是更为典型的审美反映论[1]。王元骧认为,建立科学的文艺理论,反映论的哲学基础不能丢弃,否则将背离历史唯物主义,陷入另一种形而上学的片面性,他指出,当时的主体性文论所宣扬的文艺自我表现说就存在这样的理论失误。在王元骧看来,问题的关键在于要区分机械的反映论与马克思主义能动的反映论,对于能动的反映论来说,反映不能等同于狭义的认识,其心理内容要丰富得多,"从横向联系来看,除了认识之外,还有情感和意志。从纵向联系来看,除了意识之外,还有无意识"[2]。显然,这一观点在理论上已经突破了机械反映论或狭义认识论的局限,引入了价值论、心理学的视角。他通过对心理形式和心理层次两个方面分析,表明能动的反映论所涉及的领域是无限广阔和极其深邃的,这样就为文学对现实生活的反映奠定了坚实的理论基础。他还对能动的反映过程中的心理机制进行了探讨,认为任何反映活动都不是直线和单向的,在主客之间存在一个主体心理的中间环节。因而,在审美反映活动中,作为中介并体现着主体对现实的选择和调节作用的审美心理结构就显得极为重要。在另一篇文章中,王元骧对审美反映中情感和认识问题进行了研究。他认为将艺术的性质界定为审美是没有问题的,问题在于如何理解这一审美特性。他通过对康德美学理论的阐释,得出这样的结论:"艺术的审美特性就是指通过艺术家的审美感受和审美体验为中介来反映生活所赋予作品的一种属性。"[3] 这里显然是把审美归属到了情感领域,因而,

---

[1] 朱立元:《对反映论文艺观的历史反思》,载《美学与实践》,广西师范大学出版社1999年版,第269页。

[2] 王元骧:《反映论原理与文学本质问题》,载《文艺理论与批评》1988年第1期。

[3] 王元骧:《艺术的认识性与审美性》,载《文艺理论研究》1990年第3期。

所谓的审美反映其实也就是情感反映。一方面,王元骧分析了这种情感反映与一般的认识反映在反映对象、反映目的和反映方式等方面的不同,指出审美情感而不是形象性是艺术区别于其他意识形态的最根本的特点。另一方面,他又强调审美情感与认识具有不可分割的内在联系,反对排斥认识的"纯审美"的倾向。

另外,美学家刘纲纪在其《艺术哲学》一书中,系统论述了艺术对现实的反映问题,实际上不少地方也涉及审美反映论的内容。在刘纲纪看来,艺术的本质就是对现实的一种反映,而反映是一个广泛的概念,"只要是属于人的精神、意识范围内的东西,无一例外的都是物质世界的反映"。"感觉和思维是反映,情感和意志也是反映。""从反映的对象来看……反映可以是对客体(包括和人的实践和认识发生了关系,进入了人的实践和认识范围的一切客观现象)的反映,也可以是对客体和主体(现实地活动着的人本身)的关系的反映,还可以是对主体自身的反映。"① 所以,不能把反映等同于局限于认识论中的反映。刘纲纪通过分析艺术作品的基本构成、艺术作品的内在方面和外在方面与现实的关系,表明艺术是现实的一种反映。他批评了唯心主义和机械唯物主义美学在艺术反映问题上的种种错误,认为从哲学上看,艺术的对象"就是以人类生活的社会性的实践创造为基础的人的自由的感性具体的表现"②。这一结论与他对美的本质的理解是一致的,具有鲜明的客观论美学特色。他还对诸如个别与一般、认识与情感、再现与表现、具象与抽象、主观与客观等艺术的多种反映形式进行了深入研究,应该说是丰富了审美反映论的内容。

在提出和论证审美反映论的同时,钱中文、童庆炳、王元骧

---

① 刘纲纪:《艺术哲学》,湖北人民出版社 1986 年版,第 22、24 页。
② 同上书,第 239 页。

等人也对审美意识形态论进行了探讨。钱中文在 1984 年的一篇短文中,既指出了文学创作过程是一种"审美反映",也提到文学是"一种审美的意识形态"①。此后,在系统论述审美反映论的长文中,再次重申"文学是一种审美的意识形态,其重要的特性就在于它的审美性和意识形态性"②。1987 年,在一篇论述文学观念系统性特征的文章中,钱中文较为深入地阐发了"审美意识形态"的命题。他认为,文学观念是一个多层次、多系统、多本质的复杂现象,应该采用多样化的方法对它进行综合研究。而为了揭示文学的第一层次本质,则应把审美和哲学的方法置于方法论系统的首位。因此,"从社会文化系统来观察文学,从审美的哲学的观点出发,把文学视为一种审美文化,一种审美意识形态,把文学的第一层次的本质特征界定为审美的意识形态性,是比较适宜的"。在这篇文章中,他概括总结了文学作为审美的意识形态的综合性特征:"以感情为中心,但它是感情和思想认识的结合;它是一种自由想象的虚构,但又具有特殊形态的多样的真实性;它是有目的的,但又具有不以实利为目的的无目的性;它具有社会性,但又是一种具有广泛的全人类性的审美意识的形态。"③ 随后,他又发表文章,从原始初民审美意识的萌生、发展来探讨审美意识的生成④。这样就从发生论的角度,将审美意识形态论的逻辑起点放到了审美意识,而不是意识形态方面,与其他学者从马克思主义社会结构理论入手,来探讨审美意识形态是有所不同的。

王元骧也是在进行审美反映论研究的同时,展开其审美意形

---

① 钱中文:《文艺理论的发展和方法更新的迫切性》,载《文学评论》1984 年第 6 期。
② 钱中文:《最具体的和最主观的是最丰富的——审美反映的创造性本质》,载《文艺理论研究》1986 年第 4 期。
③ 钱中文:《论文学观念的系统性特征》,载《文艺研究》1987 年第 6 期。
④ 钱中文:《论文学形式的发生》,载《文艺研究》1988 年第 4 期。

态论的探索的。他不同意当时文学理论界一些中青年学者对于文学是社会意识形态这一观念的质疑和否定，认为从哲学社会学的角度把文学的本质界定为是一种社会意识形态，是完全正确的，"它的理论基础是马克思主义历史唯物主义，所以比起其他任何文学观念与文学理论来，都要恢弘得多，深刻得多，科学得多"[1]。所以，问题的关键在于，要恢复意识形态理论的马克思主义本来面目，使其与庸俗社会学区分开来，而不是不加分析地将两者混为一谈，并以此为依据否定文学的意识形态性质。当然，在王元骧看来，把文学界定为一种社会意识形态，还仅仅只是在哲学社会学层面对于文学本质所作的一种最简单、最基本的规定，并非是对文学自身全面的概括。他指出："我们通常所说的社会意识形态，主要是从哲学、社会学的层次上，离开具体反映过程中个体的活动和体验，把意识当作反映一定社会关系某种思想跟观点和思想形式来看待的，并不包括个人意识、感性意识和知识材料的成分在内。而文学不同于一般社会意识形态的特点就在于它是作家审美活动的成果。审美活动作为一种以情感为主导的全心灵的活动，总是以现实世界中具体的个别的事物为对象，并通过作家个人的知觉和体验，在意识中对它所作的一种完整的创造性的把握。所以，要认识什么是文学，仅仅从社会意识、理性意识和思想观点的角度去认识是不够的，还必须从个人意识、感性意识和知识材料等方面去对它进行考察。"[2] 随后，他通过对文学作品意识内容及其物化形式的全面分析，揭示了文学本身的非意识形态性特征。尽管如此，他并不认为这会动摇和推翻文学的意识形态性质。因为在他看来，文学的意识形态性与非意识形态性既不是互相并列，也不是折中调和的，意识形态性

---

[1] 王元骧：《文学的意识形态性与非意识形态性》，载《高校社会科学》1988年第1期。
[2] 同上。

始终处于支配和主导地位。所以，尽管文学作品具有非意识形态的成分，但在本质上它仍然是一种社会意识形态。在出版于1989年的《文学原理》中，王元骧将文学的本质界定为是一种审美意识形态，这在文学理论教材中尚属首创①。在这本教材中，王元骧首先确定文学本质上是一种社会意识形态，具有和其他意识形态共同的本质，然后具体分析了其"审美意识形态的特殊本质"②。

与钱中文、王元骧两位一样，童庆炳对于审美反映论与审美意识形态论的研究也几乎是同时展开的。在1986年的一篇探讨文学与审美的文章中，他运用审美价值的观念，从文学的主客观两个方面，揭示了文学的特殊本质就在于审美。他首先从创作客体的角度指出，艺术的对象必须而且只能是客体的审美价值，也就是社会生活中具有诗意的属性。同时，他又认为现实的审美价值并不是独立地存在，而是现实的自然属性与其他价值内在地联系在一起。"文学艺术对客观现实的反映，的确是在撷取其审美的价值，但这撷取也并不是也不可能只是孤立地撷取。审美价值与其他价值是矛盾的统一。一方面，审美价值不同于其他价值，另一方面，审美价值又和其他价值互相渗透。……应该看到，现实的审美价值具有一种溶解和综合的特性，它就像有溶解力的水一样，可以把认识价值、道德价值、政治价值、宗教价值等都溶解于其中，综合于其中。"③ 这里所阐发的审美溶解论或审美综合论成为后来其审美意识形态论的核心内容。在这篇文章中，童庆炳还从创作主体对现实的审美把握的角度，分析了以情感为中

---

① 参见童庆炳主编《新时期高校文学理论教材编写调查报告》，春风文艺出版社2006年版，第72页。
② 王元骧：《文学原理》，浙江教育出版社1989年版，第33页。
③ 童庆炳：《文学与审美——关于文学本质问题的一点浅见》，载北京师范大学文艺理论教研室编《美学文艺学论文集》，北京师范大学出版社1986年版，第137页。

心的审美心理过程，最后综合客观与主观两个方面，得出了文学的特质只能是审美的结论。后来，其审美意识形态论就是在此基础上形成的，并且作为"文艺学的第一原理"写入了其主编的文学理论教材中，长期以来产生了广泛的影响。

应该看到，作为审美反映论和审美意识形态论的文学审美特征论在 80 年代的形成是有其历史的合理性的，它所直接针对的是一直占据当代文论主导地位并在"文革"中发展到极端的文艺工具论，体现了新时期文论摆脱政治压力、寻求审美独立的自觉性，这一点与中国审美现代性的发展方向是一致的。而且这一理论仍然是建立在马克思主义哲学与社会学的基础之上，认为审美不能脱离社会生活和其他意识形态而独自存在，它们之间内在的联系是不可分割的，这就使我们不能把它完全等同于那种追求纯文学、纯审美的唯美主义、形式主义理论。王元骧就曾针对"审美本性论"提出批评说："要是我们把认识与审美分割开来、对立起来，把艺术看作是不沾带任何社会功利内容的'纯审美'的东西，那就势必导致否认艺术在塑造人的整个灵魂上的作用，把它降低为仅仅供人娱乐、消遣的玩意儿。"[①] 钱中文也说："文学的审美本性论由于其理论的单一性，给自己造成许多困难，使文学的本质特征变成只剩下没有花朵的颜色和香味的特征。"[②] 但另一方面，我们也不能把理论倡导者的主观意图与理论自身的发展逻辑完全等同起来。也就是说，对于审美反映论与审美意识形态论本身来说，可能确实隐含着其构建者所不愿看到的审美主义的倾向。这是因为当时构建审美反映论与审美意识形态论的初衷，就是为了打破仅仅从哲学、社会学、政治学的角度研究文学的窠臼，试图从美学的角度建立以审美为核心的符合文学自身规律的理论体系。但问题在于，这里对审美的理解却只是限于审美

---

① 王元骧：《艺术的认识性与审美性》，载《文艺理论研究》1990 年第 3 期。
② 钱中文：《论文学观念的系统性特征》，载《文艺研究》1987 年第 6 期。

价值、情感体验等方面，并把美学等同于审美心理学。这样，尽管在大前提上，审美反映论与审美意识形态论坚持文学是对现实生活的反映，强调审美与意识形态内在关联或审美对意识形态的溶解，但一旦进入具体的对于文学审美特性的解说，就开始转向以情感体验为中心的审美心理学，那种理论"向内转"的趋向开始明显显现出来。而审美的认识论的维度、审美的社会生活的基础，这些在马克思主义哲学与社会学理论的框架中作为前提的方面都被虚化了。尽管还不能说审美反映论与审美意识形态论已经走向了纯审美的空灵境界，但那种明显的内趋性隐隐指向了那个虚幻的理想世界。

从审美现代性的角度来看，审美反映论与审美意识形态论所要取代的那种服务于政治的文艺工具论，是一种具有古典主义实质的文艺理论，它只是借用了马克思主义的包装，而丢弃了其精髓和灵魂。因此，对于新时期文论的发展来说，当务之急是要走出古典主义的阴影。这就需要确立主体性原则，在全力发展现象化认知再现论的基础上，构建象征化的情感表现论。只有这样，才能全面推进审美现代性的健康发展。否则，就只能或是走向审美残缺的文艺工具论，或是走向审美封闭的纯审美纯文学论，陷入一种恶性循环而不能自拔，这实际上是向着古典主义全面复归，审美现代性在此完全失落了。我们必须看到，对于审美现代性和现代审美意识而言，认识论的维度是不可或缺的，因为，社会生活和现实人生是通过认知再现的方式进入现代美学和艺术的，当审美反映论和审美意识形态论将审美的内涵定位为情感的时候，被忽视的审美认知以及与之相关联的真实具体的现实生活就从审美视野中消失了，而所谓的审美情感也必然会因为失去了生活的根基显得苍白无力，难以为继。正如邹华在批评审美意识形态论审美主义倾向的理论失误时所指出的："新时期的中国美学和文学理论面临的主要问题不是'审美'的缺失，而是'生活'的缺失。把古典主义隔绝了的社会生活寻找回来，把感受和思考社会生活的美学权利交还给艺术,这是新时期中国美学和文学理论的重要任务。审美意识形态理论用'学科'或'审美性'来解释这些问题,正好走了一条相反的道路;我们还没有找回失去已久的生活,反而接着古典主义美学的轨迹向内心反转。"① 这个批评也许过于严厉了,但既然新时期文论确实存在着愈演愈烈的内趋性的纯审美倾向,导致了中国审美现代性发展的停滞,甚至逆转,那么深刻的理论反思与批判就是必要的。当然,这只是在总体倾向上的一种批评,并不意味着完全否定众多理论工作者在参与构建审美反映论与审美意识形态论时所做的建设性的工作。

3. 审美心理学

既然审美心理的分析在新时期以审美反映论和审美意识形态论为中心的理论体系中占据着如此举足轻重的地位,那么,作为一门学科的审美心理学的创建也就成为一种极为迫切的需要。不能说古代没有对于审美心理问题的研究,但审美心理学作为一门学科,还是近代以来才形成的,它与启蒙现代性所确立的主体性的原则有关,在古代客体性的人性结构对感性情感贬抑净化的历史条件下,探索主体复杂心理机制的审美心理学是不可能作为一门独立的学科得到深入研究的。因此,审美心理学的学科建制也体现着审美现代性的发展水平。在中国现代,作为学科的审美心理学并没有建立起来,1949年前,除了朱光潜的著作《文艺心理学》之外,这方面的研究成果可谓乏善可陈,1949年后,则更是因为有唯心主义之嫌而完全失去了发展的可能。"文革"之后,随着对文学审美特性理解的深入,文艺理论界对长期以来总是从哲学、社会学和政治意识形态的角度探讨文学本质的做法普

---

① 邹华:《近三十年来中国审美主义思潮的三种形态》,载《学术月刊》2011年第3期。

遍感到不满，要求从美学和心理学的角度展开文学研究的呼声日渐高涨。审美心理学与审美反映论、审美意识形态论一样，都是在这样的历史背景下发展起来。早在70年代末进行形象思维讨论的时候，李泽厚就意识到，单纯从哲学认识论的角度来理解文学艺术是远远不够的，"要更为充分和全面地说明文艺创作和欣赏，必须要借助心理学"①。随后，在讨论美学的对象和范围时，他不但将审美心理学与美的哲学、艺术社会学一起列为美学研究的三大领域，而且认为审美心理学是整个美学的中心和主体。在文章中，他还具体分析了感知、理解、情感、想象等审美心理结构诸要素的特点、功能，对于审美心理的历史积淀问题提出了自己的看法②。

在文艺理论领域，较早引入心理学的视角进行研究的是金开诚，他的《文艺心理学论稿》是在认识论的框架中结合普通心理学的原理建构其理论体系的。他认为文艺创作是一种"自觉的表象运动"，"所谓表象，就是在记忆中所保持的客观事物的形象，表象作为人的大脑反映客观事物的一种形态，它最大的特点就在于直接反映客观事物形貌，具有形象性"③。他特别强调理智对情感的控制，像潜意识、意识流这些超出明确的理性意识层面的心理现象，在其理论体系中是没有地位的，因为在他看来，"光是表象、思维、情感这三个东西在文艺创作和欣赏中是怎样活动的，就有研究不完的课题"④。这样，作为新时期文艺心理学研究的拓荒者，金开诚的理论探索一方面起到了开风气之先的历史作用，另一方面囿于哲

---

① 李泽厚：《形象思维再续谈》，载《美学论集》，上海文艺出版社1980年版，第560页。
② 参见李泽厚《美学的对象和范围》，载《美学》第3期，上海文艺出版社1981年版，第10—30页。
③ 金开诚：《文艺心理学论稿》，北京大学出版社1982年版，第1页。
④ 同上书，第197页。

学认识论反映论的理论框架，又使其研究工作难以取得突破性的进展。

在金开诚之后，吕俊华将变态心理学引入文艺心理分析，将爱的激情而不是认知理性置于理论研究的核心地位，认为"情是第一性的，而理是第二性的。说到底，理就是情的泛化和深化，必须承认人类一切行为的根源，是情感而非思辨的理性，是情感在先理性在后，不论时间上、逻辑上均是如此"①。强调抒情是道德的、审美的、自发的、自由的。他试图在物我一体、人我不分的幻觉、错觉等变态心理现象中探寻艺术创造的奥秘，同时对于潜意识和非理性在艺术创造活动中的作用给予了毫无保留的充分肯定，明确提出"潜意识是心灵中最本质的东西"，"非理性是更高的理性"②。这一方面扩展了文艺心理学的研究范围，深化了审美心理分析的层次，另一方面由于对非自觉性、变态心理和激情的过度推崇，又使其忽视了认知理解的因素在文艺审美心理研究中的重要性，结果不可避免地陷入了另外一种片面性。

80年代在文艺创作心理研究方面取得更大影响的是鲁枢元，他被认为在重建学科的独立概念与体系框架方面显示了更强的自觉意识③。与审美反映论与审美意识形态论的倡导者一样，鲁枢元的理论探索的出发点也是出于对机械简单的反映论的不满，他认为："生活是文学创作的源泉。但是，一切生活现象只有变成文学家的心理现象，才有可能变成文学现象。要想具体弄清楚这个过程，不但要有一定的哲学、美学思想的指导，还必须引入现代心理科学。""从心理学的角度来看，文学创作活动要复杂得多，它远非生活、思想、技巧的三者相加，而是作为创作主体的

---

① 吕俊华：《文艺创作与变态心理（下）》，载《当代文艺探索》1985年第4期。
② 参见吕俊华《艺术创作与变态心理》，生活·读书·新知三联书店1987年版，第138、192页。
③ 夏中义：《新潮学案》，上海三联书店1996年版，第89页。

文学家对生活现象感觉、知觉、直觉、体验、注意、记忆、思维、联想、想象的过程。"① 循着这一思路，他对文学艺术家的感情积累、情绪记忆、艺术知觉与心理定势、创作心境和艺术创造中的变形等创作心理问题进行了较为深入的探讨。他从心理学的角度所独创的一些概念，既因为突破了原有的理论框架，有一新耳目之感，又因为过于执迷于新说，而有顾此失彼之嫌。如所谓的情绪记忆，其实相当于通常所说的素材，这一概念较之金开诚来自认知心理学的表象概念，更强调情感体验，通过这一概念，他一方面将审美心理一个重要方面的内容给予了充分论证，给人留下了深刻印象，但另一方面又偏于一端，未能对诸审美心理要素进行综合的融会贯通的研究，从而也暴露了问题。又如，他以创作心境这一概念，描述文学艺术家在创作过程中心理状态，并赋予其模糊性、整体性和自动性三大属性，其中涉及了审美直觉、审美心理结构、艺术灵感等复杂问题，许多论述确实触及了艺术创作心理的奥秘，启人神智，但另一方面又常常以偏概全，如过分强调艺术创作过程中的非自觉性，以玄虚神秘的连贯之气来解释艺术作品的完整性，把艺术创作中偶发性的灵感现象普遍化等等，这样就使创作心境这一概念的内涵与外延产生矛盾，难以做到理论上的逻辑自洽，从而留下明显的疏漏。除了上述几位代表人物，滕守尧、陆一帆、高楠、刘烜等人也都相继在80年代出版了相关的著作，推进了文艺审美心理学的学科建设。

应该说，文艺心理学在80年代的出现，不仅仅意味着一门学科的创建，正如一位论者所说，当时它"骤然发出耀眼的光芒，这个爆发的能量远远超出了学术圈子"②。之所以如此，是

---

① 鲁枢元：《创作心理研究》，黄河文艺出版社1985年版，第2—3页。
② 南帆：《"跨界"的半径与圆心——谈鲁枢元的文学跨界研究》，载《文艺理论研究》2011年第2期。

与启蒙主义主体性原则的确立分不开的，反映了人道主义思潮对于文艺理论研究的深刻影响。像吕俊华对于抒情神圣性浓墨重彩的渲染，就被认为是"国内第一篇豪气冲天、掷地有声的艺术人权宣言"①。从审美现代性的角度来看，文艺心理学作为80年代文论的重要组成部分，参与瓦解了以机械反映论和庸俗社会学为理论基础的文艺工具论，对于审美主观性的探索是有积极意义的。但另一方面，对于审美心理要素中情感、想象的充分的认识，与对于理解要素的相对忽视，又使80年代审美心理学的主流具有了纯化和内趋的审美主义倾向。这可以从其代表人物鲁枢元的一些观点中看出一些端倪。当时，鲁枢元在分析新时期文学整体走向时，曾提出了影响很大的文学"向内转"的看法。他认为，新时期出现了无主题、无情节、无人物的"三无"小说，在牺牲了某些外在东西的同时，换来了更多内在的自由。而在诗歌领域，"向内转"的倾向发生得更早，更突出。总的来说，"题材的心灵化，语言的情绪化，主题的繁复化，情节的淡化，描述的意象化，结构的音乐化似乎已成了我们的文学最富当代性的色彩"。"'内向化'的文学艺术观念已经成了新时期中国人民审美意识中的一个主要因素。"② 他认为，中国现代文学的"向内转"从五四就开始了，中间几十年历经曲折，到新时期不过是又重新回到了文学艺术自身运转的轨道而已。

如果说，在新时期伊始，现实主义复兴和现代主义崛起共同推动着审美现代性的发展，那么到了80年代中期之后，新时期文学的理论与实践的"向内转"的趋向由于失去了强大现实主义的支持，开始逐渐丧失审美现代性的内容。鲁枢元在谈到新时期文学"向内转"的原因时，除了提及"文革"给人们所造成

---

① 夏中义：《新潮学案》，上海三联书店1996年版，第82页。
② 鲁枢元：《论新时期文学的"向内转"》，载《文艺报》1986年10月18日，第3版。

的心理创伤和新时期人的主体意识的觉醒两点之外,还分析了文艺观念方面的因素,即一方面是对那种以机械的"镜映式"反映论为基础的文艺工具论的厌弃,另一方面是对内向的、空灵的、思辨的道家文艺思想的继承和发扬。在否定文艺工具论的同时,没有区分以物化象征为基础的客观模仿和以外倾直觉为基础的客观再现,也没有区分以静态品味为基础的抒情写意和以动态观照为基础的主观表现,也就是说,对于古代审美意识与现代审美意识的历史差异,对于古典主义与审美现代性的理论嬗变都还缺乏深刻认识。于是,在批判文艺工具论的同时,将体现着审美认知现代性的客观再现论也一并抛弃了,在借鉴和学习传统的同时,对其背离审美现代性的因素也一并接受了。正如现代美学的客观再现与主观表现是互相补充,互相激发,在同一根基之上分化对峙发展的一样,古代儒家美学所追求的政治功利、道德教化与道家美学所崇尚的空灵超脱、澄怀观道,在总体上也是呈现一种互补的状态,而且随时都有可能向对方转化。从这个角度来看,鲁枢元对于新时期文学创作与观念"向内转"趋势的肯定性评判,在一定程度上就仍带有古典主义的性质。在另一篇探讨文学本体论的文章中,他通过对马克思主义社会结构理论的阐释,把文学艺术定位为"高高地漂浮在人类社会历史活动空间之上的东西,是人类精神上空漂浮着的云,它和人类社会经济政治生活的关系,就像是天上的云霞虹霓与大地的关系一样"[①]。他认为,"我们过去的问题是把文学艺术这种高层次的人类精神活动与物质的地面贴得太紧,文学太实在、太明白、像放风筝一样,线太短或不敢放线,因而艺术的精灵就腾飞不起来"[②]。虽然他也认识到精神之花注定是要扎根于社会物质生活的土壤中,

---

[①] 鲁枢元:《大地和云霓——关于文学本体论的思考》,载《文艺报》1987年7月11日,第3版。
[②] 同上。

但显然更强调文学艺术对于现实的疏离，在他看来，只有这样，才有可能充分显示出人类精神的灵幻性、微妙性、丰富性、流动性、独创性。这里所提倡的文艺空灵化和前述他对文艺"向内转"的看法是一致的，从理论的内在逻辑上来说，都是将文艺引向了狭小封闭纯净优美的虚幻境界，这是一个与纷扰的现实生活相隔绝审美乌托邦，其中没有复杂的社会矛盾，没有动荡的心灵冲突，这意味着未经历史更新的古典主义在现代仍在发挥其重要影响，随时都有可能拖住审美现代性前行的步伐。

二　文艺理论的向内转：文学主体论与审美体验论

1. 文学的主体性理论

80年代初期汹涌澎湃的人道主义思想浪潮在受到清除"精神污染"政治运动的影响，经历了短暂的沉寂之后，很快就重振旗鼓，向着人文社会科学领域广泛拓展。80年代中期刘再复提出并加以阐发的文学主体性理论可以看作是人道主义精神在文学理论领域的具体体现。对此，刘再复是有着自觉意识的，他明确指出文艺科学的两个基本内容："一是以社会主义人道主义的观念代替'以阶级斗争为纲'的观念，给人以主体性的地位；一是以科学的方法论代替独断论和机械的决定论。"[①] 这是继五四之后对"人的自觉"与"文的自觉"的再度确认，体现着启蒙思想的主体性原则与文学理论的自主性之间有着不可分割的内在关联。刘再复认为，主体是在实践中建立起来的概念，人既是主体，又是客体，作为存在人是客体，在实践和行动中则是主体。人具有二重属性，作为存在，人具有受动性，即受制于一定

---

① 刘再复：《文学研究应以人为思维中心》，载《文学的反思》，人民文学出版社1986年版，第40页。

的自然关系和社会关系；而在实践中，人又表现出能动性，即按照自己的意志、能力，创造性地在行动，支配着外部世界。他说："我们强调主体性，就是强调人的能动性，强调人的意志、能力、创造性，强调人的力量，强调主体结构在历史运动中地位和价值。文学中主体性原则，就是要求在文学活动中不能仅仅把人（包括作家、描写对象和读者）看做客体，而更要尊重人的主体价值，发挥人的主体力量，在文学活动的各个环节中，恢复人的主体地位，以人为中心、为目的。"① 他把主体性分为两个方面，即实践主体和精神主体，它们分别是在实践和认识中，在行动和思考的过程中形成的，相对于对象客体，它们都处于主体地位，作为主体而存在，表现出主体的力量和价值。主体性所包括的这两个方面，也决定了文艺创作所强调的主体性所包括的两层基本内涵："一是文艺创作要把人放到历史运动中的实践主体的地位上，即把实践的人看作历史运动的轴心，看作历史的主人，而不是把人看作物，看作政治或经济机器中的齿轮和螺丝钉，也不是把人看作阶级链条中的任人揉捏的一环。也就是说，要把人看作目的，而不是手段。……二是文艺创作要高度重视人的精神的主体性，这就是要重视人在历史运动中的能动性、自主性和创造性。"② 相比较而言，刘再复显然更重视精神主体，他认为人的精神世界是一个独立的、无比丰富的神秘世界，可以称为内自然、内宇宙，或第二自然、第二宇宙，在他看来，内宇宙和外宇宙一样，也有自己的导向、形式、矢量（不仅是标量）和历史。在文学的主体性理论基础上，他对于"文学是人学"的命题进行了进一步的发挥。首先，"'文学是人学'的含义必定要向内宇宙延伸，不仅一般地承认文学是人学，而且要承认文

---

① 刘再复：《论文学的主体性》，载《文学的反思》，人民文学出版社1986年版，第54页。
② 同上书，第55页。

学是人的灵魂学,人的性格学,人的精神主体学"。其次,"应当注意精神主体的双重结构,即精神主体的表层结构与精神主体的深层结构,精神主体的表层结构是被理念支配的意识层次的内容,而深层结构则是积淀在人的精神主体内部的潜意识,而介乎于两者之间的则是经常处于浮沉状态的情感。文学最根本的原动力,就是情感"。再次,"不仅要尊重某一种精神主体,而且要充分尊重和肯定不同类型的精神主体"①。

在对文学的主体性理论作了一般性的讨论之后,刘再复重点分析了文学主体的三个最重要的构成部分,即作为创造主体的作家,作为文学对象主体的人物形象,作为接受主体的读者和批评家。他首先探讨了对象的主体性,他认为,从根本上说,文学的对象就是人,所谓对象主体性,是指文学对象结构中人的主体地位和人的主体形象。他把文学对象主体性的失落概括为三个方面:一是用"环境决定论"取消人物性格自身的历史;二是以抽象的阶级性代替人物活生生的个性;三是以肤浅的外在冲突掩盖人物深邃的灵魂搏斗。文学对象的主体性要求作家尊重人物性格自身的发展逻辑,允许人物具有不以作家意志为转移的精神机制。这样,按照他的看法,在文学创作活动中,就会出现二律背反现象:作家愈有才能,作家对人物愈是无能为力;作家愈是蹩脚,作家对人物愈是具有控制力。作家愈是成功,作家愈是受役于自己的人物;作家愈是失败,作家愈能摆布自己的人物。其次,根据马斯洛的心理需求理论,他将作家的主体性的最高层次定位为自我实现。在他看来,自我实现有浅层与深层之分,前者是经过理性处理的,是作家认知能力的实现,后者则是作家全心灵、全人格的实现,是其意志、能力、创造性的全面实现,这种自我实现归根到底是作家爱的推移,是作家把自己精神世界中一

---

① 刘再复:《论文学的主体性》,载《文学的反思》,人民文学出版社1986年版,第58—59页。

切美好的东西推向社会和全人类。在自我实现的心理需求推动下,优秀作家的创作实践一般会表现出三个特征,即超常性、超前性和超我性。最后刘再复探讨了艺术接受者的主体性。他认为,对接受主体的忽视,主要表现在把艺术接受者看作被动的反映者,把艺术接受过程看成消极的接受过程。因此,关于艺术鉴赏和接受的理论就必须研究人的主体性的实现。这种实现包括两个方面:一是如何使接受过程成为自我实现的过程,二是如何使接受者成为审美的创造者①。他对接受主体的基本内涵作了如下概括:"是指人在接受过程中发挥审美创造的能动性,在审美静观中实现人的自由自觉的本质,使不自由的、不全面的、不自觉的人复归为自由的、全面的、自觉的人,整个艺术接受过程,正是人性复归过程——把人应有的东西还给人的过程,也就是把人应有的尊严、价值和使命还给人自身的过程。我们可以把艺术审美的这种效应,归结为人的本质的还原效应,也可成为艺术接受主体的还原原理。"②另外,对于艺术接受主体的高级部分——批评主体,他也进行了具体分析。

  刘再复的文学主体性理论是有着启蒙主义的思想基础的,实际上反映了"文革"结束以来人道主义精神所发生的持续性和扩散性的影响。他对于文学主体性的热切呼唤,其中所蕴含的人文精神和对于文学审美自主性的要求,强烈冲击着中国当代以政治客体性为基础的新古典主义文论,也正是在这一点上,其理论建构与体现着主体性原则的审美现代性的发展方向是一致的,所体现的积极的历史意义值得肯定。但另一方面,由于他对于启蒙主义的主体性和文学的审美特性的理解又存在着诸多问题,因而在探索过程中,就出现了一些在当时就被人们看出的理论失误,

---

  ① 以上内容均参见刘再复《论文学的主体性》,载《文学的反思》,人民文学出版社1986年版,第62—87页。
  ② 刘再复:《论文学的主体性》,载《文学的反思》,人民文学出版社1986年版,第87页。

这些失误在后来历史发展中显得更加清晰可辨。

刘再复并不讳言自己对于文学主体性理论的研究,受到李泽厚的主体性实践哲学理论启发,也可以说是李泽厚哲学理论在文学研究领域的具体应用,或者说是用一种通俗化的诗意语言替换了李泽厚原本具有思辨色彩的哲学语言,这当然大大扩大了主体性理论的影响。但另一方面,刘再复也并非全部接受李泽厚的主体性哲学,而是根据自己的需要为我所用,并有所发挥,这样一来,李泽厚哲学思想的辩证意味就被淡化了,其理论的丰富性被简化了。李泽厚对康德先验的主体进行了马克思主义的改造,为其增添了社会实践的基础和内容。对于李泽厚来说,主体性具有双重的内容和含义,一是具有外在的社会—工艺结构与内在的文化—心理结构,二是具有人类群体的性质与个体身心的性质。李泽厚在指出自己的理论主题主要放在个体心理方面的同时,也从来没有忘记,人类社会的方面所具有基础性和决定性的作用,在他看来,个体的精神性文化心理实际上是人类物质性的社会实践积淀的产物。他将自己的哲学称为主体性实践哲学或人类学本体论,也正是体现了对人类总体的社会实践的重视。这也决定了李泽厚美学的客观特色,他认为审美作为主体性的归宿,既是一种自由的感受,也是一种理性的积淀,是个体与社会、心理与历史的统一。刘再复没有像李泽厚一样,从人性发生学的视角来阐释主体性,而是采用了人性形态学的视角[①]。主体性的含义在他那里明显偏向了个体心理的内在层面,李泽厚赋予这个概念社会历史方面制约性的内容都消失了。这样,刘再复就"彻底甩开了辩证法而倒向了唯心主义的一面"[②],他的文学主体性理论只讲人的能动性,不讲人的受动性,只讲个体的精神主体性,不讲人

[①] 参见夏中义《新潮学案》,上海三联书店1996年版,第26页。
[②] 贺桂梅:《"新启蒙"知识档案——80年代中国文化研究》,北京大学出版社2010年版,第108页。

类的实践主体性,只讲神秘的"内宇宙",不讲真实的外部世界,只讲超越性,不讲现实性,这样一个没有任何社会历史内容和现实根基的主体只能是一个虚空贫乏的主体。

在关于文学创造主体和接受主体的论述中,刘再复一再用夸张的笔调渲染审美超越现实世界的精神自由。他认为,对于作家来说,要超越世俗的观念、生活的常规、传统的习惯,以及政治的束缚,超越时空的界限,超越自我,"只有超越,才能自由。这种自由是作家精神主体性的深刻内涵"①。而对于接受者来说,也只有在审美的静观中才能超越异化的现实,还原人的自由、自觉和全面的本性。总之,在他那里,充分的主体性就是要彻底实现精神、情感对现实的自由超越。这实际上是把文学艺术看作了逃离恶浊现实与世俗困扰的审美乌托邦,这个审美的世界不是客观的现实实践的产物,它只存在于想象的精神世界中。但是,没有现实依托的审美超越注定是不能长久的,它背离了现代的审美扩张而走向了古代的审美封闭,对审美独立的追求变成了对审美孤立的坚持。因此,刘再复所渲染的作家那种类似上帝的博爱情怀,以及在爱的情感体验中所获得的宇宙感、哲学感,所谓"内宇宙"的深邃、广阔、神秘、灿烂、气象万千,都因为排斥现实生活孤守内心而显得空洞浮泛。

在刘再复所论述的文学主体性的三个方面的内容中,最受人诟病的是由性格组合论演化而来的对象主体性。刘再复所说的对象主体,主要是指叙事作品中的人物形象,这其实很难称得上是主体,显然,在此他把现实中的真实存在的人与文学作品中虚构的人物想象等量齐观了。艺术创作本是一个胡风所说的创作主体与创作对象在主体性基础上彼此融合、相生相克、互相转化的复杂过程,一方面作家要突入并改造客体对象,从而体现自己的主

---

① 刘再复:《论文学的主体性》,载《文学的反思》,人民文学出版社1986年版,第81页。

体性，另一方面，来自现实生活的客体对象也要求作家在揭示客观真理的同时，改造和提升自己。也就是说，所谓对象主体并不真正存在，它不过是作家主体性在客体创作对象也就是人物形象身上的具体体现。而刘再复所说的创作过程中的二律背反现象，也不过是现实主义文学对于客观真实性的美学要求。我们看到，较之胡风在现实主义的理论体系中对于作家创作主体与客体对象所展开的论述，刘再复对于对象主体性的阐释就显得有些相形见绌了。这不能不涉及两者对现实主义的不同的理解，因为对于现实主义文学来说极其重要的人物形象塑造正与刘再复所谓对象主体有关。刘再复对文学主体性理论的建构，其主要动机就是要反对多年来盛行的机械反映论和庸俗社会学，以及在此基础上发展起来的文艺工具论，这个出发点应该说是正确的。他从人本主义的角度提出文学对象的主体性，直接针对中国当代文学在人物形象塑造方面严重的神本主义和物本主义倾向，也是有其合理性的。但问题在于，刘再复没有结合中国当代语境把握反映论的实质，结果将中国当代沦为政治工具的新古典主义与体现着审美现代性的现实主义混为一谈了，在对前者正当的批判的同时连带着将后者也一并否定了。他在分析总结现实主义不同历史发展阶段的特点时，割裂了客观真实性与主观能动性的内在关联，明显贬低前者而张扬后者。他认为早期以巴尔扎克、福楼拜和左拉为代表的现实主义和自然主义的文学反映论，受到实证论和自然科学的影响，"强调作家真实、精细地观察和摹写事物，大都停留在描写感觉经验和忠实于细节，其主要倾向是一种'纯客观'的主张"[1]。而现在"人们的文学观念离开'如实摹写自然'的机械反映论已经相当远了"，"现代科学的新成果，迫使人们不能不把认识论研究的重点从知识的客观性问题转移到主体的能动性

---

[1] 刘再复：《论文学的主体性》，载《文学的反思》，人民文学出版社 1986 年版，第 112 页。

问题,从机械的如实摹写的反映论转换成人的主体论"①。从这里可以看出,刘再复并没有认识到中国当代新古典主义的反映论与现实主义、自然主义反映论的根本差异。实际上,前者貌似客观的客体理性只是主观意志的暗转,其客观性是虚假的,而后者的主体理性则真正体现着审美的客观性。正如王若水指出的,中国当代文学的认识论基础根本不是照相式的反映论,"严格地以照相式的反映论为指导来进行创作,那么只能写出自然主义的作品,自然主义向来是我们所反对的,建国以来几十年的文学作品中也没有多少自然主义的东西。自然主义至少还要求表面的真实,而我们过去的文学作品大量的是粉饰现实和歪曲现实,比照相式的反映还不如"②。多年来我们强调的是文学的教育作用,强调文学源于生活更要高于生活,强调文学从属于政治,强调无产阶级世界观的作用,认为只有这样的作品才能反映生活的本质,才具有思想性,其实这是把现实强行纳入预定的思维框架中③。而正是由于对反映论和现实主义的误认,刘再复所倡导的理论转向,最终就表现为对于客观的现实生活的疏离和对于主观的内心世界的回归。在胡风和钱谷融那里,强调主观战斗精神和文学的人道主义思想,都是主体性原则的体现,也都是现实主义的内在要求。而刘再复的文学主体性理论则不再坚持现实主义的美学原则,这样,就使他的理论探索在洞见中夹杂着不少谬误,在某些方面对于胡风、钱谷融等人的文艺思想不仅没有推进,反而还有所后退。

审美现代性主客观方面的分化对峙发展,当然可以有所偏重,但却不能有所缺失,尤其是处于基础地位的审美客观现实性

---

① 刘再复:《论文学的主体性》,载《文学的反思》,人民文学出版社1986年版,第116、117页。

② 王若水:《现实主义和反映论问题》,载《文艺理论研究》1988年第5期。

③ 参见王若水《关于反映论、主体性、人道主义的一些看法》,载《文艺理论研究》1988年第4期。

方面更不能出现空白，否则，即意味着审美现代性发展将面临全面危机。80年代中期以来，体现着审美认知现代性的现实主义文艺思潮开始走向衰落，与这一趋势相一致的是文艺理论和美学的"向内转"，这实际上就表明审美现代性的发展已经误入了歧途。对此，当时已有人有所觉察，例如，王若水就认为文学的主体性理论的提出，并不应该与优先发展现实主义相矛盾，他说："正像胡风提出的'主观战斗精神'丝毫不意味着现实主义原则的削弱一样，我认为突出文学的主体性也不应理解为对客观现实的疏离，毋宁是相反。"① 更值得一提的是高尔泰，这位主观论美学的代表人物在80年代中期以后，一直不遗余力地主张现实主义应成为当代中国文艺的主潮，并一再批评所谓回复到文学自身的纯文学、纯审美倾向。他认为，人们对于长期以来在中国占据主导地位的假现实主义的厌恶是可以理解的，但这不是赞成"现实主义过时论"的理由。因为在当代中国，现实主义从来没有得到过充分发展，在极"左"思潮的压制下，它一直处于被扭曲和变形的状态，在这种情况下，"反对现实主义，主张超脱和高远，表面上看起来是逆反心理的表现，实际上恰恰是符合了这些极'左'思潮者阻挠社会变革的需要"②。这一看法体现了高尔泰的远见卓识，在他那里，对现实主义精神的呼唤与对审美主观性的推进是并行不悖的，因为他知道，离开了现实生活的根基，主观的情感世界将会走向封闭孤立的绝境。而这种自觉意识正是刘再复在构建文学的主体性理论时所缺少的。当时，尽管也有人站在传统的反映论的立场对其"向内转"的倾向进行批评，但这些批评大多把学术问题政治化了，如说："这不是枝节问题，也不只是个别理论问题，而是直接关系到如何对待马克思主

---

① 王若水：《现实主义和反映论问题》，载《文艺理论研究》1988年第5期。
② 高尔泰：《话到沧桑句便工——关于现实主义的一些思考》，载《新华文摘》1988年第8期。

义的基本原理的问题,是关系到社会主义的文艺的命运的问题。"① 这就根本无助于正常讨论,辨明是非,即使在学理上提出了值得探讨的问题,也得不到有效的回应。也就是说,类似的具有政治意味的批评,不仅没有真正触及刘再复文学主体性理论的症结,反而适得其反,使他获得了广泛的同情和支持,扩大了其学术影响,从而进一步推动了文学理论与实践的"向内转"。如林兴宅就认为,旧文艺理论体系的主要弊病是把文学的认识属性绝对化了,把文学审美这种复杂的精神活动简单化了,而刘再复的理论探索的意义在于:"它引入了构筑文艺理论体系的新的逻辑思路——价值论的视角。即把文学看作人类自我实现的价值形态,并以此为出发点来理解文学的本质、特征和功能。这就使人们审视文学现象的角度发生了从外向内、由客体向主体的转移。"② 鲁枢元也认为,刘再复的《论文学的主体性》文章的出现,"本身就是一种引人瞩目的文学现象,尽管文章在概念和逻辑方面不一定无懈可击,但它却显示了文学理论向着文学内部的勇敢的探索,显示了中国当代文学对于文学自身认识的深化,这显然是一种文学理论研究中的'向内转'"③。

2. 审美体验论

如果说刘再复还是在主体性的理论框架中突出审美情感对于文学的重要意义,那么,这一时期兴起的审美体验论,则开始更为自觉地将情感体验作为审美本体进行论证,其内倾性更为直接和明显了。从主观心灵和情感体验的方面理解审美,而绝对排斥认知和现实的因素,一个主要的原因在于,将中国当代客观模仿

---

① 陈涌:《文艺学方法论问题》,载《红旗》1986年第8期。
② 林兴宅:《我们时代的文艺理论——评刘再复近著兼与陈涌商榷》,载《读书》1986年第12期。
③ 鲁枢元:《论新时期文学的"向内转"》,载《文艺报》1986年10月18日,第3版。

的新古典主义误认作是客观再现的现实主义,于是,审美的客观性方面就在厌恶中被很自然地弃绝了。除此之外,还有一个重要原因就是对西方文艺主潮及理论倾向的片面性认识,即认为西方20世纪文艺是主观性的现代主义的一统天下,而现实主义因不能表现现代人复杂的内心生活,已经陈旧过时了。与此相一致,研究文学内部规律的情感表现论和形式本体论,也取代了与社会历史和客观现实等外部世界相关的认知再现论,成为西方文艺理论的主流。而中国的文艺理论研究当然也要汇入这一主流中去。关于这一点,杨春时看法有相当的代表性:"现代西方文艺理论已经由再现论和认识说转向表现论和表情说、欲望说,充分重视文艺的主体性,而我们的文艺理论却仍然停留于西方古典文论的传统上,它既不符合时代要求,又扔掉了中国文艺理论的传统。"① 但是,这一看法无论是从西方文艺的实践还是理论方面来看都是不全面的。实际上,西方强大的现实主义传统不仅从未中断过,而且还在向影视等新的艺术领域拓展,它与强力崛起的现代主义不是互相排斥、互相压制的关系,而是呈现互相补充互相激发的总体态势。就文学领域而言,20世纪90年代以来的一些研究表明,长期以来形成的现代主义在西方占据主导地位的看法是成问题的。如英国著名批评家伊格尔顿在1994年就指出:现代主义潮流对于20世纪英国本土文学来说仅仅是擦边而过,并没有形成主流。他还认为,艺术上的现实主义传统和哲学上的经验主义传统在英伦本土文化中根深蒂固,英国人在日常价值观方面坚定地崇尚常识和良知,英国稳定的政治条件也不鼓励种种激进的乌托邦倾向,这些因素都对自居为先锋派的现代主义形成了抑制。2004年出版的《牛津英国文学史》对于现代主义的地位也做出了类似的判断,认为像乔伊

---

① 杨春时:《论文艺的充分主体性和超越性——兼评〈文艺学方法论问题〉》,载《文学评论》1986年第4期。

斯、伍尔夫、艾略特等经典的现代主义作家，其实只是一股代表少数人的潮流，他们的读者只不过数百人，而采用传统方式写作的作家才是真正的主流①。

理论方面，在情感中心的表现论、文本中心的形式论、读者中心的接受美学等新潮文论得到充分发展同时，注重客观现实和社会批判的西方马克思主义文论也在不断创新，并发挥重大影响。如西方20世纪最重要的马克思主义文学理论家卢卡契就是现实主义理论坚定的捍卫者和出色的阐释者，他的创造性的工作表明，在20世纪西方，认知再现论仍有强大的生命力。80年代以来，女权主义、新历史主义、文化研究、后殖民主义等新兴的文论也都不是内倾性的情感表现论，而是向着外部的社会历史拓展。然而，这一切对于80年代中国理论界是陌生的，能够引起兴趣的就只有情感和形式。此外，从情感体验方面来探讨审美问题，除了借鉴西方现代的情感表现的文艺理论和主观论美学，还有一个有利条件，那就是可以从中国老庄抒情写意的理论传统中获得思想资源。这也是这一时期审美体验论兴起的重要理论背景。

较早对文艺活动中的审美体验进行理论探讨的是胡经之，作为文艺美学学科主要创建者之一，审美体验在其理论体系中占据相当重要的地位，被认为是艺术本质的核心。对于胡经之来说，之所以要开辟文艺美学的新领域，是因为中国当代的文艺学主要是从哲学认识论而不是从美学的角度研究文艺问题，这样就把文艺和审美隔绝在不同的领域了。在他看来，文艺美学研究的主要任务就是要打破文艺与审美的互不相干的状态，对文艺作美学的探索。但正如邹华所指出的，在此，美学被等同于审美，而审美又被理解为情感体验，结果一方面是美学视野的缩小，另一方面

---

① 参见盛宁《现代主义·现代派·现代话语——对"现代主义"的再审视》，北京大学出版社2011年版，第24—25页。

则是情感的无限放大①，从这里我们可以清楚地看到其理论向内心回缩的趋向。胡经之是以美学和诗学作为参照系来定位文艺美学的，他认为："文艺美学是将美学与诗学统一到人的诗思根基和人的感性审美生成上，透过艺术的创造、作品、阐释这一活动系，去看人自身审美体验的深拓和心灵境界的超越。"②这里对于艺术审美体验的研究已经远不仅仅是局限于艺术本身，而是被赋予了探寻人生意义的重大使命。审美的世界被看作是一个远离尘嚣、超越现实的乌托邦，是饱受异化之苦的人类心灵栖息的精神家园。这是一种具有人生救赎意义的审美形而上学，它通过对审美意境这一中国古代美学核心范畴的阐释得到了充分表现。在胡经之看来，"中国诗人和诗哲在玉洁冰清、宇宙般幽深的山水灵境中陶养了自己一腔真气纯情，因而诗人之思往往以虚灵的胸襟吐纳宇宙之气，从而能表里澄澈，一片空明，建立最高的晶莹的审美意境"。"在意境的创造中，人这种精神上的真自由、真解放，才能使我们的灵肉摆脱世俗的束缚，接受宇宙和人生的全景，了解它的意义，体会它的深沉的境地。"③这里人与自然的合一的审美意境的建立，是以主体意识的消解为前提的，它体现为所谓的澄怀观道，意味着从世俗功利中脱身而出的主体向辽远虚空的宇宙天道投归。一方面，情感的流动应和着宇宙自然的节律，充满生命的活力；另一方面，宇宙自然所具有客体性的冷漠，又导致情感的流失。显然，这是一种未经历史更新的意境理论，它体现着古代审美意识的封闭性特征，它所追求的那种回避功利的空灵境界，是建立在弱化的主体意识的和狭小的审美空间基础上的。因而，它对审美特性的维护是脆弱的，随时都可能由审美封闭转化为审美残缺。这样就无法打破古典主义的圈子，真

---

① 邹华：《中国美学的后古典时代》，中国社会科学出版社 2011 年版，第 43 页。
② 胡经之：《文艺美学》，北京大学出版社 1989 年版，第 2 页。
③ 同上书，第 238、280 页。

正走向审美现代性。这也说明，不能把中国古代抒情写意的文艺理论与体现着审美现代性的情感表现论进行简单的比附，必须要认清其古典主义的性质，否则，它不加改变地进入现代就会起到阻碍审美现代性发展的消极作用。实际上，在中国现代，王国维、宗白华都在意境理论的现代性转化方面作了卓有成效的创造性工作，特别是宗白华在密切结合现实人生的前提下对于意境层深结构的揭示，对于新时期审美体验论非现实化的空灵倾向具有重要的启示意义。

  胡经之对于审美体验的理论建构，不仅从中国古代道家美学思想中寻求支持，也自觉地借鉴了西方现代文艺理论的成果。而对于一些更为年轻的学者来说，则受到西方现代情感表现论更为深刻的影响。但是，他们没有认识到，在西方，情感表现论与认知再现论是文艺理论审美现代性的两翼，双翼齐飞带动着审美现代性的前行。而在中国语境中，却是在一翼缺损的情况下片面强调审美的内在超越性，这实际上是难以长久的。这些热衷于审美体验论的年轻学者很快也意识到了这一点，于是对他们来说，在学术上改弦更张，另觅蹊径就在所难免了。例如，刘小枫主要是通过分析康德、费希特、谢林、席勒、施勒格尔、诺瓦利斯、施莱尔马赫、荷尔德林、叔本华、尼采、里尔克、特拉克尔、黑塞、海德格尔、马尔库塞等德国浪漫派的哲人和诗人对于审美主义的共同追求，梳理出一条德国诗化哲学的发展线索，并由此确立了审美体验对于失魂落魄的现代人的精神救赎意义。在他看来，由于启蒙现代性的片面发展，导致了工具理性、数学思维戕害了人的内在灵性，现代人因此失去了精神的家园。浪漫主义的兴起可以看作是这种畸形发展的现代性的第一次自我批判。他指出："一百年来，浪漫美学传统牢牢把握着如下三个主题：一、人生与诗的合一论，人生应是诗意的人生，而不应是庸俗的散文化；二、精神生活应以人的本真情感为出发点，智性是否能保证人的判断正确是大可怀疑的，人应以自己的灵性作为感受外界的根据,以直觉和信仰为判断的依据;三、追求人与整个大自然的神秘的契合交感,反对技术文明带来的人与自然的分离和对抗。在这些主题下面,深深隐藏着一个根本的主题:有限的、夜露销残一般的个体生命如何寻得自身的生存价值和意义,如何超逾有限与无限的对立去把握着超时间的永恒的美的瞬间。"① 也就是说,启蒙运动的祛魅,宗教的衰微,带来了现实生活与理想世界的尖锐冲突,这在思辨的层次上体现为经验与超验、有限与无限、存在与思维、现象与本体、感性与理性、自由与必然、人本与文明的普遍的分裂。在德国浪漫派的诗化哲学中,审美体验成为克服上述矛盾的有效方式,从而被赋予了类似宗教信仰的功能。刘小枫认为,浪漫派诗哲的出发点是诗意的存在论、价值论,而不是认识论,因此,神话、反讽、魔化、体验、情感、想象、幻想、直观、爱等感性因素就被置于核心地位,在此基础上,一个超越于庸俗现实之上审美乌托邦才建立了起来。在探讨西方的诗化哲学的时候,刘小枫不时地返回到中国审美主义的传统中,试图在比较诗学的宏观视野中去把握审美体验的重要意义。例如,在论及西方浪漫派哲人对灵性的呼唤时,他就着重指出:"中国人很重视人的灵性,讲究去除胸中黏滞,虚心纳物,澄心静虚,达到应感之会,通塞之纪。""以庄禅哲学为根基的灵性论和陆、王心学的明心论,乃是中国精神的华彩。它造就出一种审美的人,充实的人,诗化的人,一种不为外部世界所累,却能创造出一个意味世界的人。如今西方人渴望返回内心,迷醉于东方之学;而在我们自己,则应是保养、灌溉、持存内心的灵性,使之在技术时代不致沉沦"②。在此,他没有仔细区分中西两种审美体验的差异,西方的审美主义对于启蒙现代性的片面性发展所进行的反思批判,不是对于启蒙现代性的主体性的原则的

---

① 刘小枫:《诗化哲学》,山东文艺出版社 1986 年版,第 11 页。
② 同上书,第 211、212 页。

抛弃，而是对其进一步的深化。其中多重矛盾因素难以弥合的分裂状态，实际上正是主体自觉的表征，体现着主体对更高人性境界的执着追寻和热切期盼。与之不同，中国庄禅为代表的审美主义则是建立在非主体性的历史基础之上的，那种逍遥清疏之美，实际上隐含着一种淡化主体情感的消极冷漠，具有消解价值关怀的虚无主义倾向。对于这一点，刘小枫在不久之后有所反省，并通过《拯救与逍遥》一书作了思想清理。在此书中，他站在宗教信仰的立场上，对其曾激赏的中国以庄禅为代表的审美主义传统进行了尖锐的批判。在他看来，在道家美学所追求的逍遥之乐中散发着彻骨的凉意，物我合一的宇宙情怀显示着自然物质的冷硬："成为无情的石头，就是道家审美主义的最终结果……石头的性格就是道家的审美人格。石头的人格当然是超生死、超时间、超社会的。它祛除了关怀而发展了一种大智，即冷漠、游心、无我同物的智慧。"① 显然，他已经看到了中国古代道家审美主义在对恶浊人世的否弃的同时，走向了对现实人生的疏离，对体现着宇宙法则的自然天道的投归显现的是精神价值的虚无。在这样一个错误的价值根基上建立起来的审美乌托邦当然是不值得推崇的，于是，他很自然地从审美救赎转向宗教救赎，试图引入神圣超验的维度以安顿人饱受苦难的灵魂。但问题在于，在上帝隐没的后启蒙时代，仍把生存的意义和希望寄托在宗教的拯救上，是不是显得有些一厢情愿？为什么只能从存在论、价值论的方面理解审美，而坚决拒斥认识论？为什么不能通过指向感性现象的审美直觉，去探寻生存的真理，把握历史的动向，体验来自生活的情韵和诗意？为什么我们不能仍然坚持启蒙现代性的主体性原则，在悲剧性的此岸世界开拓审美的空间？这些问题对于中国审美现代性的发展来说，是值得进一步深入思考的。

像刘小枫一样，王一川也试图通过借助西方美学的资源完成

---

① 刘小枫：《拯救与逍遥》，上海人民出版社1988年版，第240—241页。

其审美体验的理论建构。他以审美体验为中心，分别从体验的起点、体验的方式、体验的原始方式、体验的意义、体验的艺术世界和体验的终点等方面，对于审美体验的全过程展开了论述，由此梳理出了一条西方体验美学的历史线索，初步建立起西方体验美学的理论框架。王一川认为，体验指的是"艺术中那令人沉醉痴迷、心神震撼的东西"①，它具有一种超越性的结构，是一个从此在开始，通过直觉、原型、生成和形式一系列中介环节，最终达到彼在的超越过程。他指出："西方体验美学的根本宗旨，就是通过瞬间的体验去追求人生的终极意义。体验，无论其有多少种解释，归根到底，就是人生终极意义的瞬间生成。在西方体验美学看来，此在是无意义的，有限的，而真正有意义的、无限的生活在彼在，在超验界。体验，就是人超越此在的有限性、无意义而飞升到彼在的绝对、无限、永恒之境的绝对中介。"②显然，这种审美体验论所建构的也是一个超越现实的审美乌托邦，具有对抗虚无的审美救赎功能。在另一部专论审美体验的论著中，王一川结合对美的本质的界说来把握审美体验的内涵，他给美的本质下的描述性的定义是："美是人类活动的总体远景在个体体验中的感性显现。要言之，美是总体远景。"③ 这里，仍是从对现实的超越性角度来看待美和审美体验的。在他看来，美作为总体远景、理想意象或未来意象，对于现实中生存的人来说是永远可望而不可即的，只有在审美体验的瞬间，人才能从有限的、不完满的现实之中脱身而出，进入到永恒的、理想的美的王国。但是，问题在于，超越性必须以现实性为基础，在80年代中后期认知再现论大幅衰退的历史背景下，现实生活已全面淡出了理论视野。这样，失去了现实根基的审美超越就变成

---

① 王一川：《意义的瞬间生成》，山东文艺出版社1988年版，第4页。
② 同上书，第365页。
③ 王一川：《审美体验论》，百花文艺出版社1992年版，第71页。

了与世隔绝的审美封闭，显得内容空疏而贫乏，即使是借用再多的西方现代美学文艺学的资源，也改变不了其现实贫血的底色。显然，这样的审美体验论是难有发展前途的，它对中国的审美现代性并没有多少积极的推进作用。事实上，王一川也和刘小枫一样，很快对体验美学感到了怀疑和厌倦，随后就在"语言论的震惊"中转向了修辞论美学的研究，这表明了脱离生活的审美体验是没有生命力的。

如果说，刘小枫、王一川等人还主要是在学理层面较为审慎地探讨审美体验问题，那么，这一时期的一些感性绝对论者则更为激进地张扬审美体验的自由超越性，从而显得更为情绪化和更有冲击力。在感性绝对论者看来，审美之所以是人的自由的象征，就在于审美是以人的活的生命，特别是以人的情感为核心的全身心的综合运动。在审美中，主观情趣可以超越客观法则，感性动力可以超越理性教条，精神享受可以超越功利欲求，个体生命可以超越社会压力，人可以超越自己的有限性。与此同时，这种超越又是暂时的、幻化的，而不是永恒的、现实的。正是现实与幻想的不可调和的对立，构成了生命的悲怆性。应该说，在追求自由超越、人生救赎等方面，感性绝对论者对于审美体验的理解与刘小枫、王一川等人是一致的，只是其态度更为激进和绝对化，具有更强烈的非理性、反理性色彩。这一点可以从其对李泽厚思想理论的挑战性批判中明显表露出来。感性绝对论者认为，在哲学美学上，李泽厚皆是以社会、理性和本质为本位，其目光由积淀而面向过去；而自己皆是是以个体、感性和现象为本位，其目光由突破而指向未来。感性绝对论者特别强调审美的非理性、非自觉、非功利的特性，认为审美的视野永远在理性的疆界之外，是理性的目光永远达不到的人性新大陆，它从不顾忌社会的道德的和法律对人的具体评价，直入道德和法律永远无法光顾的每个人的最隐秘的心灵。只有在审美中，人的感性生命才能在没有任何束缚的状态中走向生命的极致，以至于靠非自觉的洞察力、情感的活力、想象的超越力、潜意识的自发创造力就能创造出一个个全新的人性境界。所谓"纯诗"或"纯艺术",实际上就是没有任何理智的东西参与,在超道德、超社会的状态中的'纯感性'和"纯个性",任何理性因素的介入都必然在某种程度上损害文学的审美的纯洁性。

为了强化对古代僵固客体理性的批判,感性绝对论者态度鲜明地高举感性、非理性、本能、欲望的旗帜,甚至毫不掩饰地推崇金钱和肉欲。在此,感性就是人的各种本能冲动所构成的本体生命力,而理性则主要是指对人的生命动力的束缚、压抑和异化。感性与理性是绝对对立的,两者处于永恒的冲突之中,没有任何调和的余地,当然就更不用说是统一了。由于感性绝对论者割裂了感性与理性的有机联系,感性的意义必然偏向生物性的方面。而审美的自由、超越、独立都意味着对认识论与伦理学的理性内容的排斥,这样,所谓审美的体验就只能是本能情欲的放纵了。

从审美现代性的角度来看,现代主体化的感性与理性不同于古代客体化的感性与理性。古代客体感性在认识论的意义上是指不可靠的感觉,在伦理学上是指卑劣的情欲,古代客体理性在认识论的意义上是指抽象的宇宙法则,在伦理学的意义上是指超验的道德规范。古代的感性与理性之所以具有客体的性质,是因为其对主体的超绝和疏离。古代的理性是与人疏远高高在上的实体,其客体性是显而易见的。古代的感性同样缺乏属人的内容,感觉和欲望在古代都还没有作为人的本性受到正视,而是将其看作动物的低级本能加以否定,而动物正属于客体范畴,说明其仍具有客体性质。启蒙现代性的主体性原则改变了感性与理性的客体性质,使其主体化了。主体化的感性在认识论的意义上成为认知的前提和基础,在伦理学的意义上成为真正属人的情感体验,主体化的理性在认识论意义上表现为主体对社会历史本质规律的深度探寻,在伦理学的意义上表现为主体确立价值目标自觉承担责任的精神力量①。在古代，个体消融于社会的历史条件决定了理性与感性的抑制性统一的人性结构，在此基础上形成了古代审美意识残缺和封闭的基本特征。随着现代社会个体地位的提升和自我意识的觉醒，感性与理性的人性结构开始发生了主体化的历史变动，审美现代性就此展开了其发展的历程。现代审美意识是主体化的感性与理性在感性层面的审美制衡的产物，它或作为审美直觉侧重认识论的方面，或作为审美观照而侧重于伦理学的方面，但侧重并不等于缺失，只有认识论或伦理学一个方面，审美意识是无法生成的。也就是说，审美并不像感性绝对论者所说的具有排斥认识论、伦理学的纯粹性，相反，没有认识论和伦理学的内容，审美就失去了存在的依据，变成了虚无缥缈的空洞之物。因此，审美的独立性不是将审美与理智认识和实践功利彻底隔绝，而是实现两者的审美转化并将其有机地包容于自身之中。只有这样才能打破古代审美封闭与残缺的循环，真正走上审美现代性的道路。同样，现代审美意识的生成有赖于感性地位的提升，但这主体化的感性也不像感性绝对论者所说的那样完全是反理性、非理性，与理性绝对对立。实际上，人性结构主体化就建立在感性与理性关系的调整并重建其统一关系这一历史基础之上，它反映的是个体与社会在更高层次上的统一。也就是说，当感性绝对论者强调存在论意义上的感性被异化的理性压制，因而要求打碎理性的枷锁，解放感性的生命时，这理性显然是客体性的，而脱离了这客体理性的感性，却又拒绝主体理性的引导，那就只能是原始的自然的具有客体性质的生命本能，它在客观上必然要求外在的理性规范对其进行抑制，因为进入文明时代的人类已经不可能再退回到生物水平了。这样，感性绝对论者所谓的感性的解放由于拒绝主体理性的介入最多只能起到一种破坏性的历史作用。他所推崇的那种野性的、疯狂的原始本能对于传统僵固的社会结构

---

① 参见邹华《20世纪中国美学研究》，复旦大学出版社2003年版，第89—90页。

所形成的冲击，如果没有来自现代社会和主体理性的支持，那是不会取得建设性成果的。应该说，这一时期的感性绝对论者对于中国传统文化的激进批判，对于以矛盾冲突为特征的现代崇高美的奋力追求，对于现代人生悲剧性的深刻体验，都是与审美现代性的发展方向相一致的，但是由于他对于感性与理性从客体向主体转化的历史变动缺乏清晰的辨识，因而就难以从根本上超出古代的水平，其理论上的推进是有限的。

从社会学和文化史的角度来看，80年代中后期兴起的审美体验论具有历史转型期的思想表征意义，它反映了从政治全能主义向经济实用主义时代过渡时期的精神症候。一方面是政治意识形态的淡化所造成的信仰危机，另一方面，处于起步阶段的物质的现代化尚未对精神形成实质性的影响，于是，不可言说的审美体验就有了对抗虚无、填补价值虚空的重要意义。但是，由于过分追求这种审美体验的非功利非理智的纯粹性和对于现实的超越性，最终使其"走上了一条疏离人的生存境遇、放弃文学之人生关怀的自我封闭的道路"，"对于文艺与社会历史之关联的漠视，使文论研究无法揭示文艺本来就拥有的丰富内涵，无法对当代经济文化转型过程中文学世界出现的精神价值、人文价值的复杂变化作出有力的回应，而沉醉于乌有之乡的自我陶醉和心灵呓语之中"[①]。值得指出的是，这种审美体验论直到90年代仍在美学界发生影响，其基本观点在超越美学、生命美学等后实践美学那里都可以看到，甚至客观论的实践美学的代表人物李泽厚在80年代后期由于受到这一理论的冲击，也开始把美学研究的重心转向"情本体"，高喊"情感本体万岁，新感性万岁"[②]，同时，对中国古代的审美主义传统赞赏有加，认为审美形而上学具有类似宗教安身

[①] 张婷婷：《中国20世纪文艺学学术史》第4部，上海文艺出版社2001年版，第230页。

[②] 李泽厚：《美学四讲》，生活·读书·新知三联书店1989年版，第251页。

立命的意义，是安顿人类灵魂寄托人生意义的精神家园。在他后来的理论视野之中，已看不到通过现象化认知与社会生活建立审美关联的方面，而这正是审美体验论的根本局限所在。

三　语言论转向：形式本体论

1. 新时期形式主义文论的初兴

形式主义文论的兴起和发展从20世纪80年代中后期开始一直持续到90年代，它一方面受到新潮文艺实践的刺激和推动，另一方面也是西方现代文论的深刻影响的结果。初期的形式主义文论是结合着情感表现展开的，当时对理论界影响较大的是克莱夫·贝尔提出的"有意味的形式"的理论，苏珊·朗格将艺术归结为"人类情感的符号形式的创造"的艺术符号学思想，阿恩海姆建构审美心理学的格式塔理论。1984年，由韦勒克和沃伦合著的《文学理论》一书的翻译出版，对于中国文学观念的变革起到了重要作用。此书站在新批评文本中心主义的立场对于文学内部研究与外部研究的区分，与当时中国文学界"非政治化"的历史诉求一拍即合，产生了极大的影响。此后，俄国形式主义对于"文学性"、"陌生化"的阐述，英美新批评的文本细读，结构主义的语言学、叙述学和符号学理论，存在主义和现象学的诗学理论，解构主义关于语言能指游戏的理论，都通过大规模的译介进入中国，使这一时期的文艺理论出现了"以寻求文学的审美特性为价值导向、以'向内转'为基本研究策略、以现代语言学方法为主要研究方法的语言论的转向"①。

较早对作为形式的小说叙事方法进行探讨的是孟悦和季红真。她们认为："叙事方式是小说本文中有意味的形式，是高度形式化

---

① 杜卫：《走出审美城：新时期文学审美论的批判性解读》，东方出版社1999年版，第149页。

了的小说审美特性。"①这显然是在叙述学的研究中借鉴了苏珊·朗格和克莱夫·贝尔的理论。她们把叙事方式分为深隐层次和表现层次两部分,前者是指作家—基本视角—心理个性,后者是指叙事人—叙事视角—叙事语调,这三组两两对应的因素存在着同构性,前者把现实世界转化为主体的经验世界,具有一定的稳定性,它决定着后者;后者把经验世界转化为艺术世界,具有较大的可变性,它被前者决定。在此,叙事形式是作为主体的审美表现来看待的,并不仅仅局限于文本。南帆在研究小说艺术模式时,作为形式的叙述方式也得到了高度重视。他指出:"不同的叙述方式并非是对原有的内容加以装饰性的修整,而是根本地改变了这种内容的性质使之焕然一新。"② 不过,他并没有孤立地探讨叙述结构、叙述观点和叙述语言等叙述方式,而是将其与主体的审美情感活动结合起来,认为小说的叙述模式其实是审美情感模式的物化,而小说的艺术模式则是由彼此应和的审美情感模式与叙述模式的重合而构成的。这里的形式与情感是不可分的。黄子平试图借助现代语言学的理论对于"文学是语言的艺术"这一命题作出新的阐释。他指出:"对于文学作品来说,本质与现象、内容与形式,全都统一在其独特的语言结构之中。""文学作品以其独特的语言结构提醒我们:它自身的价值。不要到'语言'的后面去寻找本来就存在于语言之中的线索。""文学评论从现代语言学那里得到的最重要的启示,就是把诗(文学作品)看作自足的符号体系。诗的审美价值是以其自身的语言结构来实现的。"③ 在此,独立的语言形式作为文学的审美特性得到了确认。与此同时,他又不满足于对语言的形式结构进行封闭性的研究,认为:"语言与心理、思维有密切的关系,语言更是社会和文化的产物,语言体系

---

① 孟悦、季红真:《叙事方法——形式化了的小说审美特性》,载《上海文学》1985年第10期。
② 南帆:《论小说的艺术模式》,载《文艺研究》1987年第1期。
③ 黄子平:《得意莫忘言》,载《上海文学》1985年第11期。

其实就是一种社会价值体系。文学语言学把握住'语言'这一关键性的中介,来揭示文学与社会、与心理、与哲学、与历史等诸种复杂的关系,从而沟通了文学外部研究和内部研究这两个原先被割裂的领域。"① 这样,他对语言形式的理解就趋于复杂化,语言形式实际上已不再是"自足的符号体系",而是一个开放性的世界,它体现着主体的心理深度,包含着丰富的社会历史内容。陈平原对于文学形式的研究与之有着类似的思路,他主要借鉴热奈特和托多罗夫等人为代表的法国叙事学理论,从小说叙事模式转变的角度对中国文学的现代化进程进行了考察。在结合大量作品对叙事时间、叙事角度和叙事结构进行分析的时候,陈平原时时不忘历史因素和文化背景,因为在他看来,既然小说艺术形式是一种"有意味的形式",一种"形式化了的内容",那么,"小说叙事模式的转变就不单是文学传统嬗变的明证,而且是社会变迁(包括生活形态和意识形态)在文学领域的曲折表现"。因此,"把纯形式的小说叙事研究与注重文化背景的小说叙事学结合起来,沟通'内部研究'与'外部研究',而不流于生拉硬扯牵强附会,无疑是十分必要的"②。

2. 语言形式本体论的构建

如果说,上述诸位在进行艺术形式探索的时候,还总是试图与主体的心理世界和外部的现实世界保持联系,那么,在更为激进的探索者那里,文学的语言形式则被赋予了本体的意味。李劼在新时期文学十年学术讨论会上指出:"文学的变革往往表现为形式的更迭……新时期文学只有大量出现全新的文学语言,才逼近本体的变革阶段"③。随后,他又发表文章系统阐述了自己对

---

① 黄子平:《得意莫忘言》,载《上海文学》1985 年第 11 期。
② 陈平原:《中国小说叙事模式的转变》,上海人民出版社 1988 年版,第 3、15 页。
③ 见《历史与未来之交:反思 重建 拓展——"中国新时期文学十年学术讨论会"纪要》,载《文学评论》1986 年第 6 期。

文学语言形式本体性的看法。在他看来，1985年先锋小说的出现，是一种历史的标记，这种标记的文学性在于"文学形式的本体性演化"①，也就是说，怎么写（形式）已经代替写什么（内容）成为一批年轻的先锋作家明确的自觉的追求。他强调指出："文学作品是一个自我生成的自足体。……形式不仅是内容的荷载体，它本身就意味着内容。""所谓文学，在其本体意义上，首先是文学语言的创造，然后才可能带来其他别的什么。由于文学语言之于文学的这种本质性，形式结构也就具有了本体性的意义。"②从这样一种形式主义的立场出发，他从语感外化和程序编配两个方面对语言形式的本体意味进行了研究。对此，吴俊也有类似的看法，在他看来，80年代中期以后，以马原为代表的先锋小说的形式化追求在艺术上取得了重要进展，在纯文学的意义上，对于当代文学的影响，并不亚于1976年10月发生在中国的政治事件③。在另一篇探讨文学语言与形式本体的文章中，吴俊进一步阐述了自己的观点。他认为，世界与（语言）符号是一体的或同一的，"未经'符号化'的世界是不可知的，也是没有意义的，甚至是不存在的"④。因此，语言符号对于人类的文化世界的存在就具有了本体的意义。从这一"语言本体论"出发，吴俊对于作为语言艺术的文学的形式建构进行了分析。在他看来："文学语言在本质上是以自身为目的，而不能是为其它目的服务的工具；换言之，文学语言即文学的目的。""文学形式乃是文学语言特殊性之所在。""形式不仅能体现文学艺术的本质，而且它也是文艺创作的目的。"⑤ 王晓明也从语言形式的角度探讨了文学的审美特性，他指出："文学首先是一种

---

① 李劼：《试论文学形式的本体意味》，载《上海文学》1987年第3期。
② 同上。
③ 参见吴俊《走向形式》，载《艺术广角》1988年第3期。
④ 吴俊：《文学：语言本体与形式建构》，载《上海文论》1988年第2期。
⑤ 同上。

语言现象。这不但是指作家必须依靠文字来表达自己的审美感受,一切所谓的文学形式首先都是一种语言形式;更是说作家酝酿自己审美感受的整个过程,它本身就是一个语言的过程。……所以,语言看上去只是作品的一层表皮,实际上它却浸透了作品的整个内核。"① 在他看来,作家语言意识的自觉是文学获得审美独立的标志:"即便历史学、哲学和社会学一齐收回早先发出的委任状,不再聘请文学担任它们的代言人,文学也仍然可以满怀自信地面对社会,因为它已经意识到了自己不可替代的审美价值,逐渐习惯于首先依靠文学性来征服读者,完全可以自立门户了。"② 在此,语言形式具有了文学本体的意味。

当然,李劼等人对于文学形式的推崇还没有走到绝对的文本中心主义的地步,在他们的理论表述中,文本的语言形式常常隐含着主体审美表现的内容。比如,李劼一方面把语感理解为具有本体意味的形式,另一方面又说它"主要是指文学家们对文学语言的敏感"。作为形式的程序编配也是如此,一方面说它"指的是整部作品的语言系统的生成过程",这显然是从文本的角度来谈的;然而接着又说:"编配是有意识的操作过程","作品的程序编配过程在其本质上也是创作主体的感性激发过程"③,这又把论述的重点放到了主体方面。李劼在此表现出来的游移于主客体之间的模糊性、灵活性,其实不过表明了语言形式并不是自我生成的结构,它是主体审美创造的产物。在吴俊和王晓明那里,情况也是类似的。他们一方面明确指出语言形式就是创作的目的,另一方面又把语言形式视为主体审美感受的表现,认为"艺术家总是渴望在某种具体的形式中观照自己的感情"④,他们

---

① 王晓明:《在语言的挑战面前》,载《当代作家评论》1986 年第 5 期。
② 同上。
③ 参见李劼《试论文学形式的本体意味》,载《上海文学》1987 年第 3 期。
④ 吴俊:《试论形式即主客体审美关系的显现》,载《文艺理论研究》1986 年第 5 期。

没有意识到，其理论表述在文本形式与主体表现之间存在着一种矛盾和紧张，这也是他们与专注于文本自身的西方形式主义者的差异所在。

在西方，形式主义文论是在与其他理论批评流派的激烈竞争中发展起来的，注重客观世界再现的社会学批评，注重意识形态批判的文化批评，注重主体情感表现的心理学批评，注重读者反映的接受美学，以及注重意向性、语言意识和生存体验的现象学、存在主义等理论，也都是西方现代文论的主流，它们彼此对峙又互相补充，各自以片面的深刻性揭示了文学本体的不同方面。80年代中后期中国的形式主义文论的兴起，一方面当然是受到西方现代形式主义文论的启发，另一方面则是对以往文艺工具论忽视审美形式的反拨。从这个角度来说，其理论建构的历史合理性是值得肯定的。由于中国没有像西方那样出现众多的发展成熟的理论批评流派，因而，也就很难出现纯粹的形式主义文学理论。像英美新批评所力图避免的"意图谬误"和"动情谬误"，在中国的形式主义文论这里是屡见不鲜的。中国的形式主义文论总是有一种把文本的语言形式与主体心理和现实世界相关联的隐秘冲动，正如有论者所指出的，由语言论转向所引发的理论范式的革命，打开了一个广阔的艺术天地。"那里有道不尽的语言、道不尽的结构、道不尽的文本，而在中国八十年代批评家那里同时有一个永远走不出的大文本：时代、社会、历史。"① 应该说，这样一种现实关怀体现了中国形式主义文论一种积极的历史意义，但另一方面，我们也应该看到，其积极意义又是有限的，因为与之相伴随的是文学急剧的"向内转"，外部的现实生活不再能够以现象化的认知再现的方式进入文学，这样，主体的生命体验与文本的形式建构就都失去了现实的依托，文学理论的现实关怀也就在无形中被削弱了。

---

① 程文超：《意义的诱惑》，时代文艺出版社1993年版，第93页。

如果说李劼等人对以语言为中心的形式主义理论的推进主要是基于先锋小说的创作经验，那么，这一时期的新潮诗歌同样也在呼唤一场语言形式的革命。新潮诗歌的代表人物韩东认为，卓越的政治动物、深刻的历史动物和神秘的文化动物是诗人必须摆脱三个世俗角色，这些世俗的角色屈从于肉体生存的逻辑，缺乏精神的超越性，因而只能为形形色色的意识形态代言，而远离了诗歌自身。在他看来，诗歌就是对毫无光彩可言的现实生存的超越，"诗人永远像上帝那样无中生有，热爱虚幻的事物，面向无穷尽的未来和未知"①。这样一个纯粹的精神世界也是一个由语言形式构成的世界："诗歌以语言为目的，诗到语言为止，即是要把语言从一切功利观中解放出来，使呈现自身。这个语言自身早已存在，但只有在诗歌中它才成为唯一的经验对象。"② 这一语言中心论的立场在新潮诗歌的重要流派非非主义那里表现得更为淋漓尽致。非非诗派的代表人物周伦佑说："语言是传统的主要负载者，集体意识的形态化便是通过语言实现的。"③ 这意味着要打破传统文化和意识形态对人的思想统治，就必须从语言形式的革命着手。因此，非非诗派主张"诗从语言开始"，要求语言还原，即清洗负载在语言之上种种语义污染，梦想创造出一种"逃避知识，逃避思想，逃避意义，超越逻辑，超越理性，超越语法"的纯粹语言。这种纯粹的语言在非非主义的主要理论家蓝马那里被指认为是一种前文化语言。在蓝马看来，文化语言总是约定代表着"别的什么"或表达着"别的什么"，它作为载体载荷着"别的什么"，因而是一种"有语义语言"。而前文化语言既不代表"别的什么"，也不表达"别的什么"，它作为本体，不载荷"别的什么"，因而是一种"无语义语言"④。这是一种

---

① 韩东：《三个世俗角色之后》，载《百家》1989 年第 4 期。
② 韩东：《自传与诗见》，载《诗歌报》1988 年 7 月 6 日第 3 版。
③ 周伦佑：《变构：当代艺术启示录》，载 1986 年 7 月《非非》创刊号。
④ 参见蓝马《前文化导言》，载 1986 年 7 月《非非》创刊号。

典型的纯诗理论，它通过分离能指（语言形式）与所指（社会历史文化内涵），使诗歌成为放逐意义的语言游戏，以此拒斥意识形态对诗歌的工具性利用，维护诗歌的审美独立。

正如在李劼等人那里，语言形式与情感表现难以分割一样，对于新潮诗歌理论来说，语言形式与生命体验也具有同构性。也就是说新潮诗论所追求的纯粹语言实际上并不是真的不负载任何意义，它所清除的只是那些遮蔽了本真生命的语义。所以韩东说写诗"不单单是技巧和心智的活动，它和诗人的整个生命有关。因此'诗到语言为止'中的'语言'不是指某种与诗人无关的语法、单词和行文特点。真正好的诗歌就是那种内心世界与语言的高度合一"[①]。李震在谈到以非非主义为代表的新潮诗歌的非文化文本的本体观时，也突出了生命本体与语言本体的统一性："生命体验、生命还原以及寻找生命形式的过程，实质上是一个语言过程，从语言始到语言终。"[②] 但是，由于新潮诗论所要求的是一种掏空了现实内容的原始语言形式，与之相对应的只能是生物性的本能冲动，它对处于变革时期的旧的僵化的社会体制和客体性的理性结构具有一定的破坏性，但却无力在个体与社会相统一的基础上构建新的主体性的人性结构。相比较而言，西方现代的生命美学是在启蒙现代性充分发展的历史基础上发展起来的，体现了对日益膨胀的工具理性的人文制衡，这和在一个向着现代转型的国家对理性不分青红皂白地否定是不可同日而语的。

总的看来，以反理性、反文化、反价值的生物本能对抗现实功利，实际仍没有超出古典主义美学客体性原则的制约，不可能真正解决审美独立性问题。我们看到，90年代以后沿着新潮诗歌的发展方向分化出来两类诗歌，一是走向欲望化、色情化的

[①] 唐晓渡、王家新编：《中国当代实验诗选》，春风文艺出版社1987年版，第203页。

[②] 李震：《从文化文本到非文化文本》，载《艺术广角》1989年第5期。

"下半身"写作，一是走向玄学化、知识化的学院派写作，诗歌局限于一个狭小的天地，或自娱自乐，或孤芳自赏，在审美封闭中陷入了重重危机，而这早已在80年代中后期新潮诗歌的理论与实践中就已经埋下了伏笔。

3. 激进的形式主义理论对现实和主体的解构

如果说上述对于文学语言形式本体的建构还没有完全抛弃主体的情感表现，因而具有一定的现实内容；那么，在持更为激进的形式主义观点的批评家看来，语言形式就是一切，主体和现实都是被语言形式所决定的。比如吴亮就直截了当地指出："艺术就是那个叫形式的事物的另一名称，它纯粹是形式，绝非是'有意味的形式'。一旦人们开始谈论某形式的'意味'，他们就把形式引渡到形式之外，也就是引渡到艺术之外了。"① 正是基于这一极端形式主义的立场，吴亮甚至把自己的文学批评活动变成了一场与作家进行博弈的智力游戏，在那篇著名的阐释马原小说叙事圈套的文章中，他颇为自负地说："我想我有理由对自己的智商和想象力（我从来不相信学问对我会有真正的帮助）表示自信和满意；特别是面对马原这个玩熟了智力魔方的小说家，我总算是找到了对手。"② 在这篇文章中，他通过分析马原小说的叙述方法，表明了自己对纯粹形式的迷恋。他说："马原小说的主要意义不是叙述了一个（或几个片段的）故事，而是叙述了一个（或几个片段的）故事。马原的重点始终是放在他的叙述上的，叙述是马原故事中的主要行动者、推动者和策演者。"③ 在此，传统理论关于叙述形式与故事内容之间手段与目的的关系发生了颠倒，也就是说，"'事'不再是'叙'的目标，而只是

---

① 吴亮：《冥想与独白：文学的、非文学的》，载《文学角》1988年第1期。
② 吴亮：《马原的叙事圈套》，载《当代作家评论》1987年第3期。
③ 同上。

使'叙'成为可能的介质，为叙而叙的纯粹叙述艺术才是小说所要展示的东西，也是使小说成其为小说的东西"①。既然叙述形式对于小说艺术具有决定性的意义，那么小说所再现的现实世界就显得无足轻重了，现实主义理论所特别注重的艺术真实问题在此自然就被消解了。

不同于吴亮从叙述形式的角度否定小说的客观现实性，李洁非和张陵从结构主义语言学的角度对于文学"再现现实"的观点提出了反诘。在他们看来，所谓的文艺"再现真实"只是一个古老的幻觉，因为"人们从文学艺术中所见到的，必定只是语言事实而非自然事实。……语言与实在不可能存在完全'同构'关系"。"艺术中所谓的真实，实际只意味着真实被置于一定规则与结构（归根结蒂即是艺术的语言或符号结构）加以叙述而已，一件作品的实在性最终亦只是它叙述方式的实在性。"②从这一结构主义语言学的观点出发，一切都逃不出语言的牢笼，不仅实在世界的客观真实性被消解了，而且意志主体的主观能动性也被取消了。因为意志主体要受制于语言结构，这就意味着不是"我"说语言，而是语言说"我"，换言之，是"语言'介入'主观意识活动，而不是主观意识'介入'语言"。"叙述，若直接看来，似乎是主体（叙述人）自由说话的过程，但在不知不觉中，语言早已支配了这个过程及其中的主体，使每一段话语以至单词都纳入了语言自身的结构和规律。"③ 这种消解主体与现实的极端的语言本体论成为90年代初期兴起的后现代主义文论的主要理论基础。

后现代批评的代表人物陈晓明认为，传统的现实主义文论和

---

① 余虹：《解构批评与新历史主义——中国文学理论的后现代性》，载《海南师范学院学报》2000年第4期。

② 李洁非、张陵：《"再现真实"：一个结构语言学的反诘》，载《上海文学》1988年第2期。

③ 同上。

西方现代文论呈现出两种截然不同的文学观念,前者以反映论为理论基础,所有对文学的理解和阐释,都要到现实生活中寻找依据。后者"把这种逻辑起点移到作品文本内部,文学是语言的构造物,文本的语言事实存在就构成了文学作品的本体存在"①。在陈晓明看来,从来不存在什么客观的"现实",所谓的"现实"不过是人们虚拟的某种观念。"现实确实存在过,可是现实什么都不是,一旦现实'是'什么,那么现实就观念化了……正是在当代各种文化冲撞、观念选择陷入不可抉择的困境时,思想的参照系错乱无序,'共同语言'被瓦解,因而统一的范型维持不下去了。"② 因此,中国当代文论必须从传统的现实主义文论转向西方现代文论,寻找新的逻辑起点,建立文学的本体观。他强调指出:这种理论范型的替代"并不是理论视野的开拓,而是理论视角的转换,思维方式的改变,思维层次的跃进"③。正是基于这一观点,陈晓明对于先锋小说的形式革命倾注了极大的理论热情,他热衷于借助解构主义的理论剖析先锋小说的叙事转换、语言经验、叙事变奏、叙事策略、抒情风格等语言形式方面的创新,深入挖掘其后现代性的因素。在他看来,先锋小说是在总体性意识形态溃散的历史背景下出现的,终极性价值无可挽回的失落导致了现实立足点的崩溃,"艺术不再是对生活的阐释,不再是超越生活的审美空间……只是一次过程,一大串语词的游戏,一大堆生活碎片的拼凑娱乐"。先锋小说以各种不同的方式所进行的拆解意义深度的形式探索,"预示着文学的还原:回到了写作和叙述本身,回到了故事和感觉,回到了语言的平面"。写作"只是面对语词的一种个人行动,一种叙事过程,在那里写作的主体已不复存在,或者说它也进入文本成为一个因

---

① 陈晓明:《理论的赎罪》,载《文学研究参考》1988 年第 7 期。
② 陈晓明:《文学的巴比伦塔已经倒塌》,载《文学研究参考》1988 年第 9 期。
③ 陈晓明:《理论的赎罪》,载《文学研究参考》1988 年第 7 期。

素"①。于是，先锋小说的写作就成为一种无主体的话语欲望的涌流，一种能指无限滑动而所指无所归依的语词游戏。对于这样一种形式主义的写作，陈晓明的态度显得有些复杂，一方面，他高度赞赏形式革命所表现出来的创造性活力，以及在文学史上所取得的前所未有的艺术成就和无可置疑的艺术高度；另一方面，又对其前景忧心忡忡，认为这不过是文化溃败时代的历史产物，其现实性的内容主要表现在"政治无意识"的意义上对总体性意识形态的反抗，而时代的变迁很快就耗尽了这一积极的历史意义，于是，先锋文学的形式主义探险所取得的成功，就成了文学最后一次回光返照，它无力挽救文学失败的命运②。

如果说，在陈晓明那里，对先锋小说形式革命激情洋溢的理论阐释中总是夹杂着悲观的调子，那么，在另一位后现代主义的倡导者张颐武那里，就只有毫无保留的肯定了。张颐武认为，五四以来的中国思想中存在着不可动摇的历史信念，这种历史信念有两个基本支柱，一个是历史真实性的信念，一个是历史决定论的信念。前者"忽略语言作为符号系统所具有的随意性和虚幻性，往往把历史的记载和叙述当成确定无疑的'历史真实'。语言与实在，历史叙述与真实发生的历史事件从不进行必要的区分。把自己的历史阐释作为唯一的合法的'真实'"。后者"执著于某种此事引起彼事的因果的概念游戏，而把这种决定论视为一种真实存在的现实"③。这意味着在张颐武那里，现实是不可再现的，历史是没有规律的，所谓现实的真实性与历史的必然性都不过是语言叙述的幻觉，这样一种典型的解构主义语言本体论实际上彻底取消了现实主义文学存在的合法性，而实验小说的出现正表明了中国当代现实主义文学模式的终结。不仅如此，张颐

---

① 陈晓明：《无边的挑战》，时代文艺出版社1993年版，第43—45页。
② 参见陈晓明《无边的挑战》的结语部分《文化溃败时代的馈赠》，时代文艺出版社1993年版。
③ 张颐武：《理想主义的终结》，载《北京文学》1989年第4期。

第三章 审美的纯化：理论的兴盛与危机

武还认为，五四以来关于"人"的整体构想同样也是虚幻的，在实验小说中，"任何'主体性'的顽强信念，都消解于一片无始无终的叙述之中"①。这样，现代主义审美的、超越性的话语也就失去了意义。于是，在张颐武的后现代表述中，现实性与现代性的话语同时终结了，写作成为一种欣快的语言行为，不论是政治与现实的激情，还是审美与艺术的纯粹，都被主体无法控制的语言叙述所一笔勾销。

应该说，陈晓明、张颐武等人采用解构主义的语言策略所阐发的后现代主义文学观，对于长期以来强调语言形式工具性的中国当代主流文论来说不无启示意义，语言形式的自觉理应成为中国文论审美现代性追求的重要目标。但是后现代的激进的语言形式本体论又有矫枉过正之嫌。实际上语言的本体性并非是不言自明的真理，它相对于现实和主体的优先性是值得讨论的。正如李泽厚所说："语言重要，但语言并不是人的根本。语言是人不可缺少的工具，离开语言人就无法生存。人通过语言使自身更加丰富，更加多彩，但语言不能代替人本身。"② 在语言与人的生活之间，恐怕后者才是更根本的。

当主体与现实都在语言的洪流中化为乌有的时候，也就意味着其积极的历史意义已丧失殆尽。文学作为脱离客观现实、拒斥主体建构的语言游戏，与广阔的外部世界和深邃的心灵世界都失去了关联，审美现代性在主客观两个方面都失去了发展的可能。

在西方，后现代主义对现代性的反思批判是在现代性充分展开的基础上进行的，与其说是对现代性的否定，不如说是现代性的自我矫正；与其说是现代性的断裂或终结，不如说是现代性的延续和发展。当然，后现代主义通过语言解构的方式对于资本主

---

① 张颐武：《理想主义的终结》，载《北京文学》1989 年第 4 期。
② 参见刘再复《李泽厚美学概论》，生活·读书·新知三联书店 2009 年版，第 118 页。

义现代性的批判又是有限的，它不可能动摇现有的体制。伊格尔顿在谈到作为后现代主义哲学基础的后结构主义理论兴起的历史背景时曾指出，它是"1968年那种兴奋与幻灭、斗争和平息、狂欢和遭难的大起大落的产物。由于无法砸碎国家机器的结构，后结构主义倒发现可以将语言的结构颠覆"①。也就是说，从街头的政治斗争退回到书房的语言游戏，在解构主义理论激进的姿态背后，隐藏着的其实是失败的无奈。当解构主义沉浸在放任自流的语言的欢乐中，把客观现实、真理和主体都视为陈腐不堪的本质主义话语和传统形而上学的残余而予以清除的时候，它也就在虚无中抽空了自己立足的基础，从对不合理现实的激进批判转向了可悲的屈从。正如伊格尔顿所尖锐批评的："否定在话语和实在之间、在实行大屠杀和谈论大屠杀之间存在着任何重大差别，除了其他事情之外，就是把这种状态合理化。"② 对于文学艺术来说，解构主义理论从语言中心论出发对文本和话语的崇拜，使其丧失了与现实生活的积极互动，陷入了一种审美的孤立。正如美国批评家格拉夫在论及后现代激进的反现实主义美学时所指出的："通过放弃共同的语言概念，这一美学使艺术和社会之间的分裂更加严重，使艺术软弱无力和异化的趋势得以延续。艺术越是强烈地颠覆客观的意识、艺术的再现观、共同化的语言，就越是确保了它们的边缘化和无害化——这种状况反过来又刺激了艺术再次去颠覆客观知觉、再现和共同语言的状态。以不妥协为目标，艺术最终和它科学的、商业的、功利主义的对手们勾结在一起，从而确保了艺术的微不足道。"③艺术脱离生活

---

① 特里·伊格尔顿：《文学原理引论》，刘峰等译，文化艺术出版社1987年版，第169页。
② 特里·伊格尔顿：《后现代主义的幻象》，华明译，商务印书馆2000年版，第24页。
③ 杰拉尔德·格拉夫：《自我作对的文学》，陈慧、徐秋红译，河北人民出版社2004年版，第111—112页。

的这种审美孤立的状态实际上正体现了消费社会的功利主义的强大力量,因此,后现代激进美学很容易跨越雅俗的界限,从审美自足的形式主义转向商业功利性的消费主义。这表明即使在西方,现代性也是一个远未完成的过程。后现代主义对于现代性的批判并非无的放矢,一无所获,但显然不可能一劳永逸地解决所有的问题,相反,还暴露出了新的问题。而当这一新潮的理论进入中国语境的时候,情况就显得更为复杂。一方面它促进了前现代的压抑性机制瓦解,推动了社会和文化的转型,具有积极的历史意义;另一方面,它又对刚刚起步的现代性进行了否定,结果陷入了虚无主义的深渊。从文学的理论与实践方面来说,中国的后现代主义对于理性认知、语言再现和主体自我的毁弃,进一步加剧了体现着审美客观性的现实主义文学的衰落。

我们看到,从80年代中后期一直持续到90年代的形式主义文论,越来越沉溺于语言符号的自足世界不能自拔,那些难以摆脱的历史重负,那些复杂多变的社会现实,那些激烈动荡的心灵冲突,最终都在语言能指的狂欢中失去了意义。在中国这样一个处在现代性发展起步阶段的国家,形式主义的探险注定摆脱不了古典主义的纠缠,当那些回避现实功利的语言游戏因失去了与社会生活的有机联系而显得日益空虚无聊时,透过形式主义文论时髦的理论装饰,我们不难从中辨识出古代审美意识的封闭性特征。

第四章

市场语境下审美的泛化与消解

在经历了80年代末重大历史事件后遗症所造成的意识形态紧张和思想文化的沉寂之后，1992年开始启动的更为全面深入的市场化进程，在深刻改变中国社会面貌的同时，也使中国当代文化的格局发生了转折性巨变，逐渐形成了以政治意识形态为导向的主旋律文化、以思想启蒙为主题的知识分子精英文化和以消费主义为中心的大众文化这样三分天下的总体格局，呈现出一种众声喧哗、多元共生的杂语复调状态。不过这三方面并没有达成一种理想的平衡，其中，异军突起的消费主义大众文化与利益至上的实用主义政治在"文化搭台，经济唱戏"的旗号下结为同盟，成为新时代的文化主流，而知识分子精英文化则被排斥到市场的边缘面临无人问津的尴尬。在这样一种社会文化背景下，90年代的文艺实践也呈现出不同于80年代新的态势。其中最引人瞩目的现象就是通俗文学在强势的消费主义文化支撑下迅速勃兴，与此同时，政治主旋律文学在体制的庇护下也仍可继续占据一席之地，唯有以思想启蒙和审美自律为诉求的"纯文学"面临深刻的生存危机。

80年代末90年代初，新生代诗歌与朦胧诗的两位具有代表性的天才诗人海子和顾城相继自杀身亡，此后，又有戈麦等数位诗人步其后尘弃绝生命，以触目惊心的方式将"纯文学"的困境呈现于人们面前。1992年，新时期"纯文学"的重要作家贾平凹在市场炒作的喧嚣声中出版了一时洛阳纸贵的长篇小说《废都》,这是一部具有作家本人精神写照性质的作品,其主人公作家庄之蝶作为80年代伟大辉煌的文学主体的象征,在人欲横流的90年代完全迷失了自我,只能通过征服女人这样自恋狂式的方式才能得到虚幻的满足与自信,这同样喻示了知识分子精英文化的溃败和新时期"纯文学"黄金时代的终结。实际上,早在1988年,新时期文学的另一位代表作家王蒙就已经认识到社会转型对于文学的深刻影响,作出了"文学失却轰动效应"的判断,预示着进入90年代之后,曾在新时期占据主导地位的"纯文学"将无可挽回地走向式微。

90年代初期的"人文精神"讨论就是在这样的背景下展开的,这次讨论表明,80年代形成新启蒙主义思想的统一战线在消费主义的语境中已经走向瓦解,在此之后,那些坚持人文精神的批评家,借用法兰克福学派的理论对消费性的大众文化进行了激进的批判,然而,由于他们对80年代主导性的理论范式缺乏必要的反思,仍然受到纯化的审美主义思潮的影响,其审美的批判就难以有效地与急剧变革中社会现实发生有效互动。

如果说在80年代,"纯文学"形式主义的语言实验与神秘主义的情感表现还被政治无意识赋予了一定的现实内容,那么,到了90年代,随着语境的转换,其积极的历史意义丧失殆尽,而它与现实生活隔绝的弊病则暴露无遗,在消费主义狂潮的冲击下,一方面,形式主义探险因乏人问津而偃旗息鼓;另一方面,内心情感的表现则或是走向神秘主义的个人心理体验,或是发展为奇观化的肉体欲望宣泄,前者因孤守封闭的心灵而显得落落寡合,后者则在成为市场消费的宠儿的同时却也失去了"纯文学"的基本特质。显然,90年代审美文化研究的发展和新世纪日常生活审美化理论的提出,都与上述"纯文学"艺术实践的困境及其背后纯化的审美文论的危机直接相关,其理论建构的出发点就是为了使审美从孤立封闭的空灵境界回归到滚滚红尘的世俗生活,这当然是与时俱进,顺应了消费主义的时代潮流,但是,当审美被理解为是对于商品漂亮的外观感官欲望消费的时候,实际上在审美泛化的同时,审美的独立也被消解了,审美对现实的深刻认知以及反思批判能力也都无从谈起了。有鉴于此,为了走出"纯文学"困境,克服纯化的审美文论的危机,就要求文学既要从狭小封闭的内心世界走向广阔深厚社会生活,同时又不能一味迎合消费主义意识形态,这就提出了文学的公共性或广义的政治性的课题,新世纪以来,关于"纯文学"的反思,以及文化研究的兴起,都可看作是对这一课题的回应和解答。新世纪文论之这一新的应对策略,一方面借用政治经济学、社会学、文化理论等多种学科的思想资源,极大拓展了理论视野;另一方面,审美问题却在这一视野中销声匿迹了,表明审美性与功利性相统一这一审美现代性的历史课题仍远未解决,新世纪中国文论未来的发展任重而道远。

一 社会转型与大众文化批判中的审美主义倾向

1. 文学格局的变化与人文精神讨论

90年代有中国特色的市场经济体制的确立对于原有的文化与文学格局产生了巨大的冲击,1993年开始持续数年的人文精神讨论反映了人文知识分子群体在新的历史形势下的困惑与分化。这次讨论的缘起来自上海几位文学学者对当时恶劣的文学生态的强烈不满和言辞尖刻的批评。讨论的发起者王晓明认为,文学的危机已经非常明显,一股极富中国特色的商品化潮水几乎要将文学界连根拔起。他指出,这一文学的危机"不但标志了公众文化素养的普遍下降,更标志着整整几代人精神素质的持续恶化。文学的危机实际上暴露了当代中国人人文精神的危机,整个社会对文学的冷淡,正从一个侧面证实了,我们已经对发展自己的精神生活丧失了兴趣"①。同时,他也对80年代后期文学从理想主义的立场后退的倾向进行了批评,认为先锋小说的写作重心从故事、主题和意义等内容方面向叙述、结构和技巧等形式方面的转移,新写实小说所表现出来的平静冷漠的叙述态度,以及当时文学创作所流行的嘲讽亵渎风气,都有"一种共同的后退倾向,一种精神立足点的不由自主的后退,从'文学应该帮助人强化和发展对生活的感应能力'这个立场的后退,甚至是从'这个世界确实存在着精神价值'这个立场的后退"②。其他几位讨论者也对王朔小说调侃一切的虚无主义和张艺谋电影形式主义背后的陈腐观念进行了批评。

在批评王朔、张艺谋、贾平凹等作家精神堕落,向市场献媚的同时,人文精神的倡导者把高举道德理想主义和审美浪漫主义旗帜的作家张承志和张炜立为人文精神的标杆加以称颂。被称为精神圣徒的张承志,宣称自己要"以笔为旗",做一个流行时代的异端。他呼唤古代"清洁的精神",希望以此荡涤当今文坛的污泥浊水。他把自己的思考看作是一种"无援的思想",认为"今天需要抗战文学。需要指出危险和揭破危机。需要自尊和高贵的文学"③。与张承志并称"二张"的张炜对当时"纯文学"的低落提出了自己的看法。与一般的理解不同,他认为所谓的"纯文学"并非是一种形式上的界定,它主要是指主题指向的严肃和重大,在这个意义上,"纯文学"的消沉就与社会转型时期人的精神萎靡有关:"物欲如果被倡扬得过分,精神上就必然被忽略。精神侏儒多了,纯粹的艺术家就会沉寂。"④ 他质疑那种

---

① 王晓明、张宏、徐麟、张柠、崔宜明:《旷野上的废墟——文学和人文精神的危机》,载《上海文学》1993年第6期。
② 同上。
③ 张承志:《无援的思想》,载《清洁的精神》,安徽文艺出版社1994年版,第145页。
④ 张炜:《文学是生命的呼吸——与大学生对话录》,载《作家》1994年第4期。

以精神与自然环境的破坏为代价的现代化进程,认为:"与其这样,还不如再贫穷一点,那样大家也不会被坏人气成这样。大家都没有安全感,拥挤、掠夺、盗窃,坏人横行无阻……大多数人被欺负得奄奄一息的那一天,'现代化'来了也白来,我可不愿这样等待。"① 正如张承志从其所皈依的哲合忍耶教和西北边疆淳朴的穷苦百姓那里获得了精神力量,张炜也在野地、乡村、葡萄园和善良的农民那里找到了自己灵魂的归宿。

王蒙等人不同意人文精神的倡导者对于市场化的社会转型诱发人文精神失落和文学危机的看法。在他看来,作为一个外来词,人文精神就是指西方的人文主义或人文科学,是一种以人为主体,以人为对象的思想,可以视为是一种对人的关注。在这个意义上,中国当代从来没有过人文精神,根本谈不上什么失落。有的只是"伪人文精神","它的实质是唯意志论唯精神论的无效性。它实质上是用假想的'大写的人'的乌托邦来无视、抹杀人的欲望和需求。它无视真实的活人,却执着于所谓新型的大公无私的人"②。显然,王蒙与人文精神的倡导者对人文精神内涵的理解有着重要的差异,他们一个重视世俗化的日常生活和感性生存的基础,一个强调超越性的精神世界和理性价值的实现,一个针对政治意识形态的神话,一个针对市场消费主义的狂潮,实际上各自突出了现代性思想的一个方面的内容。

从根本上说,在现代性所塑造的主体性的人性结构中,感性与理性不应在分化中趋向于分割断裂,而应在追求更高的人性境界的历史实践中趋向于融合统一。但从 20 世纪中国现代性的历史进程来看,感性欲望与理性精神这两个方面确实存在着一定的紧张。五四以人道主义、理性主义为核心的启蒙思想对传统礼教

---

① 张炜:《文学是生命的呼吸——与大学生对话录》,载《作家》1994 年第 4 期。
② 王蒙:《人文精神问题偶感》,载《东方》1994 年第 5 期。

和专制政治的激进批判，对个性自由的热烈追求，一方面包含着感性解放的丰富历史内容，另一方面也有着拒绝凡庸世俗生活的倾向，体现在文学实践方面，就是自五四以来形成的新文学传统一直排斥消闲娱乐性的通俗文艺，使其难以登上文学史的大雅之堂。

1949年以后，全能主义的政治意识形态既清除了启蒙思想，又压制了世俗生活，人的理性思考和感官快乐的权利都被剥夺了，中国现代性的发展由此遭遇了重大挫折。因此，新时期开始重新启动的现代性的历史进程在思想文化层面首先需要的就是政治的祛魅，这与西方现代性开始阶段启蒙思想对宗教的批判具有相同的历史意义。从70年代末到80年代，中国的新启蒙主义思潮与变革中的政治力量，以及重新浮出历史地表的市民大众文化结成了同一阵线，共同参与瓦解那种高度僵硬的政治一体化的社会体制。因此，新时期的新启蒙主义思潮不再像五四启蒙主义文化那样对市民通俗文化不屑一顾，而是将其纳入了自己的话语体系中。邓丽君、李谷一的流行歌曲，金庸、琼瑶的武侠、言情小说与伤痕文学、朦胧诗、星星画展一起成为感性解放的标志，这也是80年代"美学热"兴起的重要原因。正如赵士林所说："感性的解放和思想的解放相互激荡，给中国社会带来了无穷的想像与渴望。作为学术的反应，和文艺最近、以感性生活——情感现象为研究对象、同时又以当时最眩惑人的字眼'美'来命名学科的美学首先热起来……体现久违因而倍感新鲜的生命冲动、原始欲念、情感宣泄、时尚追求的社会潮流、文化氛围、艺术风格，都带点畸形地凝聚于'美'的想像、渴望与追逐中。美是自由的快感！美学，十分自然地成为感性解放的升华渠道、成为时代欲求的理论旗帜，至少当时的学子们这样理解它，这样期待它。"[①] 也就是说，这一时期的审美意识体现着社会精英与

[①] 赵士林：《对"美学热"的重新审视》，载《文艺争鸣》2005年第6期。

普通大众共同的精神诉求，包含着深刻的思想启蒙内容。也正是在此意义上，我们把审美现代性看作是启蒙现代性的重要组成部分。从社会学的角度来看，这是现代性起步阶段社会分层尚不明显的结果，处于萌芽期的市民大众文化还不可能取得话语权，其价值取向只能通过知识分子的启蒙话语得到曲折的表达，于是，原本属于大众流行的元素被赋予了先锋的意味。

进入 90 年代，特别是在 1992 年之后，随着市场化步伐的加快，依托于市场经济并取得了政治合法性的市民大众文化迅速崛起，它的生存和发展不再需要借助启蒙话语的支持，其释放出巨大的能量让退居时代边缘的启蒙思想黯然失色。在这样的历史背景下，人文精神的倡导者试图通过对市民大众文化商业化、粗鄙化和价值虚无主义倾向的批判，坚守住启蒙思想的阵地。而对于王蒙等质疑市场经济导致人文精神失落这一看法的人来说，在市场经济基础上兴起的大众文化尽管存在种种不尽如人意之处，但它对于假大空的意识形态话语具有解构功能，总的来说是利大于弊，应更多予以支持而不是批判。因此，王蒙对于这一时期弄潮于市场的文化英雄王朔在其文学创作中躲避崇高、亵渎神圣的做法表示了由衷的赞赏，认为王朔所谓的"玩文学"，"正是要捅破文学的时时紧绷的外皮"，"撕破了一些伪崇高的假面"[①]。新时期文学的另一位代表作家刘心武也与王蒙持类似的看法，认为社会转型期中市场经济的良性效应大大超过负面效应，文化市场虽有"粗制滥造、低级浅薄乃至越线犯规的贩'黄'渲暴一类文字垃圾，但那并非全景，更非主流。总体而言，应说是乱花迷眼、姹紫嫣红，是空前的美景佳象"[②]。因而，他主张作家艺术家首先要"直面俗世"，才能在转型期的中国找到一个坚实有力的位置。李泽厚也同意王蒙的意见，认为伴随着市场经济而

---

① 王蒙：《躲避崇高》，载《读书》1993 年第 1 期。
② 刘心武：《直面俗世》，载《中华读书报》1995 年 4 月 5 日第 1 版。

来的文化的商业化现象，在当前并不是坏事，"它是消解正统意识形态的最好途径，它不声不响地、静悄悄地在消解和改变人们的价值观念、生活方式、行为准则，在侵蚀、瓦解统治了几十年的社会观念体系、意识形态；由于它与市场经济、现代经济生活密切联系在一起，所以最有力量，也最有效果，比'精英'们的政治批判强多了"①。李泽厚是70年代末至80年代中国最重要的启蒙思想家和美学家，而王蒙和刘心武也都是引领这一时期"纯文学"潮流的中坚人物，他们与人文精神倡导者的分歧反映了在新的历史形势下新启蒙主义思想阵营内部的分化。

　　对于人文精神的质疑不仅来自启蒙思想内部，同时也受到了新兴的后现代理论的冲击。在陈晓明看来，知识分子所倡导的人文精神，只不过是他们"讲述的一种话语，与其说这是出于对现实的特别关切或勇于承担文化的道义责任，不如说是他倾向于讲述这种话语，倾向于认同这种知识"②。陈晓明借用福柯的话语理论，梳理了人文精神的知识谱系，以及它所蕴含的权力意志，指出知识分子通过人文精神的知识和叙事，将自己指认为民众的启蒙导师、历史的主体和超越性的文化精英，其实只是一种幻觉。张颐武也运用后现代和后殖民的理论分析了人文精神的神话性质，指出它在两个方面陷入了困境。首先，"'人文精神'被赋予无限的力量，变成不能质疑的神圣的'主能指'。……这显然不是某种新的话语形式的生成，而是将'现代性'话语的历史具体性加以抹擦后强烈的神学冲动，它仍然是能指/所指、语言/实在间完全同一性幻想的结果，'人文精神'确立了掌握它的'主体'不受语言的拘束而

---

　　① 李泽厚、王德胜：《关于哲学、美学和审美文化研究的对话》，载《文艺研究》1994年第6期。
　　② 陈晓明：《人文关怀：一种知识与叙事》，载《上海文化》1994年第5期。

直接把握世界。这无非仍是80年代的'主体'、'人的本质力量'的神话的重复而已"①。在张颐武看来，人文精神这一现代性的话语，受到意识形态和历史语境的多重制约，深深陷入语言与权力的网络之中，根本不像其倡导者所宣称的那样具有绝对性、超越性和无限性。其次，张颐武认为，"人文精神"倡导者对于来自西方的启蒙思想的认同和祈求，仍然采用80年代中国知识界盛行的西方中心主义的思维方式，继续强化"赶超西方"、"走向世界"的神话，这实际上是落入了后殖民主义的陷阱之中而不自知。在以"后学"为武器对作为理论话语的人文精神进行解构的同时，张颐武也对以张承志和张炜等作家为代表的张扬人文精神的文学实践展开了批评，认为这是一种具有文化冒险主义倾向的新神学写作，它"以彻底否定今天的世俗日常生活为特征，变成了对普通人的日常生活的宗教式的否定，变成了与肯定人的欲望和正当物质精神要求的人文主义情怀极端对立的狂躁的神学精神。它导向了一种中世纪式的对于现代文明的否定性的表述，它显示了对于市场化与全球化的进程的恐惧与逃避的情绪"②。显然，在陈晓明和张颐武这样的"后学"理论家眼中，在思想文化层面，现代性已经终结了，植根于现代性的启蒙话语"有如老式唱机发出的声音"③，除了满足孤芳自赏的知识分子的怀旧心理之外，对于沉浸于市场狂欢中的大众来说毫无意义。那些站在启蒙立场对市民大众文化的口诛笔伐，就像"唐吉诃德的狂吼"④，显得

---

① 张颐武：《选择的挑战：当下批评理论发展的两种趋向》，载《天津社会科学》1995年第5期。

② 张颐武：《人文精神：一种文化冒险主义》，载《光明日报》1995年7月5日第7版。

③ 陈晓明：《填平鸿沟，划清界限——"精英"与"大众"殊途同归的当代潮流》，载《文艺研究》1994年第1期。

④ 张颐武语，参见陈晓明、张颐武等《文化控制与文化大众》，载《钟山》1994年第2期。

荒唐可笑。应该说，在经过数百年积累现代性体制极为稳固的西方，后现代、后殖民理论对于现代性的僵化片面方面的解构批判是具有价值平衡意义的，这并不是对现代性的简单拒绝，而是应看作是现代性的自我调整。也正是在此意义上，哈贝马斯说，西方的现代性也仍是一项未完成的事业，一项未竟的课题。至于在现代性刚刚起步的中国，却断言现代性已成过往云烟，嘲笑启蒙思想的陈旧过时，则更是一种脱离具体语境的理论误用。当然，这并不意味着在中国就不能发展"后学"理论，只是它不能成为否定现代性的依据，而应看作是现代性的自我发展。在这个意义上，后现代性是内在于现代性之中的，借用后现代理论家利奥塔的话来说："后现代是属于现代的一个组成部分。"①

2. 大众文化批判中的审美主义倾向

进入 90 年代，中国现代性的发展呈现出不同于 80 年代新的特征，一方面是市场经济的深化带动了生产力的进一步解放，物质财富急剧增长；另一方面，政治制度与思想文化建设明显滞后，这样一种不平衡的状态表明，中国的现代性需要在发展中不断校正自己前进的步伐。在这样的历史背景下，经历了内部分化和外部冲击的启蒙思想，为了推进 80 年代的未竟之业，将批判的火力对准了随着市场经济而兴起的市民大众文化，这一批判主要借鉴了德国法兰克福学派的理论，表现出明显的审美主义倾向。

陶东风是最早从文化工业的角度批判大众文化的学者之一，他在 1993 年发表的一篇文章中，将消费社会和大众传媒看作是现代大众文化两个主要指标，使之与传统民间的通俗文化区别开

---

① 利奥塔：《后现代状况：关于知识的报告》，岛子译，湖南美术出版社 1996 年版，第 207 页。

来。在陶东风看来，大众文化的生产方式与工业生产方式一样，具有标准化、复制化、批量化的特点，它以经济效益为价值核心，其生产目的是创造市场交换价值，满足大众的消费需求。从这些方面可以看出，作为文化工业的大众文化是现代科技与人的欲望相结合的产物，它使文化彻底商品化了，这必然会损害作为文化重要组成部分的文学艺术的审美价值："如果说文化生产的最高价值原则过去一直是人的精神的自由、人的全面发展以及对现实的强烈的批判精神，艺术家将审美规律奉为创作的'上帝'；那么当代大众文化的生产则将总是试图效益原则放在首位，受制于市场的供求关系。……当艺术家的精神个体性和创造自由性与效益原则发生矛盾时，他将放弃前者而屈从于后者。"① 这意味着大众文化产品都是批量复制的、模式化的、一次性消费的文化快餐，文学艺术所应具有的深度意义、批判精神、超越维度和审美独立在此完全无从谈起。

张汝伦也从类似角度对大众文化的弊端进行了分析，作为人文精神的主要倡导者之一，他对大众文化的批判可以看作是人文精神讨论的继续。张汝伦在文章中首先对大众文化这一概念进行了澄清，指出这里所说的"大众"是一个哲学和社会学术语，与政治意义上的"群众"不是同义词，它是现代理性化、科层制的工业社会的产物，是所谓"现代性"的典型问题和表现。张汝伦认为，现代大众文化也不同于传统的民间文化，在他看来，近代社会之前的民间文化虽受制于政治经济制度，但仍保持着一定的自发性和独立性，是一种以追求人自身完善的文化；而现代大众文化的本质特征则是"平庸，无聊，看似自由，实则压抑；表面张扬个性，实则敉平个性；好像民主，实际反民

---

① 陶东风：《新"十批判书"之三——欲望与沉沦：当代大众文化批判》，载《文艺争鸣》1993年第6期。

主"①。张汝伦援引阿多诺、马尔库塞、洛文塔尔等法兰克福学派理论家的论述,指出大众文化已成为现代社会的一种支配性权力,它无孔不入,渗透进了日常生活的各个层面,甚至侵入了私人领域,而"私人领域一旦被渗透,就宣告了独立自由艺术的取消。因为艺术从根本上说只能是私人地体验,公共地体验它实际上使它完全走样"②。这里突出了内向性的、私人化的审美体验与功利性的、无个性的大众文化之间的尖锐冲突。

如果说张汝伦对大众文化的批判隐含着他对人文精神的理解和提倡,那么,在尹鸿那里,就更为明确地提出要以人文主义的理想引导大众文化,反对以商业利润作为其最高标准,同时,他的文章也被认为是"运用法兰克福理论批评中国大众文化的代表性文本"③。尹鸿认为,进入 90 年代,大众文化迅猛发展,大有成为中国主流文化之势,相形之下,无论是权威的政治意识形态,还是启蒙主义的知识分子文化都难以与之抗衡。他归纳了中国的大众文化的特征:"在功能上,它是一种游戏性的娱乐文化;在生产方式上,它是一种由文化工业生产的商品;在文本上,它是一种无深度的平面文化;在传播方式上,它是一种全民性的泛大众文化。"④ 文章介绍了法兰克福学派与英国文化研究学派对大众文化的批判,主要内容涉及大众文化的商业化本质,其工业化的生产方式和意识形态的控制功能,它的美学价值的缺失和对高雅艺术的阻碍,以及它对接受者的消极影响、对社会文明的负面作用等。尹鸿借鉴了上述西方的批判理论,对大众文化进行了系统的批评,他指出,大众文化以其娱乐性为主体提供虚假的满足,使其沉溺于快感之中而遗忘了意义和生存本身;同时

---

① 张汝伦:《论大众文化》,载《复旦学报》1994 年第 3 期。
② 同上。
③ 陶东风:《当代中国的文化批评》,北京大学出版社 2006 年版,第 78 页。
④ 尹鸿:《为人文精神守望:当代中国大众文化批评导论》,载《天津社会科学》1996 年第 2 期。

又以其"非现实性"误导人们对现实世界的认知,强化逃避现实的心理倾向。而大众文化的千篇一律"复制性"则消解了人们的审美理想,"个性、创造力、批判热情、现实精神都消失殆尽。人们的艺术感觉、审美能力日益粗糙、退化,情感世界也会越来越枯竭,失去对生活的丰富性和多样性的热爱,失去对人生的独特体验,也失去创造世界的鲜活的情感动力"①。这里所采取的理论视角实际上仍未脱离80年代所构建的以情感表现为核心的审美体验论。

从类似角度批评大众文化的还有周宪,他认为大众文化的繁荣导致了审美想象力的衰竭,这种想象力"乃是审美文化主体的一种卓越的精神能力,它是对现实世界的发现和超越,是对被遮蔽的真的开启,是实在世界可能性的揭示与展现"②。在周宪看来,想象力体现着审美的超越性维度和无功利性特性,而中国大众性审美文化的发展趋势则是由虚构转向纪实,由表现性价值转向工具性价值,这两个方面都是想象力衰落的征兆。前一个方面表明这种文化受制于偏狭的日常生活经验而缺少富有想象力的虚构特性,后一个方面表明艺术与生活以及主体与对象之间想象性审美距离的消失,这是一种深刻的文化转变,"是从无功利的审美体验向功利性的当下满足和直接反应的转化,是从'陌生化'审美'震动'效果向日常生活的消费享乐主义的转化,一言以蔽之,是从想象性的表现价值向想象力衰竭的工具价值的转变"③。这种将虚构、想象与纪实、再现对立,以内心体验排斥现实功利的看法,实际上与80年代那种追求审美超越和审美自主的审美体验论是一脉相承的,其孤守内心的审美主义倾向及其

---

① 尹鸿:《为人文精神守望:当代中国大众文化批评导论》,载《天津社会科学》1996年第2期。
② 周宪:《大众文化的时代与想象力的衰落》,载《文艺理论研究》1994年第2期。
③ 同上。

危机在大众文化的冲击下显得格外引人注目。

　　类似的思路也体现在金元浦的文章中，他直接借用霍克海默和阿多诺提出的"文化工业"概念来指称中国当时正在蓬勃发展的大众文化，并对其复制、包装和推销的运作方式进行了分析。同时，他站在审美主义的立场，批判了文化工业的标准化和复制性对严肃艺术的背离以及所造成的价值危机。他把文化工业看作是传统艺术的对立面，认为它削平深度而拒斥审美，沉溺当下而消解历史，追求享乐而背离心灵，当代艺术的发展因此而受到严重威胁。在他看来，与文化工业不同，真正的艺术"是审美意味的广阔世界，它通过有限的形式，表现和传达深广无限的审美情致和审美韵味；通过外显的直接的艺术手段，抵达内隐的深层的生命体验"①。"艺术是塑造心灵的伟大事业，是人类陶冶涵咏美好情志的复杂工程，它闪现着理想主义神圣光彩，执着于人类感官彻底解放的乌托邦，它是在多层次的接受中追寻人性的超越之途。"② 显而易见，这里对艺术审美本质内向性、超越性的理解正是80年代盛行的审美体验论的主要内容。

　　从倡导人文精神到批判大众文化，反映了相当一部分知识分子在社会转型所带来的政治和经济的双重压力下，仍坚守80年代启蒙立场，面对商业化大潮进行着悲剧性的抗争。这一方面在思想文化层面对于中国现代性的片面发展有一定的制衡作用，其积极的历史意义值得肯定；另一方面，也有脱离历史语境、机械搬用西方理论之嫌，结果是多凌空蹈虚、大而无当的情绪化批判，少有深入大众文化肌理的具体分析。应该说，启蒙思想最重要的特质就包含着对自身的理论盲点不断地反思和批判，但这却恰恰是当时相当一部分坚持80年代启蒙立场的知识分子所缺乏的，这样，他们就不能随着社会历史语境的变化在理论上作出必

---

　　① 金元浦：《试论当代的"文化工业"》，载《文艺理论研究》1994年第2期。
　　② 同上。

要的调整，因而很难达到其有效推进启蒙现代性的初衷。这一点在他们运用法兰克福学派的理论从审美主义的角度进行大众文化批判时，体现得尤为明显。众所周知，在法兰克福学派那里，文化工业具有操纵和控制大众的意识形态功能，是巩固资本主义社会体制的重要力量。因而，阿多诺、马尔库塞等人都把打破意识形态幻觉，反抗不合理社会现实的希望寄托在与大众文化截然对立的先锋派的现代主义艺术之上。在阿多诺等人眼中，现代主义文艺为了与异化的现实相对抗，只能追求绝对的审美自律，并通过对现实的绝对否定而成为资本主义商品化汪洋大海中的一块审美飞地，一个具有审美救赎性质的乌托邦。这是一种混合着精英立场、悲观情绪和空想性质的理论，实际上连阿多诺本人都意识到他所推崇的艺术审美自律与其推动社会变革的政治立场之间的冲突，就像他所指出的："今天，在与社会的关联中，艺术发觉自个处于两难困境。如果艺术抛弃自律性，它就会屈从于既定的秩序；但如果艺术想要固守在其自律性的范围之内，它同样会被同化过去，在其被指定的位置上无所事事，无所作为。"[①] 在此，艺术陷入了功利性的消费主义与非功利的唯美主义的恶性循环，从这个角度来看，显然是对审美现代性的反动，是古代审美残缺与审美封闭在现代的变异，就像法西斯主义是对启蒙现代性的反动，是古代专制主义的现代变异一样。此外，以阿多诺为代表的法兰克福批判理论一个重要的理论局限在于没有对法西斯主义统治的德国与消费主义盛行的美国进行必要的区分，而是将两者等量齐观了，结果，这一植根于德国独特经验的理论一旦运用到对美国消费社会的批判就不再能够发挥出其原有的巨大能量。同样，当它作为重要理论资源参与对转型中的中国社会与文化进行审美批判的时候，其局限性也是显而易见的。它进一步强化了80年代以来向着内部回缩的审美主义的倾向，对于巨变的社会

---

① 阿多诺：《美学理论》，王柯平译，四川人民出版社1998年版，第406页。

现实缺乏有力的回应,最终不是推进了启蒙现代性的发展,而是使启蒙本身丧失了思想的活力。

二 消费主义转向:审美文化研究与日常生活审美化理论

1. 审美文化研究

面对 90 年代消费主义的大众文化的扩张,仅仅固守 80 年代的启蒙思想立场显然是远远不够的,无论是高蹈的人文精神,还是内倾的审美体验,都难以对新的社会历史情势和思想文化变迁作出有力的回应。从文学实践来看,80 年代中后期兴起的追求审美主义的"纯文学"持续低迷,取而代之成为新的主导范式的是依托于市场的通俗文学。这一变化在文学理论与批评方面也得到了反映,长期以来被启蒙主义的新文学传统打入另册的以消遣娱乐为本的通俗文学开始受到重视,著名武侠小说作家金庸甚至登上大雅之堂,被奉为小说大师[①]。这说明 80 年代形成的以心理体验和唯美形式为核心的审美主义的文学评价标准已经受到动摇。与此同时,"走出审美城"的呼声日渐强烈,人们希望打破孤立封闭的圈子,使审美能够包容新兴的大众文化,走向日常的世俗生活。在这样的背景下,审美文化研究开始成为 90 年代美学文艺学领域的一个重要潮流。

关于审美文化这一概念,有人曾试图从外国追根溯源,从目

---

① 在王一川主编的《20 世纪中国文学大师文库·小说卷》中,金庸与鲁迅、沈从文、巴金、老舍、郁达夫、王蒙、张爱玲和贾平凹 9 人被选为 20 世纪中国小说大师。尤为引人注目的是,在金庸入选并位列第四的同时,中国现代最重要的现实主义作家茅盾却落选了。参见《20 世纪中国文学大师文库·小说卷》,海南出版社 1994 年版。另外,从事中国现代文学研究的著名学者严家炎先生从 1995 年开始在北京大学开设"金庸小说研究"课程,后有专著出版,参见严家炎《金庸小说研究》,北京大学出版社 1999 年版。

前的材料可以知道，苏联的学者和德国的席勒、英国的斯宾塞以及意大利的德拉·沃尔佩都曾提及这一概念①，但这些外国学者的相关论述显然与中国 90 年代中期兴起的审美文化研究关系不大。作为一个美学范畴，审美文化在中国最早出现在叶朗主编的《现代美学体系》一书中，在这本出版于 1988 年具有教科书性质的美学著作中，审美文化是作为审美社会学的核心范畴提出来的，它是指人类审美活动的物化产品、观念体系、行为方式的总和，从其构成来看，审美只是文化大系统的一个子系统，它与政治、经济、道德、宗教、哲学、科技等其他文化子系统处在一种错综复杂的关联之中，互相影响，互相渗透②。此书还对审美文化的特性、动态过程和面临的当代课题进行了探讨，内容涉及审美文化的自律与他律，审美文化的生产、调节和消费，通俗艺术与严肃艺术，艺术的传统与反传统，现代科技与审美活动等，这些方面的内容在 90 年代审美文化研究中都得到了持续的关注。不过，显然不能因此就简单认为是叶朗等人的研究引发了审美文化研究的热潮，实际上 90 年代中国审美文化研究兴盛主要的动因来自这一时期以市场化为中心的社会和文化转型。正如王一川所指出的，在 80 年代，审美是一个纯粹的自律性的概念，"它被认为超然独立于政治、商业、伦理、日常生活等普通'文化'过程之外，具有自身的特殊逻辑和风貌"。"在 90 年代，基于多方面的原因，纯审美圣殿日渐颓败。审美从传统的纯审美圣地被播散到广泛而普通的文化过程中，更趋于生活化、实用化、通俗化和商品化。"③ 正是这种越来越普遍的以泛审美取代纯审美的

---

① 参见姚文放《"审美文化"概念的分析》，载《中国文化研究》2009 年春之卷。
② 参见叶朗主编《现代美学体系》，北京大学出版社 1998 年版，第 260—261 页。
③ 王一川：《审美文化概念简说》，载《上海社会科学院学术季刊》1994 年第 4 期。

趋势推动了90年代审美文化研究的兴起。

　　作为应对市场化的现代性进程和消费主义大众文化的学术话语，审美文化研究主要向着两个方向发展，一是坚持启蒙立场，对大众文化进行严肃的批判，这实际上是自觉地延续了80年代的审美主义思潮。二是为了克服审美纯化的危机，实现理论话语的转型，积极推动审美与消费性大众文化的融合，从而在客观上顺应了商业消费的潮流。就前一个方面而言，审美文化常常被等同于大众文化，或是法兰克福学派所提出的文化工业，如姚文放在《当代审美文化批判》一书中就认为："'当代审美文化'是一个特指概念，是指在现代商品社会应运而生的、以大众传播媒介为载体的、以现代都市大众为主要对象的文化形态，这是一种带有浓厚商业色彩的、运用现代技术手段生产出来的文化，包括流行歌曲、摇滚乐、卡拉OK、迪斯科、肥皂剧、武侠片、警匪片、明星传记、言情小说、旅行读物、时装表演、西式快餐、电子游戏、婚纱摄影、文化衫等等。"[①] 此书主要从消费文化、快餐文化、广告文化、都市文化、青年文化和文化工业等方面来理解当代审美文化的本体构成，同时，立足于现代人文精神和理想，对当代审美文化的负面影响展开系统的分析和批判，其中不难看出法兰克福学派批判理论的深刻影响。与姚文放一样，肖鹰也把现代的审美文化理解为大众文化、文化工业，他认为对审美文化应该确立两个基本认识："一、承认审美文化的现实性，即审美文化是当代文化生活的现实；二、同时承认审美文化的非理想性演变，即生活的审美文化是对审美文化理想的否定性展现。因此在当代文化艺术研究中，坚持审美文化概念和否定性（批判性地）使用这个概念，是真正积极的文化立场。"[②] 也就是说，既要正视当代大众文化成为审美文化主流的现实，同时又要对此

---

① 姚文放：《当代审美文化批判》，山东文艺出版社1999年版，第3—4页。
② 肖鹰：《审美文化：历史与现实》，载《浙江学刊》1997年第5期。

持一种批判的立场，这里显然突出的是审美文化的消极意义。陶东风也是在此意义上批评了90年代以来的审美文化在独立性方面的缺失，认为审美由原来对政治的依附变为现在对经济的依附，改变的只是依附的对象，而不变的则是依附的品格。他指出，以大众文化为主导的审美文化"在突出商业性、消费性的同时失落了有深度的人文关怀。使人的精神结构发生深刻的变化，即：在灵与肉、精神与感官、道德与原欲、超验与经验等等二元结构中，天平大规模向后者倾斜。结果是：走向消费的大众审美文化在消解原先的泛政治化的同时，也消解了人文精神。……丧失了人文精神，审美文化剩下的只能是媚俗"①。在此，消费性的大众审美文化被看作是一种背离了启蒙主义的人文精神，具有消极影响和负面作用的文化形态。

基于启蒙立场对消费性大众文化的负面影响进行批判，不同于上述在否定性的意义上使用审美文化的概念，另一种策略是将作为文化工业的大众文化与体现着人文精神的审美文化进行区隔，从而在肯定性的意义上确定审美文化的内涵。如滕守尧就认为审美文化并不就是大众文化，因为在很多时候现代的大众文化是非审美和反审美的。在他看来，应该把审美文化看作是文化发展到比较高级阶段的产物，"在这一阶段，随着整个文化领域中的艺术和审美部分的自治程度和完善程度的增加，其内在原则就开始越出其自治区，向文化的'认识'领域和'道德'领域渗透，对人们的政治意识、社会生活、教育模式、生产和消费方式、装饰服装、工作与职业领域同化和改造。在这一过程中，不是艺术和美学低于政治和普通生活，而是后者受到前者的改造"。② 这一看法针对的是现代文化在分化过程中所造成的真、

---

① 陶东风、金元浦：《从碎片走向建设——中国当代审美文化二人谈》，载《文艺研究》1994年第5期。

② 聂振斌、滕守尧、章建刚、徐碧辉：《关于审美文化的对话》，载《哲学动态》1997年第6期。

善、美不同领域的隔绝。按照哈贝马斯的说法,现代性的理想状态应该是认识、伦理和审美不同领域既互相独立又彼此沟通,保持一种有机的关联,这样才能有效地释放各领域的潜力,合理地组织安排日常的社会生活。但后来文化现代性的发展偏离了启蒙思想最初设计,科学、道德和艺术由自律走向了互不关联的分离,因此,哈贝马斯提出用主体间性的交往理性矫正现代性偏向,并继续推进启蒙现代性的未竟之业。同样是面对这一现代性的问题,滕守尧则试图把"无目的的目的性"的审美原则贯彻到生活和文化的各个层面,这样既能把审美从狭隘封闭的自治领域中解放出来,同时又为日常生活和文化发展提供了人文精神的导向,在此,审美成为克服现代性危机的关键。

与滕守尧一样,聂振斌也反对照搬西方审美文化的概念或把审美文化与消费文化混同起来,他从逻辑与历史两方面确认了审美文化的内涵,首先,审美文化应看作是整个文化中具有审美性质即具有超越功利目的性的那一部分,它是文化系统的子系统或文化体系中一个高尚的层面。其次,审美文化应看作是人类文化发展到高级阶段即后工业社会的产物,在这样一个阶段,审美和艺术已渗透到文化的各个层面,并起支配作用。这两个方面结合起来,既从逻辑推论出发为审美文化定了性:超功利性,又从历史事实出发为审美文化定了位:文化发展的高级阶段,从而比较完整而严谨地反映出审美文化的含义:"审美文化是现代文化的主要形式,也是高级形式,它把超功利和愉悦性原则渗透到整个文化领域,以丰富人的精神生活。"[①] 聂振斌对审美文化的这一理解,是试图在坚持经典美学理论基本原则的前提下,积极面对审美与现代社会生活相结合的趋势,并希望以审美来提升总体文化的水准。

朱立元同样也不赞成把审美文化等同于当代商业化、技术化的大众文化,他借用黑格尔的说法,认为审美文化是人类社会文

[①] 聂振斌:《什么是审美文化?》,载《北京社会科学》1997年第2期。

化发展到高级阶段的产物,不过,这并非指时间上的当代性,而是指其精神品格和形态上符合人的更高的要求。这样,对审美文化的理解就不再局限于当代,而是将其看作是人类文化的高级形式。在朱立元看来,审美文化就是具有一定审美特性和价值的文化形态,对于审美特性和价值主要应从四个方面理解,即感性意象性、无功利或超功利性、心灵自由性和精神愉悦性。由此,朱立元强调了作为审美特性集中体现的文学艺术在审美文化中的核心地位,认为其他一切文化产品之有无审美属性都是以文学艺术作为参照的①。表面看来,这种对审美文化理想化与泛化的理解,与上述肖鹰从否定性和现实性的意义上使用审美文化概念的主张恰好形成了鲜明对比,但实际上这两种对审美文化看似截然相反的看法却有着共同的理论旨趣,那就是坚持启蒙主义的人文理想和经典美学的基本原则,对消费性的大众文化持一种批判的立场,都带有80年代中后期以来日益纯化的审美主义思潮的印记。两者的区别在于,一个承认当代审美文化的消费主义功利性内容,并因此突出了当代审美文化的负面意义;一个拒斥审美文化的消费主义功利性内容,努力维护审美的纯洁性和高品位。但两者都没有很好地解决审美性与功利性的矛盾,也就是说,在功利性如何得到审美的转化方面没有进行更深入的探讨。

与上述主要侧重于对消费性大众文化的否定和批判有所不同,审美文化研究的另一个方向是更强调建设性,同时,对新兴的消费主义文化有更多同情的理解,对经典的美学理论则有了更多的质疑。这方面较早倡导审美文化研究的王德胜具有一定的代表性。对于王德胜来说,审美文化是一个有着鲜明现实针对性的概念,他认为对此应该从90年代以来美学话语当代转型的角度加以把握和理解,"具体来讲,在美学话语转型方面,大众对话的要求及其可能性,为生成当代形态的审美文化研究提供了现实

---

① 朱立元:《何为"审美文化"》,载《大连大学学报》1998年第1期。

基础；而当代社会中人的审美活动与现实生活关系，则决定了审美文化研究在现实中，已经不可能仅仅存在于以往美学那种纯思辨的观念判断和单纯心理范围的审美经验分析，而必定直接关涉当代社会的全部文化现实，体现当代大众的具体生活意志"。①在此，超越经典美学话语和积极介入现实的意图是清晰可辨的。从美学理论自身的发展逻辑和90年代以来的文化变迁的现实状况出发，王德胜强调指出了审美文化的当代性特征，在他看来，这种审美文化不再以经典的文学艺术为核心，也不再把理性当作最高和最后的价值归宿，它超越了传统的"美"和"艺术"的概念，突出了感性自身的力量。同时，这种审美文化的当代性还体现在对于大众日常生活和价值存在的明确认同上，它反映了当代人生活实践和体验的直接性、具体性和形象性，因而具有强烈的世俗性意味。最后，当代审美文化与大众日常生活所建立的交流对话关系还有助于打破文化结构的价值一元性，促成新的多元异质的文化价值结构的生成②。这里对审美文化当代性特征的认识，明显表现出论者对80年代中后期以来形成的那种以心理体验为中心的内向性的审美理论的不满，以及要求审美向当下消费性的文化现实开放的理论立场。这种与消费型大众文化相对应的审美理论的转型当然有其合理性，但另一方面，也存在一些问题，如没有对感性与理性所合成的人性结构的基础从客体性到主体性的历史转化进行充分的研究，因而，有一种不加区别地贬抑理性和高扬以感官为中心的感性的倾向。随之而来的是在推进审美与消费性大众文化的融合过程中逐渐导向对艺术审美特性的消解，审美的独立性让位于消费的功利性，在理论上则以文化批评取代了美学的研究。在一定程度上，这样的一种审美文化理论就成为批评者所称的"文化消费欲求的理论宣泄"，"是服务于当

---

① 王德胜：《审美文化的当代性问题》，载《文艺研究》1998年第3期。
② 同上。

代文化经济或文化政治的另一种形式的意识形态,它不应该也不可能取消关于艺术审美研究的研究与美学"①。当然,王德胜在争取文化消费与感官享受合法性的同时,也试图在批判与重建、理性与感性、审美与文化之间保持一定的平衡,对启蒙现代性的价值也有所肯定,如他区分了真实感性与现实感性,认为前者"不仅内化了人的物质动机,而且内化了人的理智、理性。……将人的肉体的、物质的发展要求,同人的精神的、心灵的价值意识联系在一起,在人性的价值维度上同构了两者的整体性要求",也就是说将其看作是一种积淀着理性而又体现着人的全面发展的感性;而后者则放弃了理性思考和精神的超越,一味追求物质主义和实用功利,造成了当代审美文化的感性主义泛滥:"一方面无限制地扩张了人在当下生活中的物欲动机;另一方面,又巧妙地为这种物欲掩上了一层'诗意'的审美包装,使得物欲的生物性利益在幻觉性的审美满足中取得了自身独立性,成为个体实践的堂皇理由。"② 这里对于消费性的审美文化负面作用的批判与其对这种审美文化总体价值取向的肯定之间形成了一种理论的张力,但在其后来的理论演进中,这种伴随着批判意识的理论张力消失了,明显占据上风的是对那种消费型的审美文化的认同和对于感性主义的美学原则辩护。

随着时间的推进,面对消费主义文化的扩张,许多学者开始调整自己的理论立场,这其中金元浦显得比较有代表性。他在发表于2000年的一篇关于重新审视大众文化的文章中,一改90年代初期运用法兰克福学派的理论对于作为文化工业的大众文化进行审美批判的价值立场,充分肯定了消费主义大众文化的正面意义和积极潜能。在他看来,"大众文化的形成是中国当代市场经

---

① 张弘、田晋芳:《文化消费欲求的理论宣泄——"审美文化"批判》,载《学术月刊》2009年第6期。
② 王德胜:《"真实感性"及其命运——当代审美文化的哲学问题之一》,载《求是学刊》1996年第5期。

济条件下市民（公民）社会成长的伴生物。它开辟了迥异于单位所属制的政治（档案）等级空间和家族血缘伦理关系网的另一自由交往的公共文化空间"。"更重要的是，当代大众文化的主体是大众，它本能地具有一种依托大众的、趋向民主的品格，指向开放的双向交往的多元化的意识形式。"① 这样的看法显然与法兰克福的批判理论对于大众文化通过操控大众意识而成为专制主义帮凶的指控截然相反。在这篇文章中，他还分析了文化与经济相融合的趋势，以及以现代科技为基础的媒体革命对于文化的影响，对此，他都持一种乐观的态度并给予了高度的评价。鉴于大众文化对于现代人类生活的深刻影响，金元浦认为当前的文艺学研究应该给予充分的重视并作出理论的概括和总结。他指出，具有大众文化形态的流行通俗文艺在正统的文艺学那里，一向"被认为是不能登大雅之堂的低俗文艺形式，不具备理论研究的价值。或者囿于传统的学科划分和原有的学科界限，固守文学种类与体裁的藩篱，不敢越雷池一步。实际上，当代文学文化在实践中已大大突破原有的边界，向综合的交叉的新的文艺/文化方式推进"②。这要求当代文艺学必须打破狭隘的学科界限和传统精英主义对大众文化的偏见，将大众音像、电视节目、流行音乐、报刊娱乐文化以及网络多媒体文艺等新兴的大众文艺形式纳入到自己的研究领域中，以应对和解决现实的文艺实践所提出的新课题。

金元浦对于文艺学研究所提出的向消费性大众文化开放和包容的要求，在周宪那里表现为对于艺术和文化的各种界限的消除的认识，他认为这是当代审美文化从审美主义的纯化到消费主义泛化演变的结果，同时也体现了后现代性对于现代性的超越。关于这一问题，周宪借用韦伯、布尔迪厄的社会学理论，从文化的

---

① 金元浦：《重新审视大众文化》，载《中国社会科学》2000 年第 6 期。
② 同上。

分化与去分化的角度进行了分析。在他看来，所谓文化的现代性是一个文化逐渐自律的过程，而分化则是文化现代性的标志，"对于审美来说，分化就是一个自律性确立的过程。是审美的一个'纯化'过程，是将审美领域区别于非审美领域的独立王国的形成过程"①。但是，随着现代大众文化的急剧膨胀，审美自律的边界被消解了，现代性的分化向后现代的去分化发展。在周宪看来，这种去分化的现象体现在多个方面，它打破了艺术与非艺术的界限、消解了各门艺术的独特性、填平了高雅艺术与大众艺术以及文化与商业的鸿沟，这样，审美就越出了自律的狭小领域，向着其他领域大举扩张。在此，审美的现代性被理解为一种分化性的孤立状态，而后现代的去分化则被认为是对这种审美孤立状态的打破："分化把审美孤立起来，因而获得了自身的合法化，去分化则是让审美进入一切领域，消解自身的合法化。"②

无论是金元浦对于文艺学扩容的要求，还是周宪对于文学和文化各种界限消解的分析，都明显直接针对80年代中后期以来形成的那种主导了文艺学研究的审美孤立封闭倾向，但实际上这里对审美的理解却仍然没有多大进展，也就是说，审美特性所要求的独立性被等同于孤立性，而审美的现实性对生活的重视，则被理解为审美与消费主义实用功利的混同。这样，所谓文艺学研究从内趋到外突的转变，不过是在审美封闭与审美残缺之间的摆动，实际上仍未走出古代美学的阴影，相对于70年代末80年代初期审美现代性的发展来说，这不仅没有什么实质性的进步，在某种程度上甚至还有所倒退。

2. 日常生活审美化理论

进入新世纪之后，审美文化研究对于消费性大众文化的肯定

---

① 周宪：《文化的分化与去分化——审美文化的一种解释》，载《浙江学刊》1997年第5期。
② 同上。

和认同进一步发展为对于日常生活审美化的理论热情。按照陶东风的说法，日常生活审美化的话题最早是由他在 2000 年扬州的一个会议上提出的，随后他把自己的看法整理成文章发表①，在这篇文章中，陶东风指出，当代社会与文化的一个突出的变化就是审美的泛化与日常生活的审美化，当代的文艺学研究应该对此作出积极而有力的回应。在他看来，80 年代形成的以审美自律为指导原则的文艺学主导范式已经不能适应新的文艺实践的需求，它与公共领域和社会现实生活之间曾经有过的积极而活跃的联系正在松懈和丧失，因为如今的审美活动已经不再仅仅局限于传统的纯艺术、纯文学的范围，而是广泛而深刻地渗透进了人们的日常生活中。那些传统经典的艺术门类已经不再占据大众日常生活的中心，取而代之的是一些泛审美/艺术门类或审美、艺术活动，如广告、时装、流行音乐、电视连续剧，乃至城市规划、环境设计、居室装修等。同时，艺术活动的场所也早已走出了与大众日常生活严重隔离的高雅艺术场馆，进入到购物中心、超级市场、城市广场、街心花园等与大众日常生活息息相关的社会空间，在此，社交活动、审美活动、商业活动和文化活动并不存在严格的界限。由此反观当代的文艺学研究，却受制于本质主义的思维方式，不能随着时代和环境的变化不断反思知识的地方性和历史性，从而将当代日益广泛存在的日常生活审美化现象拒之于理论研究的门外，这就难以解释当代文艺和审美活动的新变，同时也造成知识创新能力的衰竭。由此，陶东风倡导文化研究和新的文艺社会学，其目的是在吸收语言学转向成果的基础上，重建文学与社会的关系。

如果说陶东风还只是在事实层面要求把消费社会的审美泛化现象纳入到文艺学研究的范围，而在价值判断方面有所保留

---

① 参见陶东风《日常生活审美化与文化研究的兴起——兼论文艺学的学科反思》，载《浙江社会科学》2002 年第 1 期。

的话，那么，王德胜则对以大众消费和感官享乐为中心的日常生活审美化现象的正当性和合法性给予了更明确的肯定和认同。在王德胜看来，康德美学关于审美排斥物质欲望感官满足的论断在今天已经站不住脚了，我们时代日常生活的美学现实是一个充斥着炫目之美的视觉形象世界，它"一方面是对康德式理性主义美学的理想世界的一种现实颠覆，另一方面却又在营造着另一种更具官能诱惑力的实用的美学理想——对于日常生活感官享受追求的合法化。事实上，这是一种完全不同于'用心体会'之精神努力的'眼睛的美学'，其价值立场已经从人的内在心灵方面转向了凸显日常生活表象意义的视觉效应方面，从超越物质的精神的美感转向了直觉表征物质满足的享乐的快感"[①]。对于王德胜来说，日常生活的审美化主要表现为与感官欲望的满足直接相关的视像的生产和消费，由此，一种建立在视像与快感一致性基础上的新的美学原则得以确立："视像的消费与生产在使精神的美学平面化的同时，也肯定了一种新的美学话语，即非超越性的、消费性的日常生活活动的美学合法性。"[②]

基于同样的认同和肯定消费文化的价值立场，金元浦也对当今社会生活出现的日常生活审美化和文学性向非文学领域全面扩张的普遍现象进行了分析，并认为其根源在于消费社会的形成和媒体技术的进步，具体到美学文艺学的研究而言，这一审美泛化与扩张的现象推动着理论由内趋向外突的转变，从而继心理学转向和语言学转向之后发生了文化的转向，文化的转向使作为文化的"生活"重新回到美学与文艺学研究的视域，在这样的视域中，文学艺术已不再具有原来的意义，"它在越界、在扩容、在

---

① 王德胜：《视像与快感——我们时代日常生活的美学现实》，载《文艺争鸣》2003 年第 6 期。
② 同上。

转型，经过'学科大联合'的交叉、突破，重新选择和确定自己的对象和边界"①。

在"倡导日常生活审美化的'三驾马车'"陶东风、王德胜、金元浦以及其他一些学者的推动下②，日常生活审美化理论在学术界产生了重要影响，成为新世纪美学文艺学研究的一个引人注目的热点。当然，也有一些学者对这一理论表示了异议，如鲁枢元就撰文批评了其价值取向，认为日常生活审美化理论作为一种新的美学原则的提出，其目的"不在于争取审美日常生活化的合理性，而是希望确立这种技术化的、功利化的、实用化、市场化的美学理论的绝对话语权力，并把它看作是'全球化时代'的到来对以往美学历史的终结，甚至是对以往人文历史的终结"③。童庆炳指出，所谓"日常生活审美化"并不是什么新事物，古代仕宦之家对于锦衣、美食、华居的讲究，闲暇之时对琴棋书画的热衷，都是"日常生活的审美化"。如果说古代的"日常生活审美化"只是少数人的专利，那么今天所谓"日常生活审美化"也绝不是多数人的幸福和快乐，因为能够进入所谓"消费主义时代"的只有占中国人口总数百分之一的"中产阶级"或"白领阶层"，剩下的百分之九十多的农民、城市打工者下层收入者是与这个消费主义时代格格不入的。因此，这种新的美学就只能是部分城里人的美学，而不是人民大众的美学④。关于日常生活审美化理论对文学边界的消解，童庆炳也提出了尖锐的批评，他认为文学确实没有固定不变的边界，总是随着时代的

---

① 金元浦：《别了，蛋糕上的酥皮——寻找当下审美性、文学性变革问题的答案》，载《文艺争鸣》2003年第6期。
② 关于"三驾马车"的说法，参见陆扬《日常生活审美化批判》，复旦大学出版社2012年版，第96页。
③ 鲁枢元：《评所谓"新的美学原则"的崛起——"审美日常生活化"的价值取向析疑》，载《文艺争鸣》2004年第3期。
④ 参见童庆炳《"日常生活审美化"与文艺学》，载《中华读书报》2005年1月26日第12版。

变化而发生移动，但这种移动的前提是以文学事实、文学经验和文学问题为根据，而不是像日常生活审美化理论的倡导者那样，离开了文学事实、文学经验和文学问题，把文艺学的边界随意扩大到城市规划、购物中心、街心花园、超级市场、流行歌曲、广告、时装、环境设计、居室装修、健身房、咖啡厅等地方①。赵勇则对日常生活审美化和文化研究的主要倡导者陶东风不断后撤的理论立场提出了批评，并从批判精神的下滑、问题意识的缺席和价值立场的暧昧三个方面，分析了兴起于世纪之交的中国文化研究所存在的缺陷②。应该说，这些批评在一定程度上确实是触及了日常生活审美化理论的某些症结，因而是值得重视的。当然，就像陶东风在回应赵勇、鲁枢元的质疑时所说的，日常生活审美化理论的倡导者并不是一个同质化的整体，不同的理论个体之间存在着或多或少的差异，比如陶东风对于消费主义的大众文化的态度就较为复杂，对其积极意义不像其他日常生活审美化理论的倡导者那样乐观和理想化，同时对于日常生活审美化现象本身也带有忧虑和批评③。

　　总的看来，从审美文化研究到日常生活审美化理论的提出，其目的是要克服80年代中后期形成的那种纯化的审美主义思潮所导致的当代文论与现实生活的脱离，但是这一理论走向并没有超出审美主义的范畴，它对于外部形式炫目之美的注重带有强烈的唯美主义色彩。我们知道，日常生活审美化主要的理论资源来自韦尔施、费瑟斯通、波德里亚等西方后现代思想家，但至少在韦尔施那里，对审美化的理解就绝不仅仅只是时尚和漂亮，除了这种最表层的审美化，韦尔施还论述了更深的三个层次的审美

---

① 参见童庆炳《文艺学的边界应该如何移动》，载《河北学刊》2004年第4期。
② 参见赵勇《谁的"日常生活审美化"？怎样做"文化研究"？》，载《河北学刊》2004年第5期。
③ 参见陶东风《大众文化研究的三种范式及其西方资源——兼答鲁枢元先生》，载《文艺争鸣》2004年第5期。

化:技术和传媒对我们的物质和社会现实的审美化,我们生活实践态度和道德方向的审美化,以及彼此相关联的认识论的审美化①。实际上,对于中国的日常生活审美化理论所关注的那种表层的审美化,韦尔施是持批判态度的,他明确指出:"具有重大意义的东西不是仅凭制造感官刺激的审美活动就可以获得的",我们正在经历的日常生活审美化现象"大多是出于经济目的而出现的,自然谈不上有多高的美学价值,甚至可以说是庸俗低劣的"②。在他看来,审美的泛滥最终会走向自身的反面,"万事万物皆为美,什么东西也不复为美。连续不断的激动导致冷漠。审美化剧变为非审美化"③。所以,他提出应该中断对于炫目之美的入神注视,强化对于盲点视域的敏感性。可惜他的这些真知灼见并没有真正融入中国的日常生活审美化的理论建构。

中国的日常生活审美化理论采用了后现代的理论表述形式,似乎是对审美现代性的超越,但时髦的外观并不能代表内容的创新,它的那种唯美形式与物欲享乐意识相结合的理论追求,所表达的正是古代美善混同的社会美的基本内容。正如邹华所指出的,尽管这一理论采用了后现代消费社会的前卫视点,但还是让人感到了中国古代"三礼"所包含的那种生活趣味和审美追求。它实际上是向古代美学倒退了。这种现象可称之为"美的误认"或"审美复古"④。因此,为了推进审美现代性的发展,真正建立文学与现实生活的密切联系,就不能被消费社会的时尚外观所迷惑,而是要将那些被遮蔽和遗忘的生活的原生态的东西现象化地客观呈现出来,只有这样,审美的

---

① 参见韦尔施《重构美学》,陆扬、张岩冰译,上海译文出版社2002年版,第40页。
② 参见王卓斐《拓展美学疆域,关注日常生活——沃尔夫冈·韦尔施访谈录》,载刘悦笛主编《美学国际:当代国际美学家访谈录》,中国社会科学出版社2010年版,第173页。
③ 韦尔施:《重构美学》,上海译文出版社2002年版,第42页。
④ 参见邹华《文艺学扩容的美学视野》,载《文艺研究》2006年第10期。

现实性和独立性才有可能真正得到统一,审美现代性的历史进程才不会停滞和倒退。

三 对审美与政治关系的重新审视:"纯文学"反思与文化研究的兴起

1. 对于"纯文学"的反思

进入 90 年代之后,一方面是"纯文学"的实践陷入困境,另一方面,思想界对于改革进程中所出现的种种问题而展开的激烈论辩,也推动着文学观念的变革。1992 年以后,随着中国特色的市场化程度的加深,不同社会阶层的利益分化日益加剧,知识分子以不同利益集团代言人的面目出现在理论交锋的前台,"1998 年,前一阶段潜藏的思想论争终于浮出水面,知识界也由此分裂为自由主义和新左派彼此对立的两大阵营。双方分歧的根源在于对中国当代社会矛盾与危机的诊断截然不同。新左派认为中国正在卷入世界资本主义经济体系,应该对市场本身固有的弊端进行批判,同时对'现代性'思想进行反思,进而重新审视传统的马克思主义和社会主义的遗产。持自由主义观点的人则认为中国的主要问题在于前现代的专制主义阴魂不散,其批判现实的理论资源多来自英美经验论的自由主义思想"[①]。总之,这一时期思想界知识界的思考是紧紧围绕着变革中的中国社会现实而展开的,与 80 年代中后期以后建立起来的疏离现实的纯文学的审美规范形成了强烈反差,这要求新世纪的中国文论重新审视文学与社会生活和现实人生的关系。

新世纪之初,80 年代不遗余力推进现代主义审美形式变革的代表人物李陀在《上海文学》上发表长篇谈话,对"纯文学"

[①] 参见拙文《中国当代文化变迁与文学理论的范式转换》,载《河南社会科学》2010 年第 5 期。

写作在 90 年代的消极影响进行了批评，从而引发了一场关于"纯文学"的讨论。李陀认为，不能离开七八十年代特殊的历史环境来谈论"纯文学"的意义，"纯文学"在中国的出现是为了对抗文艺工具论的僵化教条，它对于当时的文学写作起到了思想解放的作用。"纯文学"用所谓审美性、文学性来反抗政治性，实际上是一种策略，并非真的与政治无关，因为"八十年代虽然强调形式变革，但那时对形式的追求本身就蕴含着对现实的评价和批判，是有思想的激情在支撑的，那是一种文化政治"①。在李陀看来，进入 90 年代之后，随着社会环境的变化，当年"纯文学"所指向和反抗的那些对立物已无从寻觅，这意味着"纯文学"的观念赖以产生意义的必要条件不复存在了，它也因此失去了抗议性和批判性。结果，当思想界知识界面对剧烈变革的社会历史进程中新出现的种种复杂尖锐的矛盾，进行着激烈的、充满激情的思考的时候，大多数作家却固守着"纯文学"这样一个趋于僵化的观念，固步自封，对社会现实漠不关心，拒绝以文学的方式与社会发生互动并由此介入当前的社会变革。李陀特别批评了"纯文学"在 90 年代主要的表现形式——"个人化"写作，认为包含在这一概念中的种种写作追求，使文学与社会的脱节进一步加剧了，所谓的"个人化"写作，实际上是自觉地、有意识地用写作的"个人化"在作家和社会之间建立起一道屏障，使两者互相隔绝。在 90 年代，这种"个人化"写作走向极端而变成了"私人化"写作，把文学封闭在自我的狭小天地，写自我的体验、自我的感情、自我的身体。对此，李陀质疑道："面对这么复杂的社会现实，这么复杂的新的问题，面对这么多与老百姓的生命息息相关的事情，纯文学却把他们排除在视野之外，没有强有力的回响，没有表现出自己的抗议性和批

---

① 李陀、李静：《漫说"纯文学"——李陀访谈录》，载《上海文学》2001 年第 3 期。

判性，这到底有没有问题？"① 在此，李陀把问题鲜明地提了出来，但他在这篇访谈中对于文学如何重返生活，并没有提供一个明确的解决方案。一方面他批评了"纯文学"观念的非政治化倾向在 90 年代的消极影响，另一方面又对 80 年代后期"纯文学"写作给予了高度评价，认为其成绩超过了五四以后任何一个时期，这样就仅仅从社会语境转变的角度来看待"纯文学"的局限，而没有具体分析其审美封闭孤立的观念本身存在的问题，也就是说没有站在审美现代性的立场上，从现代审美方式主客观两个方面分化对峙发展的角度，来理解文学的审美性所应包含的认知与意欲的内容，特别是没有明确意识到认知再现相对于情感表现的基础地位，从而也就没有认识到，必须优先发展现象化再现的现实主义，才能为那种以抽象化表现的现代主义为主导的"纯文学"的发展创造必要的条件。此外，李陀没有认真区分中国当代政治化的新古典主义文学与新时期兴起的现实主义文学的根本差异，而是将它们混为一谈，一并打入了老式写实主义的另册。他没有看到前者强调抽象的本质，但其目的其实是赤裸裸的政治功利，后者虽因刚刚起步而在艺术上并不成熟，但其对社会生活现象化的再现，却体现了审美认知的现代性。实际上，90 年代的纪录片之所以能够以其与"中国现实生活之间那种迷人的动态关系"引起李陀的震动和激赏，正是现实主义对于社会生活的原生形态现象化再现的结果，可惜李陀在这里所表现出的艺术欣赏的敏锐性没有更多地转化为理论层面的总结和提升。

李陀对于"纯文学"观念质疑得到了不少论者的共鸣，薛毅在《开放我们的文学观念》一文中指出，"纯文学"观念的产生源于现代性的实践，是知识、伦理和审美三大领域各自分化独立的结果，审美的纯粹性在于它能够独立于知识与伦理而发挥作

---

① 李陀、李静：《漫说"纯文学"——李陀访谈录》，《上海文学》2001 年第 3 期。

用，这就为"纯文学"追求审美自律和自由提供了理论依据。另一方面，上述现代性方案还应该包含着一个更后设的观念，那就是三大领域各自都以独立的方式与生活世界建立联系，只有这样，文学才有意义，但是这一点似乎被人们遗忘了。在薛毅看来，中国"纯文学"观念的产生，并不仅仅起源于上述现代性的方案，它更源于对文学内部的分类，与所谓社会文学、通俗文学与先锋文学的文学分类学思想密切相关。在这样的文学分类中，社会文学关注现实实践，通俗文学满足大众趣味，而代表"纯文学"的先锋文学只与个人和形而上有关，而与大众、社会和时代无关。于是，"纯文学"的观念就必然要求文学卸载那些与大众、社会和时代有关的重负，而保持自身的纯粹性。但是问题在于，当个人从复杂的社会关系中抽身而出的时候，也就意味着精神失去了栖身之地，这样的个人只能与本能欲望相关，于是，"纯文学"就很自然地从个人化的先锋实验走向了私人化的身体写作，而走到这一步，"纯文学"的观念也似乎走入了死胡同，"因为它再也保不住它的'纯粹性'，自律而自由的文学被整合到了市场主义模式之中"[①]。应该说，薛毅在此对于"纯文学"从追求形而上的空灵境界到服从形而下的商业功利的发展轨迹，做出了相当准确的描述。在这篇文章中，他还把"纯文学"和"先锋文学"这两个概念置于世界文学发展的视野中进行了辨析，认为这本是两个相反的概念，"前者在现代性领域中寻找一种自律而自由的空间，而后者是要突破这样一个自足却自我封闭的界限，重新寻找一种与社会实践紧密相关的文学方式。前者以专门化为特征，而后者则是'介入'的。对于先锋文学而言，文学是一种独特的表达方式，这种表达方式并不构成自足的领地，它是在与专门化的精英主义，与意识形态的搏击中显现出来的。正因为如此，先锋文学才能重新建立起政治与个人的相

---

① 薛毅：《开放我们的文学观念》，载《上海文学》2001年第4期。

关性，重新考察欲望与幻想之间的联系，才能把种族、阶级、个人与时代各种因素纳入文学思考和表现的范围。在这个意义上，二十世纪中国文学的先锋性是由鲁迅等与社会实践紧密相连的作家们所开创的"[1]。这里所说的文学的先锋性显然更多的是与政治性、现实性相关，对于薛毅来说，80年代的"纯文学"的观念恰恰在这一点上误解了先锋性，只是将先锋性理解为文体和语言的形式实验，追求没有所指的能指，没有意义的纯粹表达，最终，它"只能在两个方向走到尽头，或者强化欲望而重新返回热闹的市场，或者在冷冷清清的语言游戏中自娱自乐"[2]。在此，薛毅实际上已经看到了"纯文学"摇摆于功利性的审美残缺与空灵化的审美封闭之间的特点，只是没有从审美现代性的角度指出它所体现出的古典主义倾向。

与薛毅不同，韩少功没有对"纯文学"观念进行整体的考察，而是选择与其密切相关的一个重要概念——"自我"进行了分析。在他看来，80年代"纯文学"的出现所针对的是那种偏重社会性和宣传性的"问题文学"，其中"自我至上"是其重要诉求之一。韩少功表示，自己"曾经赞同文学家要珍视自我，认识自我，表达自我，反对写作中那种全知全能的狂妄和企图规制社会的独断与僭越"[3]。并认为这种看法至今仍有其积极的意义。但另一方面，他又指出，"自我"本身的含义是不明确的，一旦离开对话者本身必要的语义默契，就可能成为一剂迷药，而实际上，在90年代，"自我"说也确实诱发了不少作家的自恋和自闭，结果大量文学作品所表现的那些遗世独立、顾影自怜的自我，一个个不是越来越丰富，而是越来越趋同划一，越来越走向同质化和均质化。韩少功认为，之所以如此，其根本原因就在

---

[1] 薛毅：《开放我们的文学观念》，载《上海文学》2001年第4期。
[2] 同上。
[3] 韩少功：《好"自我"而知其恶》，载《上海文学》2001年第5期。

于个体自我与社会文化的脱离和隔绝。而实际上,"自我并非与生俱来,而只能产生于特定的社会环境和文化过程,只能产生于公共群体之中。包括我们用来认识和表达自我的语言文字,都只能是公共财产,而不可能来自个人私房。把自我看作是一个静止而封闭的东西,甚至把自我与社会两相机械对立,当然是犯了一个低级错误"①。这里把自我的生成看作是社会文化实践的结果,显然包含着对于文学公共性的肯定。

较之薛毅对"纯文学"非先锋性的批评,更多论者还是倾向于李陀将其语境化的思路,也就是肯定这一概念在80年代的革命性的意义,只是随着语境的变化,而走向了保守僵化。如张闳和葛红兵都认为,80年代"纯文学"曾起到过积极的历史作用,但进入90年代后却因拒绝介入现实而丧失了活力。张闳写道:"自八十年代中期以来,我们已经完全接受了这样一种文学观念:文学文本就是一个独立的、封闭的、纯美学形态的符码系统。这一来自20世纪西方的文学观念在八十年代中期,曾经为文学写作摆脱政治意识形态的奴役,起到过积极的作用。文学文本在形式上的独立性,实际上是写作者精神独立性的要求和载体。因此,八十年代中期发生的新潮艺术运动在表现手段方面的变化,也就具有了强大的精神冲击力。"② 葛红兵则从文学史的角度提出了类似的看法:"八十年代中国文学继承了五四文学在思想和技术上双重的创新意识,颠覆了中国文学代圣贤立言的思想道统以及以时间为本位叙事文统,带来了中国文学文体上自由自觉的新局面。"③ 在他们看来,随着90年代社会语境的变化,"纯文学"的那种叛逆精神和现实关怀都消失了,它越来越迎合消费时代文化时尚,越来越脱离底层人民生活而热衷于表现中产

---

① 韩少功:《好"自我"而知其恶》,载《上海文学》2001年第5期。
② 张闳:《文学的力量与"介入性"》,载《上海文学》2001年第4期。
③ 葛红兵:《介入:作为一种纯粹的文学信念》,载《上海文学》2001年第4期。

阶级趣味，不再具有当初的先锋性。

基于同样的思路，南帆对于"纯文学"这一概念进行了更为细致的历史化的分析。在他看来，"纯文学"是一个空洞的理念，其意义的产生必须以其对立物的存在为前提，在80年代，它对于语言和形式自身意义的关注，对于人物内心世界的表现，是"相对于古典现实主义的叙事成规，相对于再现社会、历史画卷的传统，特别是相对于五六十年代的'战歌'和'颂歌'的传统"①。90年代，"纯文学"则被认为是对大众文化的抵抗，是为抵挡市侩哲学侵蚀而坚守的一个美学的空间。对于南帆来说，"'纯文学'并不是割据一个自治的文化区域，以供美学的善男信女得到一种远离尘嚣的享受。这个概念的意义在于，它是进入生活的一个异数"②。他指出，正是在与主流的文学现状对抗的过程中，"纯文学"这一空洞的理念才获得了丰富的历史意义，显示了出其不意的力量。但是，当这一概念产生影响以后，却被赋予了某种形而上学的性质，从此开始远离历史语境而精心维护所谓文学的"本质"，其结果是拒绝进入公共领域，放弃了尖锐的批判和反抗，成为书斋里的语言工艺品，一个语词构造的世外桃源。这样，它就失去了历史的重量，敛去了锐气而产生了保守性。

像南帆一样，蔡翔也认为，"纯文学"这一影响广泛的概念其实从未有过完整明确的定义，因而只是一个"移动的能指"，其意义的产生离不开它所反抗的对立面。也就是说，正是所谓旧的文学的存在，才使"纯文学"在文学史上获得了合法性的地位。蔡翔认同李陀对于80年代"纯文学"革命性意义的高度评价，认为当时所谓的文学"向内转"，在艺术实践方面极大丰富

---

① 南帆：《空洞的理念——"纯文学"之辩》，载《上海文学》2001年第5期。
② 同上。

了中国当代文学的叙事手段，更为重要的是，借助于"纯文学"观念，一些重要的思想概念，如个人、自我、人性、性、自由、爱、无意识、普遍性，等等，都得到了有效表达。在这个意义上，"纯文学"正是当时"新启蒙"运动的产物，它代表了知识分子的权利要求，"这种要求包括：文学（实指精神）的独立地位、自由的思想和言说，个人存在及选择的多样性、对极'左'政治或者同一性的拒绝和反抗、要求公共领域的扩大和开放，等等。所以，在当时，'纯文学'概念实际上具有非常强烈的现实关怀和意识形态色彩，其实就是一种文化政治，而并非如后来者误认的那样，是一种非意识形态化的拒绝进入公共领域的文学主张，这也是当时文学能够成为思想先行者原因之一"①。在此，"纯文学"的意义正在于其激进的政治性。在蔡翔看来，进入90年代之后，随着历史条件和社会关系的变化，当初产生"纯文学"语境已经不复存在，这时还陷在"纯文学"的观念里不能自拔，就可能成为新的保守主义者和教条主义者。蔡翔在这里对"纯文学"发展的历史线索的梳理与李陀、南帆等人是一致的，他们都试图以一种非本质主义的历史化的思维来理解这一概念，都特别突出了"纯文学"在80年代所表现出的公共性、政治性，并视之为其真正的价值和意义所在。不过，这种非政治化的政治性是否像他们所说的，完全体现了当年"纯文学"实践者对于现实自觉的介入，是值得讨论的，更有可能的是，所谓文学的政治性其实是由历史的无意识所赋予的。这也意味着"纯文学"观念本身就存在问题，那种与社会现实疏离的倾向在其诞生之初就已经有所体现，从而在理论上预设了保守的可能。蔡翔显然意识到了这一点，对此，他从知识分子的专业化、利益化倾向，80年代文学界受制于"进步"和"发展"的现代性意识形态而缺乏必要的反思，以及客观存在的政治高压等方面，分析了

---

① 蔡翔：《何为文学本身》，载《当代作家评论》2002年第6期。

"纯文学"回避现实，远离社会，强调审美，崇尚自我的原因和内在局限。

总的来说，关于"纯文学"的讨论，集中反映了理论界对于80年代中期形成的那种内趋性的审美主义思潮的不满，人们希望文学走出审美封闭孤立的狭小内心，能够与急剧变动社会现实产生良性互动，这样，文学的政治性、现实性、公共性等问题就又重新进入了文艺理论的视野。但是，如何做到使文学既能有效地介入现实，又不再沦为政治或抽象理念的工具，或者说，如何使审美的独立性、自主性，与现实性、功利性统一起来，对于这样一个审美现代性的历史课题，在讨论中却并没有得到更深入的研究，这就不能不影响到讨论的理论意义和效果。当然，关于"纯文学"的讨论最大的意义，可能并不在于解决什么重大的理论问题，而在于提供了一个思考的起点，从这里出发促使人们重新理解文学的审美特性。

2. 文化研究的兴起

在对"纯文学"观念进行反思的同时，当代文论也在寻求创造一种新的理论范式，以打破那种审美封闭孤立的状态，而文化研究的兴起在方法论上为这一理论转型提供了重要启示。作为西方最新潮的理论，文化研究以其对阶级、种族和性别的关注而体现出强烈的政治性，从其理论资源来看，西方马克思主义的理论具有举足轻重的地位，实际上，文化研究就直接起源于伯明翰学派对于工人阶级文化能动性、创造性的积极潜能的深入发掘，而法兰克福学派对文化工业操控大众意识的激进批判，葛兰西对文化霸权问题的阐述，阿尔都塞对意识形态结构的分析，这些西方马克思主义的理论都对其产生过深刻的影响，西方晚近的一些批评理论，如解构主义、后殖民主义、女权主义、新历史主义、传媒理论、亚文化理论、消费理论等也都对文化研究产生了深刻影响并成为其不可分割的组成部分。

中国的文化研究是在 90 年代大众文化兴起的背景下发展起来的，到新世纪已成为令人瞩目的显学。在 90 年代知识界关于"人文精神"的讨论、对大众文化的批判以及对"后学"理论的阐发过程中，都可以看到西方文化研究的影响，尽管还谈不上理论运用的自觉性。这一时期，在文学理论领域，一些具有新左派倾向的学者开始重新认识文学的审美性与政治性的关系，如李杨在其出版于 1993 年的研究中国社会主义现实主义文学的著作中[1]，就运用福柯的知识考古学和话语权力理论，对于 20 世纪 40—70 年代中国的文学生产和权力运行机制进行了深入研究，他采用的对形式进行意识形态分析的方法所体现出的明显的政治性，完全颠覆了 80 年代主流的纯化的审美理论范式，而这种批评理论的政治化倾向正是文化研究的重要特点之一。

到 90 年代末期，一些学者开始自觉运用文化研究的理论对 90 年代的中国思想文化展开研究。戴锦华出版于 1999 年的《隐形书写——90 年代中国文化研究》一书，称得上是这一时期中国的文化研究理论的标志性成果。在此书中，戴锦华带着对西方文化研究理论的反思，对 90 年代中国文化的地形图进行了扫描。在她看来，阶级、种族、性别作为文化研究的三个基本命题和原点，正是转型期中国"在社会的重组与建构过程中，最为重要而基本的社会事实，而这些事实却大都处于无名或匿名的状态之中。勾勒一幅文化地形图的需要，不仅在于揭示简单化的命名背后诸多隐匿的、彼此冲突又相互借重的权力中心，而且在于直面这一重组过程中的社会现实，并且对其发言"[2]。此书特别值得一提的是通过引入马克思主义经典理论的政治经济学视角，深刻揭示了 90 年代中国阶级分化的现实，同时，也对一些文艺作品

---

[1] 参见李杨《抗争宿命之路——"社会主义现实主义"（1942——1976）研究》，时代文艺出版社 1993 年版。

[2] 戴锦华：《隐形书写——90 年代中国文化研究》，江苏人民出版社 1999 年版，第 22 页。

中的阶级修辞进行了批判性的解读，其中所展现出的犀利的政治锋芒，与那种纯化的审美理论大异其趣。当然，文化研究不仅仅是新左派的专利，它同样受到一些具有自由主义倾向学者的青睐。1998年，徐贲在香港出版了《文化批评向何处去》一书①，就站在自由主义立场，自觉借鉴西方文化研究的理论成果，对90年代中国的文化讨论进行了较为全面的分析。此书不少的内容涉及了90年代中国文论的发展，而作者对相关问题的处理则显示了文化研究的独特眼光，如对大众文化批评中的审美主义倾向的批评，对中国后学理论的政治文化意义的揭示等都是如此。

　　进入新世纪后，随着对"纯文学"观念反思的深入，当代文论开始更多地向文化研究寻求理论支援，这进一步推进了文化研究理论的发展。曾经参与了"纯文学"讨论的南帆认为，文化研究对于文学理论的重要意义在于"打开视域，纵横思想，解放乃至制造种种文学的意义。某一个学科或某一个理论学派均不再作为一定之规约束人们的洞察力"②。他还进一步指出，文化研究的开放性主要表现在研究方法的多样化和研究对象的包容性两方面，这种开放性使文学与社会生活的多维关系得到了肯定，从而对那种已经趋向于保守凝固的"纯文学"观念形成了突破。鉴于庸俗社会学对中国当代文论长期消极的影响，南帆对于文化研究是否会使文学重蹈工具论的覆辙进行了理论上的澄清。在他看来，强调文学对公共领域和历史文化网络的介入并不会损害文学的独立性和自律性。因为"问题的深刻性在于，文学的自律恰恰是在介入现实之后显示出来的，自律不等于孤芳自赏"③。这里实际已经触及了文学的审美特性问题，也就是说，审美不是凭空产生的，它必须要有认识和实践的现实基础。不

---

① 参见徐贲《文化批评向何处去》，天地图书有限公司1998年版。
② 南帆：《文化研究：开启新的视域》，载《南方文坛》2002年第3期。
③ 同上。

过，南帆并没有对此进行更深入的讨论，而只是通过对古老的"摹仿说"和形式主义"陌生化"理论的比较，提出了自己对文学与现实关系的看法，即认为前者看到的是文学与现实的相似，而后者揭示了文学与现实的相异。就这两者而言，他显然更看重后者，因为"相异使文学成了现实的'他者'，相异使文学显示了现实所匮乏的是什么，相异还使文学展示了一些可能的维度。于是相异使文学进入现实，同时又不屈从于现实。文学与现实的相似使文学可解，文学与现实的相异使文学具有批判性"①。在此，南帆没有对古代模仿与现代再现的历史差异进行辨析，没有看到前者所具有的只是表面上的现实性，由于对感觉经验的排斥和对生活现象的净化，它真正凸显的只能是抽象的本质和主观的意图，而并非客观的现实。与古代模仿不同，现代再现体现了对人的感觉经验和情感体验的信赖和尊重，现象化成为其不可超越的审美界限，正是通过对原生态的现实生活的真实再现，客观真理的普遍意蕴得到揭示，审美认知的现代性得以确立。同时，还应该指出的是，这种对于客观现实的现象化再现又是建立在主体性原则的基础之上的，因此，它内在地包含了主体对现实的批判和超越。而南帆在这里主要是从审美形式自律的角度理解文学的超越性和批判性，没有更多地考虑审美认知现代性对于文学的重要性。

蔡翔在讨论"纯文学"的时候就认识到，80年代"纯文学"从现代美学、哲学和心理学这三门人文学科中获取了相当多的思想资源，进入90年代后，当文学试图切入现实，开始关注社会和群体时，政治学、经济学和社会学引起了人们更多的兴趣②。但是，蔡翔也对这种知识的转型中可能存在的问题有所警觉，他指出："哲学、美学和心理学在某种意义上都和文学有着

---

① 南帆:《文化研究：开启新的视域》，载《南方文坛》2002年第3期。
② 参见蔡翔《何谓文学本身》，载《当代作家评论》2002年第6期。

内在的血缘关系，它们都注意人的内心世界。另外三门学科：社会学、经济学和政治学都是属于社会科学范畴，在某种意义上，它们和文学隔得比较远，这里面的转化就成了非常大的问题，在近五十年的文学批评过程当中，我们是吃过苦头的，比如说庸俗社会学的批评。"① 在他看来，文化研究有可能将文学与三门社会科学连接起来，起到桥梁或纽带的作用，因而，他以一种乐观的态度来看待文化研究对文学批评的影响。王晓明同意蔡翔的看法，他认为，进入 90 年代之后，"我们是处在一个比 80 年代那个混乱时期严密得多的新秩序里面。这个秩序具备政治、经济、文化各个层面的相互支援，因此非常强大，对人构成了有形无形的非常大的压抑。面对这样一个现实，单是用 80 年代那样的'文学'或'审美'认识是远远不够的，一定还得有打破学科界限，能真正综合地来分析、认识今天的社会现实（包括文学现实）的思想和学术活动"②。因此，他主张借助文化研究的方法和思路来寻求理论上的突破。关于文学所特有的诗意或审美特性与文化研究的关系，王晓明也提出了自己的看法，在他看来，诗意或者审美应该具有两个基本的维度："一个是从人的现实生活来说的，就是诗意应该和现存的压抑性的东西构成一个对立；另一个是从人的可能性来说的，就是诗意构成人不断自我更新的一种动力。"③ 对王晓明来说，文化研究并不排斥诗意或审美，相反，诗意和审美构成了他从事文化研究的主要依据。因为，一方面，他所理解的文化研究能够充分揭示现实秩序对于美和诗意的压抑机制，从而为美和诗意的解放创造条件；另一方面，这种文化研究的内在动力，又源于对美和诗意的渴望。这样，文学研究与文化研究就不再不相关联，而是形成一种互相支撑，共同发展

---

① 王晓明、蔡翔：《美和诗意如何产生——有关一个栏目的设想和对话》，载《当代作家评论》2003 年第 4 期。
② 同上。
③ 同上。

的良好关系。这里，王晓明对于文化研究的构想显然具有一定的理想化的色彩，至于说在文化研究的具体实践中，能否做到既保持介入现实的政治批判性，又能维护文学的审美特性，这恐怕还是一个悬而未决的问题。

像蔡翔、王晓明一样，周宪也认为文化研究的那种反学科性和社会实践性的特点，可以成为打破"纯文学"封闭空间的一种有效策略。在他看来，近十多年来，中国的文学研究已经高度制度化和学科化了，这一方面推进了学术研究的自治，但另一方面也对文学研究本身造成了新的压抑。对此，他以文学性的研究为例进行了分析，指出近10年来，关于文学性问题，已经在文学研究领域达成了共识，那就是把文学特性的研究看作是文学研究与其他非文学研究相区别的标志，但这种学科性的规范实际上是把文学研究限定在一个封闭的狭小领域之中，结果使文学研究脱离了社会实践和公众。于是，"文化研究的必要性就在这里彰显出来，它一方面是对学科化和制度化的文学研究的反叛，另一方面又把种种'非文学性'的路径和视野引入文学研究，因而带来文学研究的深刻变化"①。在此，他特别强调了文化研究所凸显的政治倾向性对于文学研究的意义，认为文化研究挑战了文学活动中由种种权力关系合成的压抑性机制，"于是，从文学性到政治性，无疑拓展了文学研究的空间和视野，缩小了文学知识和社会实践运动业已拉大的距离"②。与蔡翔、王晓明不同的是，周宪没有过多考虑美和诗意如何产生的问题，也不再试图协调文学研究与文化研究的关系，对于他来说，"文化研究和文学研究之间存在着难以弥合的张力，文化研究不是要完善文学研究，而是要瓦解文学研究，提供一种'另类'的非文学的思路"③。于

---

① 周宪：《文化研究：学科抑或策略》，载《文艺研究》2002年第2期。
② 同上。
③ 同上。

是，在周宪这里，随着文化研究对文学研究的颠覆，文学的审美特性问题也就自然被消解了。

作为日常生活审美化理论的主要倡导者，陶东风同时也在致力于文化研究理论的介绍和推广①。在他看来，正是日常生活审美化或审美泛化的现实，对那种80年代形成的具有审美封闭和孤立倾向的文艺学主导范式提出了挑战，要求我们"大量吸收当代西方的社会文化理论，结合中国的实际，创造性地建立中国的文化研究/文化批评范式，这样才能有效地解释当代文艺与文化活动变化并对其深刻的社会原因作出分析"②。针对批评者对于文化研究"回到外部研究"乃至"回到庸俗社会学"的指责，陶东风指出，文化研究广泛吸收了20世纪语言论转向的理论成果，有着深厚的文本分析的基础，因此，它要重建文学与社会的关系，就具有一种否定之否定的辩证意味，绝不是要回到庸俗社会学的机械决定论和还原论。另一方面，陶东风也认为，文化研究/文化批评确实与传统的审美批评以"文学性"为对象的"内部研究"有所不同，其批评旨趣是政治性的。也就是说，它"是一种'文本政治学'，旨在揭示文本的意识形态，以及文本隐藏的文化权力关系，它基本上是伊格尔顿所说的'政治批评'"③。这也意味着文化研究/文化批评并没有解决文学的审美性与政治性相统一的问题，因此，陶东风也承认，"不能进行审美价值判断，或者把审美价值判断还原为政治判断，既是文化批评的特色，当然也可以从审美批评的立场把它理解为一个重要局限"④。后来，陶东风对于文艺学的自主性与政治性的关系进行

---

① 参见陶东风《文化研究：西方与中国》，北京师范大学出版社2001年版；《当代中国的文化批评》，北京大学出版社2006年版。
② 陶东风：《日常生活的审美化与文化研究的兴起——兼论文艺学的学科反思》，载《浙江社会科学》2002年第1期。
③ 陶东风：《论当代中国的文化批评》，载《学术月刊》2007年第7期。
④ 同上。

了进一步思考和阐述,在《文学理论的公共性——重建政治批评》一书中,他借助阿伦特的政治理论,将狭义的党派政治与体现着公共性、差异性、创造性和民主性的广义的政治作了区分,认为对于中国当代文艺学的自主性造成灾难性损害的极"左"政治只是一种狭义的政治,它不同于阿伦特所说的那种广义的政治,其实,后者与文学的自主性并不存在根本的冲突,因为在制度建构的意义上,"一个自主的文学场就是一个多元、宽容的文学场,一个允许各种主张自由表达、自由竞争的制度环境,在这个意义上,它与阿伦特说的公共领域或政治实践领域是同构的"①。基于对政治的这样一种理解,陶东风对近年来伴随着高涨的消费热情出现的政治冷漠表示了关注,他指出,伴随着这种政治冷漠,包括文艺学在内的当代中国人文社会科学研究都存在着强烈的非政治化倾向。由此,文艺学的知识生产出现了两个趋势:一个是实用化,一个是装饰化、博物馆化和象牙塔化,这一现象呈现出了明显的危机征兆。在陶东风看来,克服危机的途径"只能是重申文艺学知识的政治维度——当然不是极'左'时期'为政治服务'意义上的政治,而是作为公共领域自由行动意义上的政治。……中国的文艺学始终缺乏的正是一种对公共性政治的批评性反思的能力,而这正是文化研究所具有的性格"②。在此,陶东风主要是从社会学、政治学的角度来理解文艺学的自主性,对于作为文学主张的审美自律论则未详加讨论,这实际上也体现了文化研究所特有的视角以及局限。

总的来说,进入90年代之后,80年代中后期形成的作为主导理论范式的纯化的审美文论,已经因其与社会生活的隔绝而暴露出严重的危机。为了克服这一危机,走出困境,当代文

---

① 陶东风:《文学理论的公共性——重建政治批评》,福建教育出版社2008年版,第13页。

② 同上书,第22页。

艺学美学希望借助文化研究的理论资源，重新理解文学的政治性、公共性，并在此基础上重建文学与现实的积极的关联。但是，在如何解决审美自主性与政治功利性相统一的问题上，文化研究似乎并没有提供一个有效的方案。尽管文化研究的倡导者都意识到，重提文学的政治维度，强化文学对现实的介入批判意识，要避免回到庸俗社会学，不要重蹈文艺工具论的覆辙。但文化研究本身的局限又使其不可能深入地探讨文学的审美特性问题，这一问题在文化研究中往往被消解了，正如童庆炳所指出的，在多数情况下，文化研究或文化批评往往是一种政治学、社会学的批评，其对象与文学无关，其方法是反"诗意"的①。同时，文化研究对于诗意和审美的理解在某种程度上仍带有纯化的审美主义思潮的印迹，也就是说文学的政治性与审美性在这里不是辩证统一的，而是彼此分离的，当其以政治性消解审美性的时候，无论主观愿望如何，都有可能向着美善混同的非审美的功利性陷落，这样就难以打破古典主义审美封闭与审美残缺两极互补的格局。

从审美现代性的角度来看，文学的审美自主性与政治功利性不过是同一问题的两个方面，审美性不是空灵纯净，孤立绝缘于社会生活，它包含着丰富的现实政治内容，政治性不是急功近利，使文学失去独立的品格，它在介入现实的同时也得到了审美的转化。而要做到这一点，就要向生活本身寻找答案，"现实生活是人生诸相和社会关系的统一，在生活本身的丰富具体的感性现象上，文学的自主性完全可以得到审美的体现；在生活本身的复杂多样的人际关系中，广义的政治性也完全可以得到真正的落实"②。对于当代文论来说，现实生活是以认知再现的方式进入审美和文学领域的，也就是说，只有强化审美的客观性，把现实

---

① 参见童庆炳《文艺学边界三题》，载《文学评论》2004年第6期。
② 邹华：《"文革"美学与后古典主义》，载《西北师大学报》2010年第2期。

生活的原生形态客观真实地呈现出来，才能真正完成文学的审美性与政治性统一。应该说，当前的中国文论对此还缺乏充分的理论自觉，这也表明了中国文论的审美现代性还远未完成，古典主义随时都有可能变换花样，重新登场。

结　语

　　纵观新时期文论近三十年的发展历程,对于审美问题的研究虽然取得了相当程度的进展,但由于在主客观方面所存在的种种原因,一些重要的理论成果并没有得到有效的巩固和持续推进,这导致了理论上的反复现象时有发生,我们不难发现,一些被人们视为陈旧过时并早已解决的理论问题,实际上却一直在干扰和误导着新时期文论关于审美问题的理论探索,每每使其误入歧途。

　　对于审美问题,必须将其置于中国现代性发展的历史进程中加以审视才能得到更深刻的理解。而现代性是一项包含着政治、经济、文化等多重因素变迁的系统工程,自文艺复兴以来在西方已有数百年的历史,期间历经曲折,至今仍在发展之中,是一个未完成的方案。作为一个后发展中国家,中国现代性的发展情况较之西方更为复杂,也更为艰难。自晚清以来,中国开始踏上追求现代性的道路,迄今也已逾一个世纪。总的看来,在外部压力、传统重负和现实状况的制约下,中国现代性总是难以保持社会和文化不同层面的全面发展。如果说1949年之前频繁的内外战争使现代性根本没有正常发展的必要条件,那么1949年之后对于文化启蒙现代性的压制则使中国现代性的事业遭受重大挫折,"文革"的失败表明,那种背离启蒙思想而企图超越资本主义现代性的"反现代的现代性",只是一个不切实际的幻影,其实质更多的是前现代幽灵的显现。

新时期之初，以经济建设为中心的新的政治路线的确立和新启蒙主义思潮的兴起标志着中国现代性的重新启动，这为相对独立的艺术创作和学术研究创造了前提条件，新时期文论对于审美问题的理论探索就是在这一历史背景下展开的，这也意味着审美问题实际上是一个现代性的历史课题。一方面，从社会学的角度来说，文学艺术的自主和审美的独立离不开现代性的历史进程所带来的不同场域的分化。另一方面，从审美意识的生成机制来看，文学艺术审美特性的实现也体现着启蒙现代性的内在要求，也就是说，文化启蒙的现代性内在地包含着审美现代性的内容。如果没有主体自由、个性解放、理性自觉等启蒙主义思想文化的历史基础，那么，现代审美意识的创生和审美现代性的发展都是难以想象的。这是因为审美不是凭空产生的，它是由感性与理性合成的人性结构的产物，由于人性结构具有认识论与存在论的双重含义，因此，审美意识就是具有认识论与存在论内涵的感性与理性交错结合而形成的。一方面，认识论的理性认知融合在存在论的感性意欲中，形成不脱离感性情感而又具有认知深度的审美直觉；另一方面，存在论的感性意欲停驻于认识论的理性形式上，形成不脱离理性规范而又能表现感性欲求的审美观照，所谓的审美意识其实就是这直觉与观照的统一。应该指出的是，感性意欲与理性认知的审美制衡是在感性层面进行的，否则，理性认知将强化现实的功利性，理性目的将推动思维的抽象性，这样认知和意欲就无法成功地转化为审美。

如果说审美意识的生成的基础是感性与理性所合成的人性结构，那么，这具有认识论与存在论双重含义的人性结构则受到反映着个体与社会关系的现实结构的制约，并由此传导出丰富的社会历史内容。审美现代性所要求的审美意识从古代向现代的历史转换是建立在现代性的现实结构和人性结构基础之上的。在古代，个体依附于社会的现实结构决定了感性受制于理性的人性结构，感性地位的低下造成现象保持力和形式构造力的不足，审美不得不依附于认识和伦理，形成审美残缺。而理性对感性抑制性的统一则使古代审美意识遵循中和性的美学原则，从主客观两个方面回缩而赢得一个狭小的审美空间，形成审美封闭。古代审美意识的这两个特点表明，在古代，审美特性问题是不可能提出并加以解决的，这是审美现代性所要完成的历史课题。只有到了近现代，随着社会生产力的飞跃性发展，启蒙思想的广泛传播，个人主体地位得到了极大的提升，由此古代客体性的人性结构向着现代主体性的人性结构转化，原本受压的感性与僵硬的理性开始向着人的水平汇聚，这才使现代审美意识的创生具有了现实性。

　　建立在强大主体能力基础之上的现代审美意识以外倾直觉和动态观照的方式向着广阔的外部世界和深邃的内部世界扩展开掘，那些纷繁多样的原生态的客观现象和生动复杂的形式化的主观意象都进入了审美的领域，审美以主客观对峙的方式急剧扩张，这样，古代的审美封闭的缺点就被克服了。现代审美方式不仅打开了审美空间，赋予审美丰富的现实内容，而且还从主客观两个方面寻求着审美的独立性。在客观方面，它以现象化的现实生活为其审美限定，在此，认知的抽象性溶解于对现实生活的情感体验中，使审美不再混同于认识而成为独立的审美直觉。在主观方面，它以抽象性的物象形式为其审美限定，在此，意欲的功利性回旋于对自然物象的感知形式上，使审美不再混同于实践而成为独立的审美观照。上述两个方面结合在一起，古代审美残缺的局限就被消除了。

　　总之，在现代审美意识中，审美的现实性、功利性与审美的独立性、自主性不再像在古代审美意识中那样，总是处于断裂状态，而是实现了两者的统一。这种统一体现了审美现代性对于审美特性的基本要求，使现代审美意识既包含着来自认识和实践的丰富内容，又克服了它们各自的片面性，从而完美展现了人的自由境界。

　　从王国维确立中国审美现代性的历史起点开始，中国的美学文艺学就开始了对审美特性这一重大的历史课题展开论证，并因此深刻触及了审美的独立性和现实性问题。应该说，在一个世纪的岁月中，中国现当代文论对于审美问题的研究已经收获了不少值得重视的理论成果。然而，我们又要看到，审美现代性毕竟只是整个现代性工程的一个组成部分，它不可能在社会和文化现代性都未成熟的条件下单独完成，中国现代社会和文化转型的艰难必然影响到审美现代性发展。无论是近代以来深重的民族危机，还是当代政治一体化的社会体制，都对启蒙思想形成了抑制，由此也在不同程度上破坏了现代审美意识的生成机制，这样，古代的审美残缺与审美封闭就不可能在弥合与扩张中得到彻底改造，其历史局限就会在现代文论中以新的形式延留下来。古代儒家的文艺教化论在现代演变为文艺工具论，文艺从依附于伦理道德演变为依附于政治宣传，从含蓄蕴藉转为直白浅陋，这样一种转变不仅不是对审美现代性的推进，而且也丧失了文艺教化论所曾经具有的历史合理性。文艺教化论毕竟还适应了古代社会生活和古人的思维水平，对于古代的审美活动和艺术创作来说不失其正面的价值和积极的意义，而在特殊的战时环境中被确立为审美规范的文艺工具论，对于进入和平年代的当代文艺实践和理论建设所造成的就只能是严重的破坏，审美现代性所要求的审美独立性在此完全失落了。古代道家的审美空灵论在现代则演变为审美体验论和审美形式论，文艺从对于优美意境的表现转为对于内心情感抒发和唯美形式的迷恋，从对于消解主体的宇宙天道的投归转为对于回避现实功利的封闭情感与自足形式的追求，在此，审美企图以收缩空间的代价来对抗文艺工具论对审美自主性的威胁，但结果却不是走向审美现代性所要求的审美独立，而是陷入了与现实生活隔绝的审美孤立。因此，对于中国现当代文论来说，其重要的历史使命就是要突破古典主义审美残缺与审美封闭的恶性循环，为审美现代性的发展开辟道路。

进入新时期之后的中国文论，是在依附于政治的新古典主义文学陷于绝境的历史条件下开始其理论思考的，起初，其理论锋芒直接指向了在"文革"中发展到极端而走向荒谬僵化的文艺工具论，文学艺术的审美特性受到了高度重视，对于文学自主性与审美独立性的追求成为这一时期文论的主导潮流。同时，在现实主义与现代主义文艺实践的推动下，体现着审美客观性的认知再现论与体现着审美主观性的情感表现论开始发展起来，偏重认识论的审美认知现代性与偏重存在论的审美意欲现代性两极对峙而又互补的总体格局得到了初步揭示。这样，新时期之初的文艺理论一方面促使文学摆脱狭隘政治功利的束缚，极力地追求自身的独立和审美自律；另一方面，又通过对于认识与实践内容的审美转化，使文学与内外世界发生积极的沟通与关联，由此建立起一个既独立又开放的审美空间。因此，从总体上来说，这一时期的文艺理论对于审美现代性的理论建构和健康发展都做出了积极的历史贡献，也为中国当代文论走出古典主义阴影提供了一个难得的历史契机，对此应予以充分的肯定。但另一方面我们又不能不看到，这仅仅是确立起了一个基本的理论起点，其实并没有也不可能解决所有重大的理论问题，像审美意识从古代到现代的历史转换，以现象化为审美界限的认知再现论在当代文论体系中的基础地位，以及审美的独立性与审美的现实性相统一等问题，虽然在不同程度上都有所触及，但显然还缺乏更深刻的理论自觉和进一步细致的辨析，这就不能不对后来新时期文论的走向产生消极的影响。

　　正是由于没有在理论上深入揭示古典主义的客观模仿论与现代客观再现论的历史差异，没有清楚地认识到前者的客观性只是一种假象，其实质只是表达主观意志和实用功利，而后者则通过对于社会生活原生现象的真实的再现，满足着现代人审美认知的强烈需求。这样，就有可能模糊当代政治化新古典主义与现实主义的本质差异，在理论上很容易由对文艺工具论的厌恶走向对审美客观性、现实性的拒斥。80年代中期之后，新时期文论大幅度地"向内转",就与人们对中国当代新古典主义的客观性假象普遍的误认有关,其结果是导致了这一时期认知再现论的急剧衰落与审美心理主义和审美形式主义理论的迅速兴盛。但是,这表面的繁盛实际上却隐含着深刻的危机,因为客观性的社会生活是通过现象化的认知再现的方式进入文学的审美空间的,认知再现论的式微,对于当时文艺理论的主导潮流来说,就意味着社会生活已经全面退出了审美的视野,这样也就抽掉了以纯化的心理体验和形式建构为核心的审美主义理论的现实根基,而失去了生活支撑的情感表现只能在生物性的放纵与乌托邦式的超越之间摇摆,在贫乏苍白中走向没落,同样,语言形式的花样翻新也始终无法克服内容空洞这一根本性的缺陷,人们很快就厌倦了那些没有所指的能指游戏。

总的来说,80年代中后期的文论由于不再把文学与社会生活的有机关联置于理论思考的中心,因而对文学审美特性的理解出现了重大偏差,为了追求审美的自主性,避免做政治功利的附庸,结果却切断了审美与现实生活的通道,审美的认识论的维度被弃置了,审美被认为只与空灵纯净的情感和自我指涉的语言有关,这实际上是古代审美封闭的重现,是对审美现代性的一种反动。

进入90年代之后,随着市场经济体制的确立和消费主义文化的兴起,被困在审美孤立的牢笼中面临重重危机的文艺理论开始寻求新的突破。如果说在90年代初期的人文精神讨论和大众文化批判中,仍然可以明显感觉到80年代中后期所形成的那种纯化的审美主义倾向,那么后来随着审美文化研究的发展以及进入新世纪以来日常生活审美化理论的提出,则表明90年代中后期以来的文论已经开始自觉地适应消费主义的现实,并试图努力改变审美与生活相疏离的现状,进而在理论上体现出一种审美的泛化和浅表化的特点。然而,当生活被等同于消费,美被理解为商品外观的漂亮时,实际上那些流光溢彩、炫人耳目的形式美的装饰，却无一不潜藏着商业的功利性目的，在此，审美并没有找到真正通往现实生活的道路，同时也在市场的喧嚣中失落了其独立自主的品格。

同样是为了走出审美孤立的困境，但又不愿加入消费主义的狂欢，新世纪文论的另一个重要走向是重新呼唤文学的政治性、公共性，要求文学提供对于现实的批判性思考。从"纯文学"的反思到文化研究的兴起，就反映了晚近文论重建文学与社会生活的有效互动关联这一理论诉求。不过，在社会学理论主导下，审美问题却在所谓的"文化论"转向中被消解了。尽管新兴理论的倡导者已经认识到过去的文艺工具论的巨大危害，试图吸收"语言论转向"的积极的理论成果，使文学不再重蹈成为政治附庸的覆辙。但是如何做到这一点，却并非没有疑问。

我们看到，从90年代到新世纪以来的中国文论，一直在致力于打破纯审美的封闭孤立的圈子，努力寻求文学与社会生活的结合，但是却并没有真正解决审美与商业功利、政治功利的关系，因而，很容易陷入古代审美残缺的泥潭。而无论是审美封闭还是审美残缺，都是古典主义的审美特征，与审美现代性的发展方向背道而驰。为了推进文艺理论的审美现代性进程，我们有必要对新时期文论三十年的发展进行深刻的反思和批判，并由此重新启动体现着审美客观性的认知再现论，从而为现实主义的艺术实践创造有利的理论环境。同时，在此基础上总结浪漫主义、现代主义的艺术经验，发展情感表现论。只有这样，社会生活才能重新回到文学的审美视野，情感体验和形式建构才会获得充实的现实内容。也只有这样，审美才能既保持独立性、自主性，又具有开放性、扩张性，从而彻底摆脱古典主义的历史羁绊，真正走向现代性。

参考文献

一 论著部分

1. 外国论著

［1］［德］西奥多·阿多诺（Theodor Wiesengrund Adorno）:《美学理论》，四川人民出版社1998年版。

［2］［美］艾恺（Guy S. Alitto）:《世界范围内的反现代化思潮——论文化守成主义》，贵州人民出版社1991年版。

［3］［法］路易·阿尔都塞（Louis Althusser）:《保卫马克思》，商务印书馆1984年版。

［4］［美］丹尼尔·贝尔（Daniel Bell）:《资本主义文化矛盾》，生活·读书·新知三联书店1989年版。

［5］［英］以赛亚·柏林（Isaiah Berlin）:《浪漫主义的根源》，译林出版社2008年版。

［6］［美］马歇尔·伯曼（Marshall Berman）:《一切坚固的东西都烟消云散了——现代性体验》，商务印书馆2003年版。

［7］［俄］别林斯基:《别林斯基文学论文选》，上海译文出版社2000年版。

［8］［俄］别林斯基:《别林斯基选集》第4卷，上海译文出版社1991年版。

［9］［英］马·布雷德伯里、詹·麦克法兰:《现代主义》，上海

外语教育出版社 1992 年版。

[10] [美] 马泰·卡林内斯库（Matei Calinescu）：《现代性的五副面孔——现代主义、先锋派、颓废、媚俗艺术、后现代主义》，商务印书馆 2002 年版。

[11] 杜小真编选：《福柯集》，上海远东出版社 1998 年版。

[12] [英] 特里·伊格尔顿（Terry Eagleton）：《二十世纪西方文学理论》，北京大学出版社 2007 年版。

[13] [英] 特里·伊格尔顿（Terry Eagleton）：《后现代主义的幻象》，商务印书馆 2000 年版。

[14] [法] 米歇尔·福柯（Michel Foucault）：《词与物——人文知识考古学》，上海三联书店 2001 年版。

[15] [荷兰] 佛克马、易布思（Douwe W. Fokkema, Ibsch）：《二十世纪文学理论》，生活·读书·新知三联书店 1988 年版。

[16] [美] 杰拉尔德·格拉夫（Gerald Graff）：《自我作对的文学》，河北人民出版社 2004 年版。

[17] [德] 于尔根·哈贝马斯（Jürgen Habermas）：《现代性的哲学话语》，译林出版社 2004 年版。

[18] [美] 詹明信（Fredric Jameson）：《晚期资本主义的文化逻辑》，生活·读书·新知三联书店 1997 年版。

[19] [德] 伊曼纽尔·康德（Immanune Kant）：《历史理性批判文集》，商务印书馆 1991 年版。

[20] [匈牙利] 卢卡契（Georg Luacs）：《卢卡契文学论文集》第 1 卷，中国社会科学出版社 1980 年版。

[21] [法] 让-弗朗索瓦·利奥塔（Jean-Francois Lyotard）：《后现代状况：关于知识的报告》，湖南美术出版社 1996 年版。

[22] [德] 马克思、恩格斯：《马克思恩格斯全集》第 42 卷，人民出版社 1979 年版。

[23]［德］马克思、恩格斯：《马克思恩格斯选集》第4卷，人民出版社1995年版。

[24]［美］理查德·罗蒂（Richard Rorty）：《哲学、文学与政治》，上海译文出版社2009年版。

[25]［古希腊］色诺芬：《回忆苏格拉底》，商务印书馆1986年版。

[26]［德］马克斯·韦伯（Max Weber）：《新教伦理与资本主义精神》，生活·读书·新知三联书店1987年版。

[27]［美］雷·韦勒克、奥·沃伦（Rene Wellek & Austin Warren）：《文学理论》，生活·读书·新知三联书店1984年版。

[28]［德］沃尔夫冈·韦尔施（Wolfgang Welsch）：《重构美学》，上海译文出版社2002年版。

[29]［古希腊］亚里斯多德：《诗学》，人民文学出版社1988年版。

[30] 袁可嘉：《外国现代派作品选》第1册，上海文艺出版社1980年版。

[31] 袁可嘉等编选：《现代主义文学研究》，中国社会科学出版社1989年版。

[32] 中国社会科学院外国文学研究所外国文学研究资料丛刊编委会：《外国理论家作家论形象思维》，中国社会科学出版社1979年版。

2. 中国论著

[1] 白烨：《文学论争20年》，华中师范大学出版社1998年版。

[2] 包忠文：《当代中国文艺理论史》，江苏教育出版社1998年版。

[3] 北京师范大学文艺理论教研室：《美学文艺学论文集》，北京师范大学出版社1986年版。

［4］陈平原：《中国小说叙事模式的转变》，上海人民出版社1988年版。

［5］陈晓明：《无边的挑战——中国先锋文学的后现代性》，时代文艺出版社1993年版。

［6］程光炜：《文学讲稿："八十年代"作为方法》，北京大学出版社2009年版。

［7］程光炜：《文学史的多重面孔——八十年代文学事件再讨论》，北京大学出版社2009年版。

［8］程光炜：《重返八十年代》，北京大学出版社2009年版。

［9］程文超：《意义的诱惑——中国文学批评话语的当代转型》，时代文艺出版社1993年版。

［10］戴阿宝、李世涛：《问题与立场——20世纪中国美学论争辩》，首都师范大学出版社2006年版。

［11］戴锦华：《隐形书写——90年代中国文化研究》，江苏人民出版社1999年版。

［12］戴锦华：《涉渡之舟——新时期中国女性写作与女性文化》，陕西人民教育出版社2002年版。

［13］杜卫：《走出审美城——新时期文学审美论的批判性解读》，东方出版社1999年版。

［14］高尔泰：《美是自由的象征》，人民文学出版社1986年版。

［15］高尔泰：《论美》，甘肃人民出版社1982年版。

［16］高行健：《现代小说技巧初探》，花城出版社1981年版。

［17］古远清：《中国当代文学理论批评史》，山东文艺出版社2005年版。

［18］韩毓海：《20世纪中国：学术与社会——文学卷》，山东人民出版社2001年版。

［19］何新：《艺术现象的符号——文化学阐释》，人民文学出版社1987年版。

［20］贺桂梅：《批评的增长与危机》，山西教育出版社1999

年版。

[21] 贺桂梅：《"新启蒙"知识档案——80年代中国文化研究》，北京大学出版社2010年版。

[22] 胡风：《胡风全集》第6卷，湖北人民出版社1999年版。

[23] 胡经之：《文艺美学》，北京大学出版社1989年版。

[24] 胡乔木：《关于人道主义与异化问题》，人民出版社1984年版。

[25] 胡适：《胡适文集》第2卷，北京大学出版社1998年版。

[26] 金开诚：《文艺心理学论稿》，北京大学出版社1982年版。

[27] 寇鹏程：《中国审美现代性研究》，上海三联书店2009年版。

[28] 李杨：《抗争宿命之路——"社会主义现实主义"（1942—1976）研究》，时代文艺出版社1993年版。

[29] 李泽厚：《批判哲学的批判——康德述评》，人民出版社1979年版。

[30] 李泽厚：《美学论集》，上海文艺出版社1980年版。

[31] 李泽厚：《中国现代思想史论》，东方出版社1987年版。

[32] 李泽厚：《李泽厚哲学美学文选》，湖南人民出版社1985年版。

[33] 李泽厚：《世纪新梦》，安徽文艺出版社1998年版。

[34] 李泽厚：《美学四讲》，生活·读书·新知三联书店1989年版。

[35] 李泽厚、刘绪源：《该中国哲学登场了？》，上海译文出版社2011年版。

[36] 刘纲纪：《艺术哲学》，湖北人民出版社1986年版。

[37] 刘晓波：《选择的批判——与李泽厚对话》，上海人民出版社1988年版。

[38] 刘晓波：《审美与人的自由》，北京师范大学出版社1988年版。

[39] 刘小枫：《诗化哲学——德国浪漫美学传统》，山东文艺出版社 1986 年版。
[40] 刘小枫：《拯救与逍遥——中西方诗人对世界的不同态度》，上海人民出版社 1988 年版。
[41] 刘大枫：《新时期文学本体论思潮研究》，天津社会科学院出版社 2000 年版。
[42] 刘悦笛：《美学国际：当代国际美学家访谈录》，中国社会科学出版社 2010 年版。
[43] 刘再复：《性格组合论》，上海文艺出版社 1986 年版。
[44] 刘再复：《文学的反思》，人民文学出版社 1988 年版。
[45] 刘再复：《论中国文学》，作家出版社 1988 年版。
[46] 刘再复：《李泽厚美学概论》，生活·读书·新知三联书店 2009 年版。
[47] 鲁枢元：《创作心理研究》，黄河文艺出版社 1985 年版。
[48] 鲁迅：《鲁迅全集》第 1、4、9 卷，人民文学出版社 2005 年版。
[49] 陆扬：《日常生活审美化批判》，复旦大学出版社 2012 年版。
[50] 吕俊华：《艺术创作与变态心理》，生活·读书·新知三联书店 1987 年版。
[51] 茅盾：《夜读偶记》，百花文艺出版社 1979 年版。
[52] 茅盾：《茅盾文艺杂论集》，上海文艺出版社 1981 年版。
[53] 钱中文、刘方喜、吴子林：《自律与他律——中国现当代文学论争中的一些理论问题》，北京大学出版社 2005 年版。
[54] 人民出版社编辑部：《人是马克思主义的出发点——人性、人道主义问题论集》，人民出版社 1981 年版。
[55] 汝信、王德胜：《美学的历史——20 世纪美学学术进程》，安徽教育出版社 2000 年版。

[56] 邵荃麟：《邵荃麟评论选集》，人民文学出版社1981年版。
[57] 盛宁：《现代主义·现代派·现代话语——对"现代主义"的再审视》，北京大学出版社2011年版。
[58] 唐晓渡、王家新：《中国当代实验诗选》，春风文艺出版社1987年版。
[59] 唐翼明：《大陆新时期文学（1977—1989）理论与批评》，台北：东大图书公司1995年版。
[60] 陶东风：《文化研究：西方与中国》，北京师范大学出版社2002年版。
[61] 陶东风、徐艳蕊：《当代中国的文化批评》，北京大学出版社2006年版。
[62] 陶东风：《文学理论的公共性——重建政治批评》，福建教育出版社2008年版。
[63] 童庆炳：《新时期高校文学理论教材编写调查报告》，春风文艺出版社2006年版。
[64] 童庆炳：《文学审美论的自觉——文学特征问题新探索》，北京师范大学出版社2011年版。
[65] 汪晖：《去政治化的政治：短20世纪的终结与90年代》，生活·读书·新知三联书店2008年版。
[66] 王若水：《为人道主义辩护》，生活·读书·新知三联书店1986年版。
[67] 王一川：《意义的瞬间生成——西方体验美学的超越性结构》，山东文艺出版社1988年版。
[68] 王一川：《审美体验论》，百花文艺出版社1992年版。
[69] 夏中义：《新潮学案——新时期文论重估》，上海三联书店1996年版。
[70] 徐贲：《文化批评往何处去：一九八九年后的中国文化讨论》，香港：天地图书有限公司1998年版。
[71] 徐碧辉：《实践中的美学——中国现代性启蒙与新世纪美

学建构》，学苑出版社 2005 年版。

[72] 徐敬亚：《崛起的诗群》，同济大学出版社 1989 年版。

[73] 阎国忠：《走出古典——中国当代美学论争述评》，安徽教育出版社 1996 年版。

[74] 杨扬：《周作人批评文集》，珠海出版社 1998 年版。

[75] 杨飏：《九十年代文学理论转型研究》，中国社会科学出版社 2001 年版。

[76] 姚鹤鸣：《理性的追踪——新时期文学批评论纲》，江苏教育出版社 1998 年版。

[77] 姚文放：《当代审美文化批判》，山东文艺出版社 1999 年版。

[78] 叶世祥：《20 世纪中国审美主义思想研究》，商务印书馆 2011 年版。

[79] 以群：《文学的基本原理》，上海文艺出版社 1963 年版。

[80] 尤西林：《心体与时间——20 世纪中国美学与现代性》，人民出版社 2009 年版。

[81] 余虹：《革命·审美·解构——20 世纪中国文学理论的现代性与后现代性》，广西师范大学出版社 2001 年版。

[82] 俞平伯：《脂砚斋红楼梦辑评》，中华书局上海编辑所 1963 年版。

[83] 余世谦、李玉珍：《新时期文艺学论争资料 1976—1985》，复旦大学出版社 1998 年版。

[84] 袁可嘉：《论新诗现代化》，生活·读书·新知三联书店 1988 年版。

[85] 张承志：《清洁的精神》，安徽文艺出版社 1994 年版。

[86] 张景超：《滞重的跋涉——新时期文学批评透视》，黑龙江教育出版社 2002 年版。

[87] 章启群：《九批判书》，北京大学出版社 2009 年版。

[88] 张婷婷：《中国 20 世纪文艺学学术史》第 4 部，上海文艺

出版社 2001 年版。

[89] 周来祥:《美学问题论稿》,陕西人民出版社 1984 年版。

[90] 周小仪:《唯美主义与消费文化》,北京大学出版社 2002 年版。

[91] 周扬:《周扬文集》第 2 卷,人民文学出版社 1985 年版。

[92] 周作人:《中国新文学的源流》,华东师范大学出版社 1995 年版。

[93] 朱光潜:《朱光潜美学文集》第 3 卷,上海文艺出版社 1982 年版。

[94] 朱立元:《美学与实践》,广西师范大学出版社 1999 年版。

[95] 朱立元:《新时期以来文学理论和批评发展概况的调查报告》,春风文艺出版社 2006 年版。

[96] 祝东力:《精神之旅——新时期以来的美学与知识分子》,中国广播电视出版社 1998 年版。

[97] 邹华:《20 世纪中国美学研究》,复旦大学出版社 2003 年版。

[98] 邹华:《流变之美——美学理论的探索与重构》,清华大学出版社 2004 年版。

[99] 邹华:《中国美学的历史重负》,安徽教育出版社 2009 年版。

[100] 邹华:《中国美学的后古典时代》,中国社会科学出版社 2011 年版。

二 论文部分

[1] 阿垅:《论倾向性》,《文艺学习》1950 年第 1 期。

[2] 巴人:《论人情》,《新港》1957 年第 1 期。

[3] 蔡翔:《何为文学本身》,《当代作家评论》2002 年第 6 期。

[4] 曹廷华:《"文艺从属于政治"是不科学的命题》,《文艺研

究》1980 年第 3 期。

[5] 陈恭敏：《工具论还是反映论——关于文艺与政治的关系》，《戏剧艺术》1979 年第 1 期。

[6] 陈吉猛：《新时期文学理论的审美主义倾向论略》，《上海交通大学学报》2003 年第 5 期。

[7] 陈晓明：《填平鸿沟，划清界限——"精英"与"大众"殊途同归的当代潮流》，《文艺研究》1994 年第 1 期。

[8] 陈晓明：《人文关怀：一种知识与叙事》，《上海文化》1994 年第 5 期。

[9] 陈涌：《关于文学艺术特征的一些问题》，《文艺报》1956 年第 9 期。

[10] 陈涌：《文艺学方法论问题》，《红旗》1986 年第 8 期。

[11] 丁力：《新诗的发展和古怪诗》，《河北师院学报》1981 年第 2 期。

[12] 杜书瀛：《艺术典型与"多数""主流"及其他》，《文学评论》1980 年第 1 期。

[13] 冯骥才：《中国文学需要"现代派"！——给李陀的信》，《上海文学》1982 年第 8 期。

[14] 高尔泰：《唯物史观与人道主义》，《学习与探索》1983 年第 4 期。

[15] 高尔泰：《话到沧桑句便工——关于现实主义的一些思考》，《新华文摘》1988 年第 8 期。

[16] 高行健：《迟到了的现代主义与当今中国文学》，《文学评论》1988 年第 3 期。

[17] 葛红兵：《介入：作为一种纯粹的文学信念》，《上海文学》2001 年第 4 期。

[18] 韩东：《三个世俗角色之后》，《百家》1989 年第 4 期。

[19] 韩东：《自传与诗见》，《诗歌报》1988 年 7 月 6 日第 3 版。

［20］韩少功：《好"自我"而知其恶》，《上海文学》2001 年第 5 期。

［21］何西来：《人的重新发现——论新时期的文学潮流》，《红岩》1983 年第 3 期。

［22］何新：《试论审美的艺术观——兼论艺术的人道主义及其他》，《学习与探索》1980 年第 4 期。

［23］何志钧：《新时期审美主义评析》，《内蒙古社会科学》2008 年第 4 期。

［24］黄子平：《得意莫忘言》，《上海文学》1985 年第 11 期。

［25］黄子平：《关于"伪现代派"及其批评》，《北京文学》1988 年第 2 期。

［26］霍松林：《试论形象思维》，《新建设》1956 年第 5 期。

［27］金元浦：《试论当代的"文化工业"》，《文艺理论研究》1994 年第 2 期。

［28］金元浦：《重新审视大众文化》，《中国社会科学》2000 年第 6 期。

［29］金元浦：《别了，蛋糕上的酥皮——寻找当下审美性、文学性变革问题的答案》，《文艺争鸣》2003 年第 6 期。

［30］李何林：《十年来文学理论和批评上的一个小问题》，《文艺报》1960 年第 1 期。

［31］李剑：《"歌德"与缺德》，《河北文艺》1979 年第 6 期。

［32］李劼：《试论文学形式的本体意味》，《上海文学》1987 年第 3 期。

［33］李洁非、张陵：《"再现真实"：一个结构语言学的反诘》，《上海文学》1988 年第 2 期。

［34］李陀：《"现代小说"不等于"现代派"——给刘心武的信》，《上海文学》1982 年第 8 期。

［35］李陀、李静：《漫说"纯文学"——李陀访谈录》，《上海文学》2001 年第 3 期。

[36] 李衍柱:《观察个性 研究个性 刻画个性——文学典型问题断想》,《山东师院学报》1980年第1期。

[37] 李震:《从文化文本到非文化文本》,《艺术广角》1989年第5期。

[38] 梁水台、余素纺:《评"文艺要反映生活本质"的种种误解》,《作品》1980年第12期。

[39] 林兴宅:《我们时代的文艺理论——评刘再复近著兼与陈涌商榷》,《读书》1986年第12期。

[40] 刘登翰:《一股不可遏制的新诗潮——从舒婷的创作和争论谈起》,《福建文艺》1980年第12期。

[41] 刘心武:《需要冷静地思考——给冯骥才的信》,《上海文学》1982年第8期。

[42] 刘心武:《直面俗世》,《中华读书报》1995年4月5日第1版。

[43] 刘再复:《文学研究思维空间的拓展》,《读书》1985年第2期。

[44] 鲁枢元:《论新时期文学的"向内转"》,《文艺报》1986年10月18日第3版。

[45] 鲁枢元:《大地和云霓——关于文学本体论的思考》,《文艺报》1987年7月11日第3版。

[46] 鲁枢元:《评所谓"新的美学原则"的崛起——"审美日常生活化"的价值取向析疑》,《文艺争鸣》2004年第3期。

[47] 栾昌大:《典型问题论争三十年》,《吉林大学社会科学学报》1980年第2期。

[48] 毛星:《也谈典型》,《文学评论》1980年第3期。

[49] 孟悦、季红真:《叙事方法——形式化了小说审美特性》,《上海文学》1985年第10期。

[50] 南帆:《论小说的艺术模式》,《文艺研究》1987年第

1期。

[51] 南帆：《空洞的理念——"纯文学"之辩》，《上海文学》2001年第5期。

[52] 南帆：《文化研究：开启新的视域》，《南方文坛》2002年第3期。

[53] 南帆：《"跨界"的半径与圆心——谈鲁枢元的文学跨界研究》，《文艺理论研究》2011年第2期。

[54] 聂振斌、滕守尧、章建刚、徐碧辉：《关于审美文化的对话》，《哲学动态》1997年第6期。

[55] 聂振斌：《什么是审美文化？》，《北京社会科学》1997年第2期。

[56] 钱谷融：《论"文学是人学"》，《文艺月报》1957年第5期。

[57] 钱中文：《文艺理论的发展和方法更新的迫切性》，《文学评论》1984年第6期。

[58] 钱中文：《最具体的和最主观的是最丰富的——审美反映的创造性本质》，《文艺理论研究》1986年第4期。

[59] 钱中文：《论文学观念的系统性特征》，《文艺研究》1987年第6期。

[60] 钱中文：《论文学形式的发生》，《文艺研究》1988年第4期。

[61] 钱中文：《文学理论现代性问题》，《文学评论》1999年第2期。

[62] 钱中文：《文学理论三十年——从新时期到新世纪》，《文艺争鸣》2007年第3期。

[63] 邱岚：《评〈论"写本质"〉》，《东北师大学报》1981年第1期。

[64] 汝信：《人道主义就是修正主义吗？——对人道主义的再认识》，《人民日报》1980年8月15日第5版。

[65] 《上海文学》评论员：《为文艺正名——驳"文艺是阶级斗争的工具"说》，《上海文学》1979年第4期。

[66] 孙绍振：《新的美学原则在崛起》，《诗刊》1981年第3期。

[67] 陶东风：《新"十批判书"之三——欲望与沉沦：当代大众文化批判》，《文艺争鸣》1993年第6期。

[68] 陶东风、金元浦：《从碎片走向建设——中国当代审美文化二人谈》，《文艺研究》1994年第5期。

[69] 陶东风：《日常生活审美化与文化研究的兴起——兼论文艺学的学科反思》，《浙江社会科学》2002年第1期。

[70] 陶东风：《大众文化研究的三种范式及其西方资源——兼答鲁枢元先生》，《文艺争鸣》2004年第5期。

[71] 陶东风：《论当代中国的文化批评》，《学术月刊》2007年第7期。

[72] 童庆炳：《关于文学特征问题的思考》，《北京师范大学学报》1981年第6期。

[73] 童庆炳：《文艺学的边界应该如何移动》，《河北学刊》2004年第4期。

[74] 童庆炳：《文艺学边界三题》，《文学评论》2004年第6期。

[75] 童庆炳：《"日常生活审美化"与文艺学》，《中华读书报》2005年1月26日第12版。

[76] 童庆炳：《新时期文学审美特征论及其意义》，《文学评论》2006年第1期。

[77] 童庆炳：《审美论——语言论——文化论：新时期文论三十年发展轨迹》，《黑龙江社会科学》2008年第4期。

[78] 童庆炳：《走向新境：中国当代文学理论60年》，《文艺争鸣》2009年第9期。

[79] 王春元：《关于写英雄人物理论问题的探讨》，《文学评

论》1979 年第 5 期。

[80] 王德胜：《"真实感性"及其命运——当代审美文化的哲学问题之一》，《求是学刊》1996 年第 5 期。

[81] 王德胜：《审美文化的当代性问题》，《文艺研究》1998 年第 3 期。

[82] 王德胜：《视像与快感——我们时代日常生活的美学现实》，《文艺争鸣》2003 年第 6 期。

[83] 王纪人：《为"镜子"说辩护》，《上海文学》1980 年第 12 期。

[84] 王蒙：《睁开眼睛，面向生活》，《光明日报》1979 年 9 月 5 日。

[85] 王蒙：《致高行健》，《小说界》1982 年第 2 期。

[86] 王蒙：《躲避崇高》，《读书》1993 年第 1 期。

[87] 王蒙：《人文精神问题偶感》，《东方》1994 年第 5 期。

[88] 王若水：《文艺·政治·人民》，《文艺理论研究》1980 年第 3 期。

[89] 王若水：《文艺与人的异化问题》》，《上海文学》1980 年第 9 期。

[90] 王若水：《现实主义和反映论问题》，《文艺理论研究》1988 年第 5 期。

[91] 王若望：《文艺与政治不是从属关系》，《文艺研究》1980 年第 1 期。

[92] 王晓明：《在语言的挑战面前》，《当代作家评论》1986 年第 5 期。

[93] 王晓明、张宏、徐麟、张柠、崔宜明：《旷野上的废墟——文学和人文精神的危机》，《上海文学》1993 年第 6 期。

[94] 王晓明、蔡翔：《美和诗意如何产生——有关一个栏目的设想和对话》，《当代作家评论》2003 年第 4 期。

[95] 王一川：《审美文化概念简说》，《上海社会科学院学术季刊》1994 年第 4 期。

[96] 王元化：《文学的真实性和倾向性》，《上海文学》1980 年第 12 期。

[97] 王元骧：《论典型化》，《文学评论》1980 年第 4 期。

[98] 王元骧：《反映论原理与文学本质问题》，《文艺理论与批评》1988 年第 1 期。

[99] 王元骧：《文学的意识形态性与非意识形态性》，《高校社会科学》1988 年第 1 期。

[100] 王元骧：《艺术的认识性与审美性》，《文艺理论研究》1990 年第 3 期。

[101] 王佐良：《中国新诗中的现代主义——一个回顾》，《文艺研究》1983 年第 4 期。

[102] 吴俊：《试论形式即主客体审美关系的显现》，《文艺理论研究》1986 年第 5 期。

[103] 吴俊：《文学：语言本体与形式建构》，《上海文论》1988 年第 2 期。

[104] 吴亮：《"典型"的历史变迁》，《当代文艺思潮》1983 年第 4 期。

[105] 吴亮：《马原的叙事圈套》，《当代作家评论》1987 年第 3 期。

[106] 吴亮：《冥想与独白：文学的、非文学的》，《文学角》1988 年第 1 期。

[107] 吴思敬：《时代的进步与现代诗》，《诗探索》1981 年第 2 期。

[108] 夏中义：《文艺是非纯认识性的精神活动》，《文艺理论研究》1982 年第 3 期。

[109] 肖鹰：《审美文化：历史与现实》，《浙江学刊》1997 年第 5 期。

[110] 谢冕：《在新的崛起面前》，《光明日报》1980 年 5 月 7 日第 4 版。

[111] 谢冕：《失去了平静以后》，《诗刊》1980 年第 12 期。

[112] 徐迟：《现代化与现代派》，《外国文学研究》1982 年第 1 期。

[113] 徐敬亚：《崛起的诗群——评我国诗歌的现代倾向》，《当代文艺思潮》1983 年第 1 期。

[114] 徐俊西：《一个值得重新探讨的定义——关于典型环境与典型人物关系的疑义》，《上海文学》1981 年第 1 期。

[115] 徐俊西：《一种必须破除的公式——再谈典型环境和典型人物》，《上海文学》1981 年第 8 期。

[116] 徐俊西：《再谈典型环境中的典型人物——答陈涌同志》，《复旦学报》1985 年第 2 期。

[117] 徐文玉：《文艺"写真实"三题》，《安徽大学学报》1980 年第 4 期。

[118] 徐向昱：《中国当代文化变迁与文学理论的范式转换》，《河南社会科学》2010 年第 5 期。

[119] 徐向昱：《后"五四"现代主义文学思潮论》，《学术论坛》2011 年第 11 期。

[120] 徐向昱：《启蒙主义与中国现代主义文艺思潮的兴起》，《学术交流》2012 年第 2 期。

[121] 薛毅：《开放我们的文学观念》，《上海文学》2001 年第 4 期。

[122] 杨春时：《论文艺的充分主体性和超越性——兼评〈文艺学方法论问题〉》，《文学评论》1986 年第 4 期。

[123] 叶纪彬：《论"写真实"和"写本质"》，《文艺理论研究》1982 年第 3 期。

[124] 尹鸿：《为人文精神守望：当代中国大众文化批评导论》，《天津社会科学》1996 年第 2 期。

[125] 俞建章：《论当代文学创作中的人道主义潮流——对三年来文学创作的回顾与展望》，《文学评论》1981年第1期。

[126] 郁沅：《"写真实"是现实主义的基本艺术规律》，《长江》1981年第4期。

[127] 臧克家：《关于"朦胧诗"》，《河北师院学报》1981年第1期。

[128] 章明：《令人气闷的"朦胧"》，《诗刊》1980年第8期。

[129] 张汝伦：《论大众文化》，《复旦学报》1994年第3期。

[130] 张炜：《文学是生命的呼吸——与大学生对话录》，《作家》1994年第4期。

[131] 张颐武：《理想主义的终结》，《北京文学》1989年第4期。

[132] 张颐武：《选择的挑战：当下批评理论发展的两种趋向》，《天津社会科学》1995年第5期。

[133] 张颐武：《人文精神：一种文化冒险主义》，《光明日报》1995年7月5日第7版。

[134] 赵士林：《对"美学热"的重新审视》，《文艺争鸣》2005年第6期。

[135] 赵勇：《谁的"日常生活审美化"？怎样做"文化研究"？》，《河北学刊》2004年第5期。

[136] 赵增锴：《真实与本质》，《人民日报》1981年4月15日第5版。

[137] 郑季翘：《文艺领域里必须坚持马克思主义的认识论》，《红旗》1966年第5期。

[138] 周介人：《它在哪里失足？——关于"本质论"商讨》，《文艺报》1980年第7期。

[139] 周来祥：《审美情感与艺术本质》，《文史哲》1982年第2期。

[140] 周来祥、马龙潜：《建国以来艺术本质问题研究概观》，

《文艺研究》1982 年第 2 期。

[141] 周宪:《大众文化的时代与想象力的衰落》,《文艺理论研究》1994 年第 2 期。

[142] 周宪:《文化的分化与去分化——审美文化的一种解释》,《浙江学刊》1997 年第 5 期。

[143] 周宪:《文化研究:学科抑或策略》,《文艺研究》2002 年第 2 期。

[144] 周扬:《关于马克思主义的几个理论问题的探讨》,《人民日报》1983 年 3 月 16 日第 4 版。

[145] 朱光潜:《上层建筑和意识形态之间关系的质疑》,《华中师院学报》1979 年第 1 期。

[146] 朱光潜:《关于人性、人道主义、人情味和共同美问题》,《文艺研究》1979 年第 3 期。

[147] 朱立元:《何为"审美文化"》,《大连大学学报》1998 年第 1 期。